19세기 서울의 사랑

절화기담, 포의교집

19세기 서울의 사랑

절화기담, 포의교집

초 판 1쇄 발행 2003년 9월 27일
개정판 1쇄 발행 2016년 4월 25일

역 주   김경미 조혜란
펴낸이   고갑희
책임편집   사미숙
펴낸곳   여이연
등록번호   제22-1307
등록일자   1998년 4월 24일
주소   서울시 종로구 대명길 17 대일빌딩 5층
전화   (02)763-2825
팩스   (02)764-2825
홈페이지   http://www.gofeminist.org
전자우편   gynotopia@gofeminist.org

값 13,000원

ISBN 978-89-91729-28-5 93810

* 잘못된 책은 바꾸어 드립니다.

19세기 서울의 사랑

절화기담, 포의교집

김경미 조혜란 역주

도서출판 여이연

개정판을 내면서

하고 나서도 여전히 잘 했다는 생각이 드는 일들이 있다. 많지는 않다. 그 중 하나가 <절화기담>과 <포의교집>을 번역해서 책으로 만든 일이다.

이 두 작품을 번역해서 책으로 낸 후에도 새로운 연구들이 지속적으로 축적되었다. 그 중에는 학위논문도 있고, 학술지 논문들도 많지만 여기에서는 일일이 거론하지 않기로 한다. 그러면서 『19세기 서울의 사랑』이 연구 텍스트로도 쓰이게 되었다. 수업 시간에 학생들에게 소감을 물으면 20대 청춘들도 흥미로워하며 신선하게 읽어냈고, 전문 연구자들도 유의미하게 간주하는 소설들로 거론되니 이 역시 좋은 일이다.

<절화기담>과 <포의교집>을 도서출판 여이연에서 『19세기 서울의 사랑』(2003)이라는 제목으로 출판한 지 십여 년이 흘렀다. 출판된 책들은 이미 다 소진되었는데 여전히 읽을 만한 책이라는 판단이 서자 다시 찍어낼 필요성을 느꼈다. 그래서 이번 겨울, 개정 작업을 시작했다. 전반적으로 원문과 번역문을 다시 검토하고 어색한 표현은 좀 더 자연스러운 표현으로 바꾸었으며, 처음 번역할 때 미처 놓쳤던 지점은 새로 고쳐 넣었고 각주와 표점도 손을 봤다. 지난번 책 앞에 실렸던 작품 해설 역시 가다듬었다.

『19세기 서울의 사랑』에 실려 있는 두 작품은 하층 여성의 불륜 이야기를 다룬다. 순매와 초옥은 유부녀이기 때문이다. <마담 보바리>가 19세기 프랑스 사회의 한 단면을 여실하게 그려내듯 18, 19세기 서울의 세태를 배경으로 개연성 높게 그려낸 두 작품은 조선

후기 사회를 새롭게 보게 해 주고, 여성의 이야기를 새로운 방식으로 풀어낸다는 점에서 주목할 만하다. 조선의 이야기이지만 지금 현재 독자들에게도 유의미한, 그러면서 재미있게 읽어낼 수 있는 작품인 것이다. 당대 서울의 도시적 분위기, 유흥적 분위기를 배경으로 한 두 작품은 서울의 공간 묘사와 더불어 중국 출판물의 유입과 관련한 문화적 분위기 등을 넉넉하게 엿보게 해 준다는 점에서 19세기 서울 풍경에 대한 미시사적 보고서로도 충분해 보인다.

여성문화이론연구소의 출판사인 도서출판 여이연은 서구의 이론을 많이 다루는 출판사이다. 처음 책을 낼 때, 이 출판사에서 조선시대 소설 번역을 내는 것이 어울리나 생각했었다. 그러나 더 중요하게 고려한 지점은 여성들의 문제를 진지하게 다루며 시의성과 운동성을 놓치지 않으려는 출판사라는 점이었던 것 같다. 개정판을 내면서도 여전히 도서출판 여이연에서 찍어낸다. 이 책이 나오기까지 애정 어린 관심을 가지고 섬세하게 작업을 해 준 도서출판 여이연의 사미숙 편집장께 감사드리고 마지막 검토를 꼼꼼히 해 준 박혜인 선생에게도 고마움을 전한다.

스쳐가는 인생이지만 그래도 무게의 중심을 견지하려면 자신의 삶을 살아야 한다. 자신의 목소리로 말할 수 있어야 한다. 이 작품들은 조선의 마지막 즈음을 살아가던 하층 여성들이 자신들의 삶을 감당해 가는 이야기이기도 하다. 여성들의 불륜을 기존의 방식과는 다른 이야기로 만들어 가는 두 작품을 통해 19세기 말 조선에 있었음직한, 규범을 벗어난, 자신의 목소리를 가진, 당찬 여성들을 다시 만나게 되길 기대한다.

19세기
서울의
사랑

● 해제 ●

새로운 서사의 등장
〈절화기담〉과 〈포의교집〉

<절화기담>? <포의교집>? 여전히 생소한 이름들이다. 흔히 고소설이라면 주인공 이름에 '전'자를 붙인 제목에 익숙한 우리들에게, 무슨 뜻인지 짐작하기조차 편안치 않은 이 두 작품은 19세기에 창작된 것으로 추정되는 한문 소설들이다. 길이는 둘 다 중편 소설 정도에 해당한다. 이 두 작품은 우리에게 익숙한 여타의 고소설들과는 완전히 다르다. 이 둘은 일단 남녀의 애정에 관한 이야기인데, 그런 만남이 가능했던 건 순전히 18, 19세기 서울의 세태 풍속이 그러했기 때문이다. 조선 후기 서울을 배경으로 한 남녀의 만남이라는 점에서는 공통점이 있으나 막상 읽어보면 이 두 작품은 매우 다른 이야기이도 하다.

<절화기담>에서 가장 인상적인 부분은 이 작품이 갖는 성애적인 분위기일 것이다. <절화기담>에서는 윤리나 도덕을 찾아보기 어렵다. 이 점이야말로 <절화기담>이 갖는 특징적인 부분이자 미덕이다. 대부분의 고소설 작품들은 일단 뭔가 교훈될 만한 내용을 주어야 한다는 강박에 시달리는 것처럼 보인다. 너무나도 철저하게 내장되어 있다가 뜬금없이 혹은 주도면밀하게 제시되는 유교적인 이데올로기들로 인해 고소설의 주제는 충효열 세 글자로 정리되는 것처럼 보이는 것이다. 그런데 <절화기담>의 서사는 청춘 남녀의 밀고 당기는 이야기, 언제쯤에야 둘이 관계를 가질 것인가에 대한 기대감, 그러나 잡힐 듯이 잡힐 듯이 잡히지 않는 상황 설정의 설득력, 자신이 미끼가 되는 줄도 모르고 한껏 헛물켜는 여성 인물의 등장

등의 이야기로 충만하다. 그리고 그것이 전부이다.

뒷이야기에 대한 호기심 때문에 오늘날 많은 이들이 몇 달 동안 같은 시간대에 TV 앞에 앉듯, 조선시대의 독자들은 <절화기담>의 남녀가 일곱 번, 여덟 번 어긋나며 스쳐 지나가도록 짜증내지 않고 오히려 그 긴장과 안타까움에 공감하며 동참했을 것이다. 만나서 회포를 풀 수 있으리라는 기대감만 연장시키면서 막상 시간은 내주지 않는 여주인공 순매, 매번 미끄러지고 맥 빠지고 애가 타는 이생, 이 작품은 둘의 만남이 지연되는 것 자체가 사건이고 독자들은 그 과정을 즐긴다. 큰 사건 없이도 이야기의 긴장을 유지시키며 서사를 매끄럽게 전개시키는 작가의 솜씨가 유려하다. 유부녀가 외도를 하고 그 후 남편에게 돌아가려 해도 아무런 응징을 가하지 않는 소설, 이야기의 가벼움을 보여주는 소설, 그것이 <절화기담>이다.

<절화기담>이 세련된 가벼운 터치로 일상을 건드려 준다면, <포의교집>은 진지하고 무겁고 비극적인 분위기로 일상을 육박해 들어온다. <포의교집>의 여주인공은, 처음 이 작품을 접하는 독자들이 얼떨떨해질 지경으로, 불륜 사실을 전혀 숨기려 들지 않는다. 오히려 당당하게 자신의 사랑을 공표하며 죽음을 선택한다. 자칫 살인이 될 뻔한 남편의 폭력, 여주인공의 계속되는 자살 시도들. 이 부분들을 읽노라면 심지어 조선식 하드코어를 보는 듯하다. 그러나 가장 충격적인 부분은 여주인공의 생각이다. 오늘날 우리들의 눈에는 불륜으로 보이는 사건을 놓고, 그 여주인공은 '곧은 행동'이었다고 확언한다. 소설을 포함하여 조선시대의 여러 자료들을 보아도 남편 외의 남자를 사랑하는 일에다 '곧을 정(貞)' 자를 쓰는 경우

는 보기 힘들다. 그 여주인공은 어떻게 그렇게 당당할 수 있었을까? 21세기에도 혼외정사는 불륜이라고 생각하고 쉬쉬하는데, 19세기의 그녀는 그것을 정행(貞行)이라 주장했다.

<포의교집>의 여주인공은 고지식하다. 그녀는 <절화기담>의 순매처럼 현실적이지 못하다. 그러나 관념적이리만큼 저돌적인 그녀의 행동에서 우리는 심지어 경외를 느낄지도 모른다. 왜냐하면 무모하리만큼 자신의 모든 것을 던져 의미를 추구하는 행동은 이해관계를 넘어선 것이기 때문이다. 진정한 선비와 인격적인 사귐을 가지고 싶다는 열망이 그녀를 압도한 결과, <포의교집>의 여주인공은 균형을 잃었다. 양반인 남자 주인공보다 뛰어난 한문 교양을 지녔지만, 남자를 보는 안목은 정확하지 못하다. 아니, 천민인 주제에 선비에게서 동등한 인격으로 대접받기를 꿈꿨다는 것 자체가 주제파악을 못했거나 그게 아니라면 문제적인 것이다. 그러나 <포의교집> 역시 그녀를 응징하지는 않는다. 오히려 그녀는 자신이 선택한 사랑의 실패와 좌절을 통해 더 의연해진 듯하다. <포의교집>의 서사는 여주인공이 치르는 한바탕의 홍역과도 같은 애정 서사를 보여준다.

사랑이라는 이름의 유희, 그리고 아픈 만큼 성숙해지는

<절화기담>의 순매나 <포의교집>의 초옥은 둘 다 젊고 아름다운 하층 여성으로, 두 명 모두 유부녀들이다. 이렇게 젊고 어여쁜 여성들이 폭력적이며 거친 남편과 살아간다. 그녀들은 도저히 남편과의 결혼 생활에서 의미를 찾기가 어려웠던 것이다. 살아있다는

느낌, 정서적인 충족감, 지기로서의 대화 등이 결핍된 결혼 생활은 그녀들에게 다른 대상을 꿈꾸도록 했다.

　이리하여 두 작품은 모두 애정에 관한 이야기이지만 두 작품에 나타난 애정은 그 성격이 다르다. <절화기담>의 순매 경우는 진정성을 담보로 한 것이 아니다. <절화기담>의 사랑은 실은 사랑이라는 관습에 기대어 거래되고 소비되는 유흥적인 성격이 강하다. 사랑이라는 포우즈만 취하고 있는 것이다. 이에 비해 <포의교집>의 초옥 경우는 부담스러울 정도로 곡진한 사랑을 한다. 그러나 진정성을 수반한 그녀의 사랑은 비극적인 결말로 끝나고 말았다. 그녀는 비록 착오에 빠져 자신의 현실 속 좌표를 제대로 인식하지 못했지만, 자신의 사랑을 스스로 찾아 나섰으며 자신이 선택하고 주장했다. 이 작품에서는 여성의 새로운 사랑 패턴을 보여준다.

　한때의 일탈로 끝내는 <절화기담> 순매의 선택, 사랑을 통해 성장하는 <포의교집>의 초옥. 두 작품 모두 해피 엔딩은 아니다. 고소설에서 늘 등장하는 것이 천정인연, 즉 하늘이 맺어준 남녀라는 설정이다. 그들은 원래는 천상 세계에 속한 인물들이어서 문창성군이었거나 아니면 홍요성이었으며, 그래서 그 인연으로 이 세상에서 부부가 안 될 수 없는 것이며, 인간 세상에서의 사건도 모두 천상 세계의 질서에 의해 지배된다는 식의 이야기 전개는 우리에게 매우 익숙한 서사적 장치인 것이다. 그러나 <절화기담>이나 <포의교집>에서는 '하늘이 정해준 인연'이라는 설정을 찾아볼 수 없다. 물론 행복한 결말을 보장해 주지도 않는다. 이 두 작품은 이미 총체성이 사라진 시대의 사랑 혹은 남녀관계를 그린 것이며, 동시에 당대 서울의 통속적 세태를 잘 반영하고 있는 이야기인 것이다.

거대 서사가 사라졌다

<절화기담>과 <포의교집>에서는 정치, 역사, 국가 존망의 위기 등 거대 담론을 중심으로 전개되는 사건을 찾아보기 어렵다. 물론 천상 세계의 개입과 같은 이원론적 세계관도 보이지 않는다. 이런 요소들은 기존의 고소설에서는 자주 등장하던 것들이다. 국가적 위기는 주인공의 입신출세와 관련하여 꼭 필요한 설정이었으며, 등장 인물의 행·불행을 결정하기 위해서는 유교 윤리에 입각한 사건 전개가 반드시 필요하였다. 서사 구조 역시 역동적이며 극적인 흐름을 반복하면서 전개되는 식으로 짜여졌으며, 그 구조를 채우는 다종다양한 사건들이 적절한 대목에서 적절하게 터져 주었다.

그런데 <절화기담>이나 <포의교집>의 서사 전개는 전혀 그렇지가 않다. 앞에서도 언급했던 것처럼 <절화기담>은 뚜렷한 사건도 없이 약속했다 파기했다 하는 과정들이 반복되는 구조이며, <포의교집>의 경우 역시 남녀의 만남과 헤어짐이 가장 큰 서사적 얼개이다. 두 작품의 사건은 일상적이며 즉생활적이고 사소한 것이다. 19세기에 이르면 영웅의 거대 서사를 담은 소설은 더 이상 새롭지가 않았다. 새로운 시대는 새로운 이야기를 생산해 낸다. 두 작품에서 거대 서사가 사라진 것은 사소하고 일상적인 사건들이야말로 새로운 시대가 요구하는 이야기였기 때문일 것이다.

서사 전개와 관련하여 이 두 작품이 보이는 또 하나의 공통점은 결말 부분에서 대단원의 막이 내렸다는 느낌이 잘 안 든다는 것이다. <절화기담>의 경우도 만나려다 못 만나면서 자연스레 관계가 끊어진 것으로 되어 있으며, <포의교집>의 경우도 초옥의 행방에 대한 의문으로 끝난다. 둘 다 흐지부지한 채로 끝난 듯한 인상을 주는 것이다. 고소설 독자라면 완벽하게 닫힌 구조의 결말을 보는 것에 익숙한데, 두 작품은 그렇지 않다. 두 작품이 완벽한 결말을 보여주지 못하는 것은 이들이 다루고 있는 사랑이 그 이전의 사랑 이야기와는 전혀 다른 새로운 유형의 사랑이기 때문이며, 두 여성 주인공 역시 기존의 여주인공과는 차별화된 전혀 새로운 유형의 인물이기 때문이다. 이는 작가들이 당시 세태를 그대로 잘 반영하는 데 충실했거나 혹은 실화를 바탕으로 했기 때문일 수 있다. 그러면서 아직은 그런 유형의 사랑들에 대해 어떻게 판단해야 되는가에 대한 전망이 잘 서지 않은 상태에서 두 작품을 썼기 때문에, <절화기담>과 <포의교집>의 결말은 오히려 사실적인 성격이 강해졌다고 할 수도 있다.

●●● 작품 정보

<절화기담>과 <포의교집>은 『19세기 서울의 사랑』을 통해 초역된 작품들이다. 아래 내용은 조금 딱딱할 수도 있는 내용이지만 고소설 <포의교집>과 <절화기담>에 관한 제반 사항을 이해하기 위해서는 다음과 같은 정보 제공과 설명도 유용하리라 생각한다. 이

부분만 따로 읽어도 <절화기담>과 <포의교집>에 대해 어느 정도는 이해할 수 있을 것이다. 어떤 설명은 앞에서 이미 언급된 것도 있지만, 이 설명 부분의 독립성을 위해 생략하지 않고 서술하기로 한다.

절화기담(折花奇談)>은 어떤 작품인가?

이 소설의 제목을 직역하면, '꽃을 꺾은 기이한 이야기'라는 뜻이다. 흔히 꽃은 여성에 대한 은유로 사용되며, 꽃을 꺾는다는 행위 역시 여성을 성적 대상으로 간주할 때 사용되는 표현이기에, 오늘날 여성의 입장에서 보면 이 작품의 제목은 상당히 불쾌하다. 그런데 여전히 신분 사회이고, 정치적으로는 보수적이며, 정절 이데올로기와 같은 상층의 지배 이데올로기가 양반만이 아니라 일반 백성까지도 의식화시키기를 꾀하는 시기이며, 문화적으로는 대안문화가 모색되는 가운데 한양 같은 도시를 중심으로 유흥 문화가 활성화되는 18세기 말 조선 정황을 염두에 두면서 이 작품을 읽는다면, 아마도 다른 맥락들을 읽어낼 수 있을 것이다.

1. 작가 / 창작 시기 / 구성의 특징

<절화기담>은 일본 동양문고에 소장된 것이 유일본으로, 이 자료는 『한국학보』 68 (일지사, 1992)에 영인되어 있으며, 다시 『일본동양문고본고전소설해제』(정양완, 국학자료원, 1994)에 실렸다. 『19세기 서울의 사랑』에 실린 번역은 『한국학보』 68호에 실린 영인본을

번역한 것이다. 이 이본은 모두 72면으로 되어 있는데, 한 면당 10행, 한 행에는 18자가 들어간다. 이 작품의 맨 처음에는 '절화기담 서(序)'가 있으며, '남화산인', '석천주인' 같은 필명이 등장한다. 서를 보면, 이 두 사람은 친구 사이인데, '석천주인'이 스무 살 때 겪은 일을 기록한 것을 친구인 '남화산인(南華山人)'이 편집하여 오늘날 우리들이 읽는 형태의 소설로 정리한 것임을 알 수 있다. 서문에 의하면 <절화기담>은 남화산인의 친구 '이 아무개의 실록'이 되는 셈이다. 남화산인이 이 작품을 쓴 시기는 1809년(순조 9) 음력 5월 6일이다.

이 작품은 모두 3회로 구성되어 있는데, 이런 형식을 장회체(章回體)라 한다. 장회체는 중국 소설에서 많이 쓰이던 형식으로, 고소설의 경우에도 장회체 형식에 따라 구성된 작품들이 많다. 특히 <절화기담>의 경우에는 <금병매>를 연상시키는 요소들이 있는데, 지은이도 서문에서 <금병매>에 대해 직접적으로 언급하고 있거니와 <절화기담>의 이생, 순매, 노구(老嫗)와의 관계는 <금병매>의 서문경, 반금련, 왕파와의 관계를 연상시키기에 족하다. 노구와 같은 인물 유형은 <포의교집>에도 등장한다는 점에서 우리의 관심을 끈다. 매 회 시작 전에는 '남화자'의 견해가 먼저 제시되는데, 이것 역시 중국소설의 평비 형식을 연상시키는 요소이다. 그런데 중국의 <서상기> 같은 작품은 김성탄의 평비가 오히려 독자들의 관심을 더 끌기도 했으나, <절화기담>의 경우 작품을 읽다 보면 이 부분은 서사 전개와 밀접한 관련이 없으며, 내용 또한 지루하다. 따라서 이 부분은 생략하고 읽어도 소설을 이해하는 데에는 전혀 지장이 없으며, 오히려 서사를 실감나게 읽기 위해서라면 이 부분을 생략하고 읽는 것도 이 소설을 즐기는 한 가지 방법이 될 것이다.

2. 서사 배경 / 주인공 / 서사 전개의 특징

이 작품의 서사가 진행되는 배경은 임자년(1792)부터 갑인년(1794)까지의 한양 모동(帽洞 : 지금의 종로 3가 일대)이다. 남성 주인공 이생은 모동에 사는데, '준수하고 고상했으며 풍채가 빼어나고 시문을 제법 잘 하는 당대의 재주 있는 남자로 소개된다. 그는 벌열 가문에 속하는 이웃 이씨 집에 얹혀살았는데, 우물가에서 한 미인을 보게 된다. 그 여성의 이름은 순매(舜梅)로, 나이는 17세이고, 아주 아름다웠으며, 방씨의 여종이었는데, 시집간 지 몇 년이나 된 여성이었다. 그런데 이 작품의 이생은 한양의 한량 같은 인물로 그려진다. 예쁜 여자에 한 번 관심이 가자 오로지 그 여성을 얻기 위해 그는 2년 남짓한 세월을 보낸다. 이생은 순매에게 집중하는데, 순매를 향한 이생의 사랑은 애당초 결혼을 전제로 한 것이 될 수 없었다.

<절화기담>은 작품 시작부터 끝까지 이생이 과연 언제 순매를 만나 잠자리에 들 수 있을 것이냐에 대한 관심으로 서사의 긴장을 유지한다. 이 작품은 별다른 사건은 없이 오로지 이생과 순매의 만남이 주선되고, 그 약속이 미뤄지고 또 약속하고 또 미뤄지고 하는 일들의 반복으로 구성되어 있다. 작품을 통틀어 이생은 순매와 아홉 번에 걸쳐 만나게 된다. 그런데 대개 이생이 순매를 만난 것은 단지 다음 약속을 정하는 정도의 아주 짧은 시간뿐이었다. 관계가 발전할 수 있을 듯하면서, 그러나 그때그때의 정황으로 말미암아 그 만남의 자리가 끝나고 마는 식으로 전개되는 이야기는, 그럼에도 국면 국면

마다 설득력이 있다. 아홉 번의 만남 중 하룻밤을 같이 보낼 수 있었던 것은 단지 아홉 번째 한 번뿐이었다. 한편 아예 약속이 어그러져 잠깐 얼굴도 못 보고 허탕 친 회수만 해도 여덟 번에 달한다. 이는 물론 이생이 그냥 찾아갔다가 못 만난 것은 제외한 숫자이다. 매번 이생은 순매와 잠자리를 함께 하기를 기대하지만 그러나 그때마다 무슨 사정이 생겨서 만나지 못하게 되는 것이다. 그리고 이생이 지칠 때쯤이면 순매가 자신의 마음을 토로하거나 노파가 주선하거나 아니면 이생이 포기하지 못하거나 하여 관계가 다시 이어진다. 말라 죽을 것만 같다고 느낄 정도로 이생은 순매를 간절히 원하는데, 그러나 순매는 딱히 거절하는 것도 아닌 채 잡힐 듯이 잡힐 듯이 잡히지 않는다.

3. 당대 시정 세태의 반영

<절화기담>에서 보여주는 남녀 관계는 심각하거나 순결하거나 고귀한 그런 종류의 것이 아니다. 불륜 소재인 데다가 다른 어떤 미덕이 아니라 여성의 외모 자체에 반한 남성이 그 여성과 한 번 관계를 맺고자 안절부절 못하는 이야기가 바로 <절화기담>의 내용이다. 마지막에 이생은 순매에게 초가집 정도라면 살림을 차려 줄 수도 있다고 제의하지만 순매는 거절한다. 포악한 성격의 남편이지만 그에게 돌아가야겠노라고 대답한 것이다. 이생 역시 두 번 권하지 않는다. 둘 다에게 이 관계는 그냥 한 번 스쳐 지나가는 인연에 불과했던 것이다.

그런데 이 작품에서 우리의 관심을 끄는 또 하나의 인물로 노파를

들 수 있다. 노파가 남녀의 만남을 주선하는 데 재주가 있다고들 여겨 이생이 노파에게 만남을 주선해 달라고 부탁하는 대목, 또 노파가 주막에 있다고 하는 내용으로 미루어 볼 때, 노파는 당시 유흥업에 종사하며 생계를 유지하는 인물일 가능성이 높다. 조선후기에는 실제로 노구쟁이라 하여 뚜쟁이 노릇을 하던 노파가 있었는데, 이 작품들에 등장하는 노파들도 그런 류의 인물인 것으로 보인다. 이생과 순매의 만남을 주선하고 술을 팔 수도 있었을 것이며, 약값 운운하며 약간의 돈을 요구하여 자신의 수입으로 삼았을 가능성도 농후하다. 또 작품을 읽다 보면 – 물론 그렇다고 서술된 바는 전혀 없지만 – 이생과 순매의 만남이 그토록 여러 번 어그러지고 미뤄지며 방해받는 것이 노파의 계략에 의한 것은 아닌가 혹은 노파와 순매가 한 팀은 아닌가 하는 의심이 들 정도이다. 즉 이 작품에 나타나는 남녀의 관계는 피차에 한 번 즐기기 위한 유흥적인 성격이 강한 것이다. <절화기담>의 남녀 관계는 조선 후기 서울의 시정 세태, 그 중에서도 유흥문화와의 관련을 잘 반영한 작품이라고 하겠다.

4. <절화기담>에서 읽어낼 수 있는 의미들

이렇게 본다면 <절화기담>은 그야말로 대상화된 여성의 모습을 보여주거나 혹은 남성 주도의 유흥 공간에서의 사랑놀이는 아닌가 하는 생각이 들 수도 있다. 그러나 고전을 섬세하게 읽기 위해서는 당대의 맥락 속에서 이 작품이 지니는 의미가 무엇인지를 확인하는 작업이 필요하다.

첫째, 소설에서 불륜이 등장하고 있다는 점이다. 잘 알고 있는 것처럼 조선 시대의 소설은 주제가 다른 어떤 것이라고 해도 일단 충·효·열 같은 유교 이데올로기의 옷을 입고 있는 작품들이 많다. 춘향의 사랑이 양반의 정절 이데올로기를 전유하면서 인간 해방을 추구하려 했던 측면이 있어도 결국 그 작품은 열(烈)로 포장되어 있는 것이다. 그러나 <절화기담>에는 그런 포장이 없다. 물론 실제로는 조선시대 양반 남성들이 하층 여성을 성적 대상으로 삼았던 일은 비일비재하다. 신분과 성의 문제에 있어 하층 여성은 유부녀라 할지라도 자신의 성을 지키기가 어려웠다. 그러나 소설 속에서 이렇게 불륜이 버젓이 다루어지는 경우는 매우 드물다. 중국소설의 영향이 있었다 할지라도, 또 이 작품이 당대의 시정세태를 반영한 결과라 할지라도 조선의 소설에서 이런 소재를 다뤘다는 것은 당대로는 충격적인 시도가 되기에 충분하다.

둘째, 이렇게 불륜을 저지른 여성 주인공이 처벌되지 않은 채 예전처럼 본남편에게로 돌아가는 이야기를 보여준다는 사실이다. 물론 작품 내내 순매는 그 남편에게 들킬까 매우 조심한다. 그러나 결국 발각되지 않은 채 자신의 일상으로 그대로 복귀한다. 고소설에서는 등장인물이 죄를 지었다면 반드시 벌을 받도록 되어 있다. 그 경우가 아니라면 자신의 악행으로 인해 그냥 제거되어 서사에서 사라지는 것이다. 주인공이라면 더욱더 그렇다. 어떤 내용의 잘못이든 그에 해당하는 벌을 받은 후 용서받는 것이 수순이다. 게다가 악행 중 가장 악한 죄가 바로 음행이다. 고소설을 읽다 보면 음행을 저지르는 인물치고 제거되지 않는 인물이 드물다. 그 대표적인 경우가 <사씨남정기>에 등장하는 교씨일 것이다. 그런데 순매의 경우는 여성에, 주인공에, 음행에 해당하는데, 벌 받지도 않고 당연히 남편이나 시댁에 용서를 구하지도 않은 채 원상복귀하는 것으로 그려져 있다. 그런 점에서 이 소설의 마지막은 신선하다.

셋째, 서사문학에서 정절 이데올로기와 무관한 혹은 정절 이데올로기에 포획되지 않은 하층 여성 주인공이 등장한다는 점이다. 조선 시대 제도에 의하면 원래 수절은 양반가 여성에게만 요구되던 것이었다. 그리고 17세기를 전후로 하여 조선 전기까지만 해도 수절한 결과 열녀라는 칭호를 받은 경우가 많았던 데 비해, 조선 후기에는 자결을 해야지만 열녀 칭호를 받을 수 있었다. 이는 조선 후기에는 워낙 자결한 여성이 많다 보니, 수절만 해서는 열녀 칭호를 받기가 어려워진 때문이다. 18세기 이후에는 열녀전이 눈에 띄게 늘어나는데, 조선 후기 열녀전 가운데에는 상층 여성만이 아니라 하층 여성이 수절하거나 자결한 경우가 다수 포함되어 있다. 그 대표적인 여성이 향랑이다. 1702년 경상도 선산 지방에 살던 평민 여성 향랑이 개가를 피하려 투신자살했는데, 양반 남성들 중에는 향랑의 이야기를 열녀전으로 남긴 경우가 많았다. 향랑의 죽음은 열악한 경제적 문제와 직결되어 있는데, 양반 남성들은 이런 문제는 사상시킨 채 하층 여성들까지도 다 교화되어 죽음으로 수절하고 있는 것으로 간주하였다. 이렇듯 조선 후기에는 하층 여성들에게까지도 정절 이데올로기가 확대 재생산되는 양상이 문학 속에 등장하는 것이다. 정절 이데올로기에 포획되지 않고 자신의 성을 적당히 즐기는 <절화기담>의 여성상은 마치 생명 없는 존재처럼 죽음을 받아들이듯 그려지는 열녀전의 여성상과는 대조를 이룬다.

넷째, <절화기담>은 관습화된 혹은 유희적인 남성의 사랑에 마모되지 않는 여성상을 제시하고 있다. 대부분의 소설에서 여성들은 남성들의 적극적인 구애를 받아들이고 나면 그 뒤부터는 갑자기 판단력이 흐려지고 감정적으로 흔들리는 모습을 보이는 경우가 많다. 그러나 순매는 그렇지 않다. 이년 여에 걸쳐 지속된 이생의 끈질긴 구애를 받아들인 후에도 사태를 분명하게 직시하는 것이다. 그것은 아마도 다름 아닌 이생의 구애가 갖는 성격이 어떤 종류의 것인지를 분명하게 헤아리는 순매의 판단력에 의한 것일 게다. 남성의 유희적인 혹은 일회적인 사랑을 간파하지 못하고 흔들리는 여성의 이미지는 오늘날의 대중문화에서도 여전히 등장하곤 한다. 이 작품을 보면 표면적으로는 이생이 적극적으로 구애하고 사랑을 획득하는 것처럼 보이지만, 그 관계의 줄을 잡아당겼다 놓았다 하며 조절을 하는 주체는 오히려 순매 쪽이다. 구애에 완전히 넘어가지 않으면서 적당히 즐기는 여성상, 이것이 순매가 보여주는 여성상이다.

궁극적으로 <절화기담>에는 계몽적인 태도가 없다. 남화자의 음성을 제외한다면, 독자들에게 무엇을 가르치거나 계도하려는 낌새가 별로 느껴지지 않는 작품이 <절화기담>이다. 이 작품은 어쩌면 당시 유흥 공간의 주인이라 자부했던 남성들이 자신들을 위해 쓴 소설일 수 있다. 아마 십중팔구는 그랬을 것이다. 적당히 이생의 애정 편력을 드러내면서, 그러나 그 사건을 한때의 치기 어린 장난으로 되돌리는 것도 잊지 않는 것이 남화자의 태도이다. 그러나 이 작품에서 우리들의 관심을 끄는 인물은 한때 순매에 몸달아 했던 이생이 아니다. 처음 순매는 이생의 시선에 포착된 대상에 불과했으나, 작품이 전개되면서 오히려 이 대상은 안개 속에 자신의 몸을 숨기면서 이생과의 게임을 지속하는 것처럼 보인다. 어쩌면 처음 이생의 눈에 띄었던 것조차 순매의 계산 속에 있었던 것은 아닐까 하는 생각이 들기도 한다. 왜냐하면 처음 두 번은 이생이 아무 노력을 안 해도 우연히 목격하거나 마주칠 수가 있었는데, 이생이 노파에게 자신의 속내를 분명히 전한 후에는 순매가 이생의 눈앞에서 종적을 감춰 버리기 때문이다. 그 후부터는 약속하고 파기하고 다시 약속하는 과정 속에서 마치 순매가 이생을 자신 쪽으로 유도하는 것처럼 보인다. 이생은 순매와의 만남에 목마른 채 계속 휘둘리는 것이다. 이생은 자신이 순매를 희롱했다고 여길지 모르나 아홉 번의 만남 과정을 읽다 보면 놀림을 당하고 있는 것은 오히려 이생일지도 모른다는 생각이 들곤 하는 게 이 작품이다.

<포의교집(布衣交集)>은 어떤 작품인가?

이 소설의 제목은 말 그대로 '포의지교' 즉 '포의의 사귐'에 관한 이야기라는 뜻이다. 포의는 벼슬 안 한 혹은 못한 선비를 가리키는 말인데, '벼슬 안한 선비의 사귐'이란 친구를 사귈 때 상대방의 명예, 부, 지위 등이 아니라 바로 당사자의 인품으로 인해 사귀게 된 경우를 의미한다. 그 의미를 보면, 포의의 사귐이란 선비 대 선비의 사귐이어야 비로소 사용 가능한 표현이라 하겠다. 그런데 <포의교집>은 결코 선비와 선비의 사귐에 관한 이야기가 아니다. 겨우 양반이라는 명맥을 유지하고 있는 이생과 여종 출신 유부녀 초옥과의 사랑 이야

기인 것이다. 그렇다면 이 이야기가 어떻게 해서 포의의 사귐이라는
제목을 얻었는지에 대해 살펴보기로 한다.

1. 작가 / 창작 시기 / 서사 배경

번역에 사용된 이본은 서울대 규장각 소장본 <포의교집>으로,
유일본이다. 이 이본은 모두 84면으로 되어 있으며, 한 면당 10행,
한 행에는 20자가 들어간다. 이 작품은 본래 장회(章回)의 구별이
없이 서사가 전개되는데, 번역본에서는 독자의 편의를 위하여 장을
나누고 제목을 달았다. 이 작품의 처음에는 사(詞)가 제시되어 있으
며 그 내용은 포의지교 및 지기(知己)에 대한 서술이다. 그러나 서문
이나 발문 등이 없어 작가나 창작 시기에 대한 정보를 찾아보기
어렵다. 즉 작가와 창작 시기는 미상이다. 다만 작품의 시간 배경으
로 미루어 <포의교집>의 창작 시기는 19세기 후반, 적어도 1866년
이후에 창작된 것이라 하겠다.

이 소설은 1864년 6월부터 1866년 6월 사이에 서울을 주 무대로
하여 펼쳐진다. 이 작품은 고소설 작품으로는 드물게 시간 배경,
공간 배경, 사건 등이 구체적이며 사실적이라는 특징을 지닌다. 예
를 들어, 이 작품은 등장인물들의 움직임에 따라 죽동, 안동, 초동,
소죽동으로 장소를 옮겨가며, 이를 중심으로 하여 도선암, 북한산의
승가사, 새문 등의 공간이 제시된다. 지명뿐만 아니라 남녀 주인공
의 만남이 이루어지는 공간인 남촌 죽동의 장 진사댁이라는 공간
역시 그 집의 구조 및 그 집을 거쳐간 주인들의 내력, 거주하는 사람
들에 대한 정보까지도 자세하게 서술된다. 시간의 흐름 역시 1864년

6월, 7월 15일 무렵, 11월, 1865년 4월, 7월 그믐, 1866년 봄, 4월, 6월(음력) 등으로 비교적 세분화되어 명시되고 있다. 고소설 중 서사 전개에 따른 시간 배경 및 공간 배경이 이렇게까지 구체적으로 제시되는 작품은 드물다. 또 소설에서 언급하는 사건들 역시 실제 역사와 분명하게 조응하는 내용들인데, 경복궁 재건, 민비가례 등을 중심으로 한 사건 설정이 그 예이며, 이생이 과거를 보는 내용이 있는데, 실제로 고종 1년 10월 18일에 과거가 있었다고 한다. 이 작품은 서사의 구체성, 일상성을 이 정도로 입체적으로 보여준다는 점만으로도 연구자의 시선을 끌 만하다.

2. 남녀 주인공 - 우부(愚夫)와 가인(佳人)의 만남

<포의교집>의 남자 주인공 이생은 원래 충청도 사람으로 양반인데, 재주가 별로 뛰어나지 못한 데다가 나이 마흔이 넘도록 자기 집안조차 제대로 돌보지 않는 위인으로 그려져 있다. 같은 고을에 살던 장 진사가 장 승지 댁에 양자로 오게 되면서, 이생 역시 장 진사를 따라 서울로 올라와 더부살이를 하고 있었다. 시골집에는 어린 아내가 있는데도, 그가 관심 있는 일이라고는 산수 유람하는 것과 기생들을 불러 노는 일이다. 시문에 대한 이해도 여주인공 초옥보다 떨어지는 것으로 되어 있다. 그는 초옥의 시에 화답시를 보낼 실력조차 안 되는 것이다. 고소설의 남주인공들은 대개 잘 생겼으며, 글재주가 뛰어나고 도량이 활달하며 집안이 좋은데, 다만 때를 만나지 못해 비분강개하거나 울울한 처지에 있다가 일정한 시기가 되면 입신출세하는 것으로 그려진다. 그러나 이생은 나이 많고

못생기고 가난하고 글재주 빈약하며 기개조차 없이 마지막 알량한 자존심만 남은 것으로 설정되어 있는 것이다.

반면 여주인공 초옥(楚玉)은 열일곱 살이며, 원래 남영위궁의 시녀로 있다가 현재의 시아버지 양씨가 속량하여 며느리로 삼은 여성이다. 그녀는 매우 아름다웠으며, 남영위궁에서 한시문을 교육받아 교양 수준이 상당했다. 심지어 초옥이 보낸 편지를 이생이 잘 이해할 수 없을 정도로, 그녀는 높은 교육 수준을 지닌 지적 여성이다. 재물과 풍류로 그녀의 환심을 사보려는 남성들이 주변에 많이 있었음에도 불구하고 그녀는 거들떠보지도 않았다. 그 중에는 초옥을 그리워하다가 한을 품은 채 죽은 남자의 이야기도 삽입되어 있다. 이런 그녀가 강하게 소원하는 것이 있었는데, 그녀는 결혼을 했음에도 불구하고 늘 자신을 알아주는 지기 같은 남성과의 교류를 꿈꿔 왔던 것이다. 그녀가 원한 것은 포의와의 사귐이었으며, 소진의 아내처럼 어질게 남편의 과거 뒷바라지를 해 보는 것이었다. 그러나 막상 자신의 남편은 일자무식으로, 이런 꿈은 물론 잠시의 대화조차 불가능하였다.

3. 서사 전개의 특징 – 착각에서 비롯된 사랑 이야기

1864년 음력 6월의 어느 더운 여름날, 장 진사댁의 중문 근처 서헌에 머물던 이생이 행랑의 우물가에 모여 있던 아낙네 사이에서 한 여성을 발견하게 된다. 나이 어린 고운 색시가 눈에 띤 것이다. 그러나 이 작품에서 여성은 단지 남성의 시선에 포착되는 존재가 아니다. 초옥 역시 이생을 주목하게 된다. 어느 날 중문 근처에서 얼씬거리던 행랑 사람들에게 호령을 하며 잡아다가 꿇리고 매를 때리는 대목에서 초옥은 이생에게 반하고 만다. 진정한 양반의 기상이라고 생각했던 것이다. 그러나 이 생각은 완전한 착각이었다. 이생의 호령은 거의 신경질적인 반응으로, 행랑채 사람들에게서조차 비웃음을 사는 행동이었던 것이다.

이생이 초옥을 발견한 후 그는 연적에 쓸 물을 길어 오라는 핑계로 초옥을 불러본다. 그러나 그뿐 다른 기미를 눈치채게 하는 행동을 하지는 않았다. 정작 이 두 사람 중 먼저 적극적으로 다가선 사람은 이생이 아니라 초옥이었다. 이생을 진정한 포의지사(布衣之士)라고 착각한 초옥은 먼저 꽃을 꺾어 자신의 포부를 이야기하고, 먼저 시를 보내 자신의 심정을 토로한다. 그리고 이생을 자신의 지기로 받아들이고자 작정하는 계기 역시 착각에 의해 마련된다. 만나기로 약속했지만 이생은 초옥이 보낸 시구를 정확하게 이해할 수 없었던 데다가 시골집의 아내도 마음에 걸려서 우물쭈물하며 밤을 새우고 만다. 그런데 초옥은 이생의 이런 태도를 보면서 자신을 지기, 즉 인격적 존재로 대접해서 존중한 것이라 착각하게 된 것이다. 물론 초옥이 이렇게 판단하게 된 원인은 그 동안 자신을 원했던 많은 남성들의 태도와 이생의 태도가 달랐다는 데 있다. 이 둘의 관계는 서로의 코드가 어긋나는 데에서 발전해 가는 아이러니를 보여준다.

초옥은 무엇이 잘못되었는지도 모른 채 그 사랑에 헌신적인 정성을 바친다. 이생과의 대화에서 자신의 존재를 확인하고 허울뿐인 이생의 과거 준비에 음식을 준비해 보내면서 기쁨을 느꼈던 것이다. 자기 목숨을 걸고 지키고 싶었던 그런 사랑은, 그러나 초옥의 일방적인 사랑이었다고 해도 과언이 아니다. 왜냐하면 이생은 언제나 도망갈 준비를 하는 듯 한 태도를 보이며, 자신의 처지와 다른 선비들을 비교해 보면서 초옥을 의심하는 방향으로 가닥을 잡기 때문이다. 이생은 서사의 거의 마지막 부분에 이르러서야 초옥의 진심을 깨닫게 된다.

　작품 후반부에 이르면 초옥이 스스로의 일상을 파기하고 자살을 선택하면서 까지도 공표하고 싶었던 그 사랑이 실은 혼자만의 것이었음을 깨닫게 되는 순간들이 몇 번에 걸쳐 계기적으로 등장한다. 그리고 상황을 정확하게 파악하게 된 초옥은 더 이상 이생과의 관계에 미련을 두지 않고 그를 떠난다.

4. <포의교집>에서 읽어낼 수 있는 의미들

　이 작품은 하층 여성과 보잘 것 없는 양반 남성과의 사랑 이야기를 다루고 있다. 더군다나 이 사랑은 초옥의 착각으로 인해 발전해간 사랑이다. 자신의 신분에 걸맞지 않은 높은 수준의 교양을 지니고 있었던 초옥이지만, 그녀의 선택은 시작부터 불안하고 무모한 것이었다. 어쩌면 초옥의 착각은 그녀의 환상이 불러내어 온 것인지도 모른다. 왜냐하면 초옥이 꿈꾸었던 것은 당시의 양반 여성들에게서나 가능했던 일들일 뿐, 하층 여성인 경우에는 언감생심, 바랄 수조차 없는 것이었기 때문이다. 초옥이 사숙했던 인물은 허난설헌이며, 되고 싶었던 여성은 소진의 처였는데, 이 두 여성 모두 높은 신분의 여성들이었다. 조선 시대에 하층 여성이 자신을 인격적 존재로 대접해 줄 선비를 만난다는 것은 그 자체로 불가능한 일이었을 것이다. 그것이 자신의 현실을 제대로 파악하지 못한 취약함에서 비롯된 것이었다 할지라도 <포의교집>은 초옥이 꾼 헛된 꿈 이야기 이상의 의미를 지니고 있다.

첫째, 이 작품 역시 <절화기담>과 마찬가지로 불륜 소재를 다루고 있다. 그러나 <포의교집>의 남녀 관계는 <절화기담>의 남녀 관계와는 본질적으로 다르다. 순매와 이생의 관계가 사랑의 포우즈를 빌려 서로 희롱하고 있다면, 초옥은 진정한 영혼의 동반자를 찾는 과정에서 이생을 만나게 된 것이다. 소재를 다루는 태도는 다르지만, 두 작품 다 불륜 소재를 취택하면서 기존 소설에서 많이 등장하였던 천정인연, 즉 하늘이 맺어준 인연을 벗어나고 있다는 점에서 새롭다.

둘째, 여성이 남성과 관계를 맺으면서 '포의', '지기'와 같은 관계 맺기를 꿈꾸었다는 사실이다. 이 작품의 요체는 어쩌면 바로 이 지점에서 찾아야 하는 것인지도 모르겠다. 기존의 관습에서 볼 때, 포의지교나 지기지우는 남자 대 남자와의 관계에서 사용되던 표현이었다. 그런데 <포의교집>에서는 여성 주인공인 초옥이 남녀 관계에서 그 표현을 사용하고 있다. 과거에 남녀 관계에서 많이 사용되던 말은 자신을 지기로 인정해 달라는 표현이 아니라 '건즐을 받들게' 해 달라는 것이었다. 건즐을 받든다는 말의 뜻은 여성이 시집가서 수건, 빗 등 남편의 수발을 든다는 내용이다. 그런데 초옥은 남녀 관계에서 자신의 위치를 그런 일상적인 필요를 수발드는 역할이 아니라 남성과 동등한 관계에서 인격적으로 존중받는 존재로 자리매김하길 원했던 것이다. 또한 그녀는 남자의 경제력이나 지위가 아니라 그 남자의 미래에 기여할 수 있는 존재가 되기를 바랐다. 이런 이유로 그녀는 돈 많고 지위 높았던 남자들의 성적 노리개가 되기를 완강히 거부하고 보잘 것 없는 선비라고 여겨졌던 이생을 선택했던 것이다.

셋째, 타인의 시선으로부터 자유로운 개인이 등장하고 있다. <절화기담>의 순매가 늘 주변의 감시하는 시선으로부터 자유롭지 못하거나 혹은 전전긍긍하는 모습을 보이는 데 비해, <포의교집>의 초옥은 주변의 시선으로부터 자유롭다. 유부녀가 외간 남자를 만나므로 불륜을 저지르고 있음은 분명하다. 그런데 한쪽은 그것을 불륜이라고 인정하는 반면, 다른 한쪽은 그것이 곧 바른 선택이라고 주장하는 것이다. 두 여성에게서 보이는 이런 차이는 자신의 선택에 대한 태도의 차이에서도 비롯되지만, 무엇보다도 자의식과 관련한 문제이기도 하다. 초옥은 고소설의 여주인공 중에서는 드물게 자의식을 드러내 보이는 인물이다. 하층 여성의 신분에는 걸맞지 않게 그녀는 수준 높은 교육을 받았고 사유할 수 있는 능력을 지니게 되었다. 그 결과, 조선시대의 하층 여성인 초옥은 하층 여성답지 않은 자의식을 가지고 남자와의 관계에서 독립된 인격체로 인정받기를 원하였다. 초옥의 선택은 규범에 어긋나는 것이었으나, 그녀는 타인들의 시선에서 자유로웠으며 자신의 욕망을 긍정하였다. 그녀는 자신의 행동에 대해 떳떳했던 것으로 그려지고 있다. 초옥은 '자신의 선택은 세상의 기준으로 보기에는 비현실적인 것처럼 보여도 본래의 뜻, 이치, 하늘의 뜻에는 어긋나지 않는다고 설명한다. 초옥은 자신이 기생이 되어 문장지사들과 풍류를 즐기는 방법을 선택한 것이 아니라 남의 아내인 채로 이생을 사랑한 것이 비현실적인 선택이었다 할지라도, 기생이 되어 일회적인 관계 맺기에 만족하는 것보다는 그 쪽이 더 진정한 태도라고 생각한 것이다. 그래서 자신이 취한 행동은 원칙적으로 옳은 것이며, 자기가 옳다고 생각하는 대로 실행했기에 그녀는 이생을 사랑한 자신의 선택을 바른 행실이라고 평가할 수 있었다. 초옥에 이르면 자신의 신념 체계를 구축하여 타인의 시선으로부터 자유로울 수 있는 개인 여성이 등장하는 것이다.

넷째, 연애의 주체로서의 여성 인물, 사건을 통해 성장하는 여성 인물이 등장했다. 초옥은 자신과 이생과의 관계가 드러남에 따라 두 번에 걸쳐 남편에게 매우 심한 고통을 당한다. 부인의 불륜 사실을 확인한 남편은 거의 죽일 것처럼 폭력을 행사하여, 시아버지의 만류가 아니었다면 초옥은 죽었을 가능성도 있다. 그리고는 이생을 못 만나게 되자 초옥 자신도 대여섯 번에 걸쳐 자살을 시도한다. 게다가 그 사실이 알려지자 초옥과 그 식구들은 한겨울에 장 진사 댁에서 쫓겨나기도 하였다. 초옥은 자신이 선택한 사랑으로 말미암아 많은 고통을 감당해야 했던 것이다. 그 사랑은 시작도, 끝도 초옥이 주도한 사랑이었다. 이생은 한 번도 자신의 선택에 적극적이거나 분명한 태도를 취한 적이 없었다. 그는 시작한 적도 없었기에 끝낼 수도 없었던 것이다. 둘 사이의 관계에서 연애의 주체는 바로 초옥이었으며, 이 연애 사건으로 인해 고통을 감당해야 했고, 또 그 고통과 더불어 함께 성숙할 수 있었던 인물도 초옥이었다. 연애를 끝낸 후 초옥은 다시 남편에게로 돌아간다. 그 후 초옥은 민비가례 때 여령(女伶)으로 뽑혀 이생과 다시 마주하게 되는데, 이때도 이생은 여전히 그 여령들과 놀아보려고 시도하던 중이었다. 이생이 여전히 과거의 모습 그대로인 것에 비해, 초옥은 훨씬 냉정하고 차분한 태도로 이생을 대했다. 그녀는 시행착오를 거쳐 자신의 한계를 깨닫고 현실에서 타협 가능한 지점을 모색했던 것으로 보인다. 그러므로 이생과의 연애 사건은 비록 그것이 실패의 경험이라 할지라도 초옥에게는 현실을 이해하는 데 있어 성장의 계기가 되었다고 하겠다. 결말 부분을 보면 그녀는 남편과도 헤어진 것으로 보인다. 불안한 19세기 후반의 조선, 길 위에 선 그녀는 무소의 뿔처럼 혼자 선 듯한 느낌을 준다.

마지막으로 이 작품에서도 역시 남녀의 유흥적 분위기를 잘 전달해 주는 인물들이 등장하고 있다는 사실이다. 물론 <포의교집>의 남녀 관계는 <절화기담>의 그것처럼 유흥적이지는 않다. 그러나 계속 기생과 한 번 놀아보려고 시도하는 이생의 태도, 민비가례 때 몰려드는 오입쟁이 한량들에 대한 언급, <절화기담>의 노파를 연상시키는 인물인 당파(堂婆, 당할멈)라는 인물, 그리고 그 밖의 등장인물들에 대한 묘사 등이 그러하다. 예를 들어, 이생의 친구인 장사선이라는 인물은 모화관 근처에 사는데, 날마다 한량배들이 오입하는 것을 보아왔기에 남녀가 수작하는 일에는 능한 사람인 것으로 그려지고 있으며, 나이 열네 살인 계집종 달금 역시 남녀 사이의 기미를 알아채는 데는 익숙한 인물인 것으로 설정되어 있다. 이렇듯 <포의교집>에는 남녀 관계에 관한 한 달인들이 여럿 등장한다. 이외에도 초옥의 머리를 얹어 주겠다며 금은보화를 싸들고 오는 수많은 한량들에 대한 언급이 있으며, 또 초옥과 한 번 관계를 맺어보려고 온갖 치사한 방법을 다 동원하는 장중약 역시 유흥 공간에서 익히 놀아본 것처럼 보인다. 시공간 배경이나 사건의 구체성이라는 점과 더불어 당시의 유흥적인 분위기까지도 잘 전달한다는 점에서 볼 때, <포의교집> 역시 19세기 조선의 시정 세태를 잘 반영하고 있는 작품임이 분명하다.

19세기
서울의
사랑

• 번역 •

절화기담

서문

    술과 여자와 재물과 호기는 선비나 군자라도 절제하기 어려운
것이다. 술동이 사이에서 술을 훔쳐 마시는 관리가 있는가 하면,
저자거리에서 술에 취해 잠이 든 선비도 있다. 또 여자의 방을 드나
들며 향을 훔쳤던 한수 같은 이가 있는가 하면1), 나뭇잎으로 중매를
한 우우(于佑) 같은 이도 있고, 만 냥이나 되는 돈을 단번에 써버린
재상도 있고, 백 냥이나 되는 금을 한 번에 내어준 고관도 있다.
그런가 하면 죽으면서도 후회하지 않았던 형경 같은 이도 있고2),
죽어서 오히려 향기로운 섭정 같은 이도 있는 것이다.3) 이는 모두
그들이 하고 싶어서 못 견디는 마음이 있어 싹튼 것이며, 또 호협을

---

1) 한수(韓壽) : 진(晉)나라 도양(都陽) 사람으로 자가 덕정(德貞)인데 얼굴이 잘 생겼다.
가충(賈充)이라는 관리의 딸이 그의 모습을 보고 반해서 여종을 통해 자신의 마음을
전하자 한수가 담을 넘어 들어가 인연을 맺었다. 가충의 딸은 황제가 가충에게 하사한
귀한 향을 가지고 있었는데, 이 방을 드나들던 한수에게 그 향기가 배게 되었다.
어느 날 가충이 연회에 참석했는데 한수에게서 바로 그 향기가 나는 것을 보고는
둘의 관계를 눈치채고 딸을 한수에게 시집보냈다고 한다. '한수가 향을 훔쳤다(한수투향,
韓壽偸香)'는 말은 여기에서 나온 것이다.

2) 형경(荊卿) : 형가(荊軻). 형가는 제(齊)나라의 자객. 형가는 독서와 검술을 좋아했으며
연나라에서 태자 단(丹)의 식객으로 머물면서 그를 섬겼다. 당시 강대국이었던 진(秦)나
라가 연나라를 위협하자, 형가는 태자 단을 위해 번오기(樊於期)의 목과 연나라의
항복을 뜻하는 지도를 가지고 진시황을 암살하러 떠났다. 형가는 진시황 암살에는
실패했으나, 자신을 알아준 사람을 위해서 목숨을 바친 의리 있는 자객이었다고 전한다.

3) 섭정(聶政) : 전국시대 한(韓)나라의 자객. 한나라의 대부인 엄중자(嚴仲子)로부터
한나라 승상인 협루(俠累)를 죽여달라는 부탁을 받아 협루를 죽이고 자신도 얼굴
가죽을 벗겨 자결했다.

숭상하는 데서 말미암아 생긴 일이니, 예로부터 영웅, 호걸, 귀족, 천민도 이 네 가지 가운데서 말미암지 않음이 없었다. 스스로를 죽음으로 몰아가고도 후회하지 않는 자, 자기 집안을 망하게 하고도 돌아보지 않는 자는 한때의 욕망을 한껏 좇은 것이나 그 일은 오히려 알려진 것이 없으니, 옛날의 훌륭한 사람들과 나란히 놓고 이야기할 수는 없겠다.

기이한 이야기와 볼거리는 예로부터 끝이 없을 정도로 많지만 만약 써줄 만한 사람을 만나지 못하면 사라져 전하지 않으니 탄식을 금할 수 없다. 이제 이 절화기담 이야기는 바로 내 친구 이모(李某)가 실제로 겪은 일이다. 이 한 편을 자세히 살펴보니 대략 원진4)과 앵랑이 만난 일과 매우 비슷한데,5) '첫 번째 기다리다, 두 번째 약속하고, 세 번째 만나고, 네 번째 만났으나 끝내 이루지 못했'고 한 것이 그러하다. 간난이6)가 스스로를 소개한 것과 홍랑7)이 장군서에게 욕심을 낸 것이 서로 조응이 되는 것이다. 또 <금병매>의 서문경8)이 반금련9)을 만난 것도 매우 흡사하다. 그 '세 가지 어려움'이라고 하는 것은 어렵고도 어려운 것으로, '청동과 은팔찌 이야기'는 왕파10)의 입담과 다름이 없다. 기이하도다! 천 년 지나 나온 이야기인

---

4) 원진(元稹) : 당나라 사람으로 자는 미지(微之). 시에 뛰어나 백거이와 함께 원백(元白)으로 일컬어진다. 장생과 앵앵의 비극적 사랑을 그린 소설 <앵앵전>의 작가로 유명하다.

5) 앵랑(鶯娘) : <앵앵전>의 여주인공. <앵앵전>에는 원진이 남주인공 장생과 특별히 친한 사이로 표현되어 있어, 이렇게 쓴 것 같다.

6) <절화기담>의 여주인공 순매의 이모

7) 홍낭(紅娘) : <서상기>의 여주인공 최앵앵의 시녀.

8) 서문경(西門慶) : <금병매>에 등장하는 남성인물로 호색한으로 그려져 있다.

9) 반금련(潘金蓮) : <금병매>의 여주인공으로 음녀(淫女)로 그려져 있다.

10) 왕파(王婆) : <금병매>에 등장하는 노파로 차를 팔면서 남녀를 맺어주는 뚜쟁이

데 이토록 비슷한 것이 있다니. 그런데 그 가운데는 오히려 더 나은 점도 있으니 내 친구가 간난이와 매섭게 관계를 끊어 황망한 가운데서도 윤리의 기강을 바로잡은 것이다. 또 순매(舜梅)는 남편의 졸렬함 때문에 상심하기는 했으나 해가 되는 데 이르지는 않았으니 아마도 요즘 사람들이 옛 사람들보다 훨씬 낫지 않은가?

내 친구는 믿음이 가는 사람이다. 어려서부터의 그 사람됨을 생각해 보면, 서시11) 같은 미인12)이나 말을 잘 하는 여자13)도 그를 움직일 수 없었다. 그런데 이제 여항의 한 천한 여종으로 인하여 이렇게까지 간절한 마음이 되어 버렸다. 옛말에 "색(色)이 사람을 미혹시키는 것이 아니라 사람이 스스로 미혹된다"고 했는데 과연 사람이 스스로 미혹되는 것인가? 색이 사람을 미혹시키는 것인가? 작품 중간의 시와 사(詞)는 제법 옛날 투가 있고, 차례와 내력은 마치 손바닥 안에 있는 것처럼 자세하니 또한 조용한 가운데 한 번 웃을 만한 이야깃거리라 할 만하다. 전편에 걸쳐 눈이 빠질 듯하고 애가 끊어질 듯하며 마음이 재가 되고 타는 듯한 구절로 가득 차 있으니 이 여자는 항아와 무산 신녀의 후신인가? 꽃으로 변한 여우, 분칠한

역할을 하는데 능란한 입담으로 일을 성사시키곤 한다. 서문경과 반금련이 만나게 해주고, 반금련이 남편 무대를 독살하는 것을 돕는다.

11) 서시(西施) : 중국 춘추시대 월(越)나라의 미인으로 오나라의 왕 부차의 총애를 받았다. 병이 있어 항상 얼굴을 찌푸리고 다녔는데, 그 모습이 더욱 아름다워 이웃 아낙네들이 따라서 찡그리고 다녔다고 한다.

12) 범호지녀(泛湖之女) : 서시(西施)가 범여를 따라 오호(五湖)를 건넌 것을 말하는 것으로 보인다. 월왕 구천(句踐)이 패한 뒤 범여(范蠡)가 서시를 데리고 가서 오왕(吳王)인 부차(夫差)에게 바치고, 부차가 서시의 아름다움에 빠져 있는 사이에 오나라를 멸망시켰다. 오나라가 망한 뒤에 서시는 범여에게 돌아가서 범여를 따라 오호를 건너갔다고도 하고 강에 빠져 죽었다고도 한다.

13) 채상지주(採桑之姝) : 뽕잎을 따는 여자라는 뜻으로 진나라의 변녀로 말을 잘하는 여자를 가리키는 것으로 보인다. 『속열녀전』, <진변녀전(陳辯女傳)>, "변녀는 진나라의 뽕잎을 따는 여자이다.(辯女者, 陳國採桑之女也)"

해골의 모습인데 내 친구가 그렇게 심히 미혹되었단 말인가? 만약 순매로 하여금 먼지떨이를 든 기생이 되게 했다면 내 친구는 과연 양소의 풍류가 있었을까?14) 순매로 하여금 달밤에 낙수에서 거닐던 아름다운 선녀가 되게 했더라면, 내 친구는 그 모습도 아름다운 조자건이15) 되었을까? 봄에는 오히려 함께 지내지 못 하다가 여름이 되어서야 그 소원을 이룰 수 있었으니, 순매가 바람에 나부껴 시든 매화 같았을 것임을 가히 알 만하다. 우물가에서 처음 만났을 때는 약수를 사이에 둔 듯 멀게만 느껴지더니16) 집안에서 만났을 때에는 꿈에서 깨어난 듯 허망하기만 하였다. 처음에는 찰나의 순간처럼 스치다가 나중에는 쓸쓸하게 끝나버린 것이다. 열 번을 마주치고 아홉 번을 만난 후에야 비로소 일이 이루어졌으니, 하늘이 정해준 연분이 있다는 것을 이제는 믿게 되었다. 애석하다, 만남을 가지기 전에 매섭게 끊어버리는 것이 나았을 것을! 그러나 한 번 만난 뒤에라도 스스로 관계를 끊었으니 다행스럽다 하겠다.

남화산인(南華散人)이 쓰다.

---

14) 이는 중국의 전기소설 <규염객전>에 나오는 이야기이다. 양소(楊素)는 수(隋)나라 화음(華陰) 사람으로 자가 처도(處道)이다. 수나라 문제를 따라 천하를 평정하고 월국공(越國公)에 봉해졌는데, 공을 믿고 교만하였다고 한다. 먼지떨이를 든 기녀(執拂之妓)는 양소의 집에 있던 기녀로 이정(李靖)이 평민의 신분으로 양소를 찾아갔을 때 이정의 사람됨을 보고 그날 밤 찾아가서 함께 살았다. 여기서 양소라고 한 것은 이정을 착각해서 쓴 것으로 보인다.

15) 자건(子建) : 조식(曹植). 위(魏)나라 사람. 조조의 아들로 비상한 재주가 있어 10세에 시경과 논어를 송독하고 부를 수십만 언이나 외웠다고 한다.

16) 약수지격(弱水之隔) : 약수는 지금의 감숙성의 장액하(張掖河) 또는 선경(仙境)에 있다는, 홍모(鴻毛)도 가라앉는다고 하는 강. 약수 건너 바라본다는 뜻은 약수지격(弱水之隔)에서 나온 말로 멀어서 도달하지 못 한다는 뜻이다.

사람의 정에는 알 수 없는 부분이 있고, 일에는 예측할 수 없는 부분이 있다. 알 수 없으니 잊을 수도, 그만 둘 수도 없는 것이 있고, 예측할 수 없으니 곰곰 생각할 수도, 그 일을 다할 수도 없는 것이 있다. 이러한 까닭에 정은 인연에서 시작되고, 일은 작은 기미에서 시작된다. 인연이 없다면 정이 어디에서 생겨나며[17], 기미가 없다면 일이 무엇에서 비롯되겠는가? 기미가 약간이라도 있어야 일이 일어나고, 인연이 조금이라도 싹터야 정이 움직이기 시작한다. 기미가 있어 움직이고, 인연이 있어 이루어지는 것이라 해도 또한 사람에게서 말미암지 않음이 없다. 그러므로 화와 복은 들어오는 문이 달리 있는 것이 아니라, 오로지 사람이 불러들이는 것이다. 그러니 싫고 좋음과 옳고 그름도 사람에게서 비롯되지 않음이 없고, 이해와 고락도 사람에게서 비롯되지 않음이 없다. 그런 까닭에 황금과 백옥은 사람의 목숨을 상하게 하는 빌미가 되기에 족하며, 부귀와 공명은 명예를 망치는 함정이 되기에 족하다. 어떤 이는 술을 퍼마시고 취하여 나라를 잃거나[18], 미색에 홀려 제 몸을 불태우기도 한다. 자기 목숨을 상하게 하고 자기의 명예를 망치고 나라를 잃고 제 몸을 불태운 자들은 그것이 차츰차츰 어디서 비롯되었는지도 모른 채 점점 어찌할 수 없는 지경에 이르게 된다. 그런데 어쩔 수 없는 지경이 되어 버렸는데도 그 마음을 막지 못하고 망령된 것을 다잡지 못하게 하는 것은 곧 미색이다.[19] 만 길이나 되는 욕망의 불길이

---

17) 원문에는 '可'로 되어 있으나 문맥상 '何'가 맞을 듯하다.

18) 우음(牛飮) : 소가 물을 마시는 것처럼 술을 많이 마시는 것을 말함. 걸 임금이 매희에게 빠져 술로 못을 만들고, 못 둘레에는 고기를 쌓아두고, 그 옆에는 삼천 명의 미소녀들로 하여금 춤을 추게 하고 북을 치면 술을 마시게 했는데, 이렇게 술을 마시는 것을 우음이라 했다. 걸 임금은 이렇게 방탕한 생활을 하다가 결국 은나라 탕임금에게 망했다.

천지간에 번지고, 천 층이나 되는 거대한 파도가 마음속에 일렁대면 그 형세는 계란을 쌓아올린 듯 위태로운데도 위험이 바로 그 발뒤꿈치를 좇는지도 모르고, 급박하기는 눈썹이 타들어가는 듯한데도 재앙의 그물이 자기 머리 위를 덮치는 것도 모른다. 어짊과 지혜와 용맹과 지략이 당대에 우뚝한 자라 해도 수레를 돌려 길을 되돌아가지 못한 채 끝내 앞에서 이야기한바 '점점 어찌할 수 없는 지경에 이르게' 된 뒤에야 그만두니, 두렵지 아니한가!

　<절화기담>은 내가 스무 살 때[20] 겪었던 일이다. 그때 일을 펼쳐 그 사실을 기록한 것이니, 한가할 때 심심풀이로 볼 만한 책에 지나지 않아, 문장은 맥락이 잘 이어지지 않고 사건은 허술한 데가 많았다. 내 친구인 남화자에게 물었더니, 남화자가 이야기의 순서를 고쳐 쓰고, 또 문장을 윤색해 주었다. 비록 내가 직접 겪은 일이지만, 마음 졸이며 그리워하고, 애가 끊어지도록 잊지 못하던 감정이 구절마다 살아 움직이고 글자마다 맺혀 있다. 책을 덮고 한숨을 내쉰 곳도 있으며, 마음이 아프고 눈시울이 시큰해지는 구절도 있었다. 한 번 기약하면 두 번을 어기고, 두 번 약속하면 세 번 어그러졌으니 귀신이 조롱한 것 같고 하늘이 그렇게 이끈 것 같기도 하다. 이제는 알겠다. 미인의 사랑스러운 모습에 사람이 미혹되기 쉽다는 것을. 게다가 남화자의 서문에는 내 마음을 권면하는 내용이 많으니 앞으로 옛날의 습관을 고쳐 바꾸고, 그릇된 것을 돌이켜 바른 곳으로 들어갈 것이다. 이는 내 친구가 나에게 준 선물이 아님이 없다.

　　　　　　　　　　　　　　석천주인(石泉主人)이 쓰다.

---

19) 우물(尤物) : 뛰어난 물건 또는 미인을 말함.
20) 정년(丁年) : 만 20세를 말함.

제1회
이씨 집안의 할미가 좋은 인연을 소개하고,
방씨네 간난이는 연애의 꿈을 깨뜨린다

남화자는 말한다.[21]

상하 여섯 편 삼 회(回) 중 얼굴을 본 것이 아홉 번이요, 약속을 했다가 못 만난 것이 여섯 번이요, 가몽(假夢)이 한 번이요, 진몽(眞夢)이 한 번이다. 진심으로 그리워하자 가몽에서 만나고, 가심(假心)을 스스로 끊으니 진몽이 갑자기 이루어졌다. 처음에 뜻이 있어서 할미에게 스스로 중매를 청했으며, 나중에도 뜻이 있어서 할미에게 스스로 단념한다고 했으니, '이생 한 사람이 스스로 중매하였다가 스스로 끊어 버렸다'는 문장이 있게 된 것이다. 처음에는 마음이 있어서 이생에게 중매를 했다가 나중에는 정이 없어서 이생으로부터 매정하게 물리침을 당했으니, '노파 한 사람이 이생에게 중매를 넣고 이생에게 매정하게 물리침을 당했다'는 문장이 있게 된 것이다. 이생은 무심히 수작을 했으나, 간난이는 마음을 두고 교태를 머금었으니 '한 번의 진짜, 한

---

21) 남화자는 이 이야기를 듣고 윤색해 준 사람이다. 그는 각 회가 시작할 때마다 "남화자는 말한다(南華子曰)"고 하고 앞으로 전개될 내용에 대해 미리 설명을 해 주고 있다. 이는 중국에서 유행한 평비소설을 모방한 것으로 작품을 개작, 윤색하는 사람이 자신의 비평을 직접 제시하는 형식이다. <수호자>, <삼국지연의> 같은 작품은 이런 비평을 함께 실은 판본이 많은 인기를 끌었다. 그러나 <절화기담>의 평비는 재미있거나 흥미롭다기보다는 다소 지루한 감을 준다. 남화자의 말이 지루하게 느껴지는 독자는 이 부분을 생략한 채 바로 이야기를 읽는 것도 이 작품을 재미있게 읽는 방법 중의 하나이다.

번의 가짜, 한 번 나아가고 물러간다는 문장이 있게 된 것이다. 노파는 가짜를 진짜로 알고 허(虛)를 실(實)로 알았으니, 허실(虛實)과 진가(眞假)가 복선으로 깔려 있다가 이야기가 한참 진행되면서 메워진다. 스스로 끊지 않았는데도 관계가 끊어지게 만든 사람은 간난이요, 스스로 끊는 것을 아파하였지만 또한 능히 스스로 끊을 수 있었던 사람은 이생이다.

남화자는 말한다.

순매가 한 번 모습을 드러내자 이생은 스스로 중매를 청하였고, 순매가 두 번째 나타날 때도 이생이 또 중매를 청하였으니 스스로 중매한 그 두 번이 멀리서 서로 조응이 되었다. 노파가 한 번 기약한 것은 진짜 기약이요, 이생이 한 번 놓친 것은 진짜 놓친 것이다. 꿈속에서는 진짜 같았으나 진짜는 아니었고, 만났을 때는 꿈같았으나 꿈은 아니었다. 꿈이 꼭 진짜 같았으니 깨고 나서 '긴 그리움 깊은 한숨'이라는 문장이 나오게 되었고, 진짜로 만나고 나서는 '우윳빛 젖가슴, 울렁거림, 옥 같은 피부가 매끄럽다' 같은 구절들이 앞과 뒤, 중간과 끝 사이사이에서 조응이 되고 멀리서도 연결이 된다.

은 노리개란 옷에 다는 것으로 은으로 된 물건인데, 종의 자부심, 또 종이 되찾아 간 일, 노파가 소매 속에 넣어 가지고 온 기쁨 등의 일을 만들고, 그리고 이생을 만나는 패물이 되는 것이다. 처음에는 얻었다가 놓치고, 나중에는 주었다가 받았다. 한 번 차는 것으로 한 번의 인연이 되었고, 종이 두 번의 중매를 선 셈이 되었으며, 노파가 세 번째 중매를 했다. 이생은 한 번 얻었다가 놓치고 두 번째 얻어 가지고 있다가 세 번째 전해준 뒤에야 비로소 만남의 자리가 마련되었으니, 신물(信物)이라는 것이 어찌 우연한 것이랴! 물건에는 뜻이 있는 신물이 있고, 기약에는 신뢰가 있는 아름다운 기약이 있다.

'첫 번째 어려움, 두 번째 어려움, 세 번째 어려움'이라고 하는 것과 '첫 번째 보고, 두 번째 보고, 세 번째 보는 것'이라고 하는 것이 나온다. 노파가 어렵다고 한 어려움은 진짜 어려움이 아니라 가짜 어려움이므로, 거기에 대해서는 말하기가 어렵다. 그런데 이생이 보았다고 한 것은 진짜로 본 것이다. 진짜로 본 것 가운데에도 또한 보기 어렵고 잊기 어려운 정이 많도다!

　임자년(1792년)22) 즈음에 이생이라는 사람이 모동23)에서 잠시 살고 있었다. 이생은 준수하고 고상했으며 풍채가 빼어난데다 시나 문장도 제법 잘 했으니 당시의 재주 있는 선비였다. 그러나 그는 집안 살림을 돌보는 데는 힘쓰지 않았다. 이웃에 사는 이씨의 집에 얹혀살았는데, 이웃인 이씨는 높고 유명한 집안의 사람이었다. 이 집에는 돌우물이 하나 있었는데, 아침저녁으로 우물 앞에는 온 동네의 여종들이 북적대며 늘 모여 있어 그 뜰에서 물을 긷는 풍경은 꽤나 볼 만한 것이었다.

　한 미인이 있었는데 이름을 순매(舜梅)라 하고, 나이는 이제 17세로, 얼굴을 꾸미지 않아도 온갖 자태가 부족한 데가 없었고, 몸은 단장하지 않아도 온갖 아름다움이 배어 나왔다. 버들가지 같은 가는 허리, 복숭아 빛 뺨, 앵두 같은 입술, 윤기 나는 검은 머리는 진정 절세미인이었다. 그녀는 방씨의 여종으로, 시집가서 머리를 얹은 지도 벌써 몇 해나 되었다. 이생이 한 번 그 얼굴을 본 뒤로 넋이 빠지고 마음이 흔들려 가라앉힐 수가 없었다. 그러나 봉래산이 겹겹이 가로막은 듯 만날 수 없어 그저 고당의 노래24)만 읊조리고 있을

22) 임자년 : 이 작품 속에 정조의 화성 행차가 나오는 것으로 보아 정조 당시를 배경으로 한 것으로 보인다. 정조 당시 임자년은 1792년이다.

23) 모동(帽洞) : 모곡동(帽谷洞). 지금의 종로 3가 일대.

24) 고당(高唐) : 초(楚)나라 때 운몽택(雲夢澤) 가운데 있던 누대(樓臺)의 이름으로, 무산(巫山)의 신녀(神女)가 나와 놀았다는 곳. 무산 신녀는 초(楚)나라 회(懷)왕이 고당(高堂)에 갔을 때 꿈에서 사랑을 나누었다는 선녀이다.

뿐 양대의 사랑25)을 이루기는 어려웠다. 깨어 있을 때면 늘 그 생각이 떠나질 않아 낙심한 가운데 마음속이 녹아내리는 것 같았다.

어느 날, 종 하나가 대나무가 그려진 은 노리개 하나를 가지고 와서 말했다.

"이건 방씨 집 여종이 옷고름에 매고 있던 물건입니다. 제가 이 물건을 잠시 전당잡아 가지고 있는데, 상공께서 저 대신 상자 속에 보관해 주십시오."

이생이 속으로 뛸 듯이 좋아하며 생각했다.

'꿈에도 그리던 사람의 좋은 물건이 생각지도 않게 내 손에 들어왔구나. 혹시 이걸 빌미로 만날 약속이 이루어지진 않을까?'

하루는 순매가 옅은 색의 얇은 치마를 입고, 머리에는 항아리를 이고, 손에는 녹로26)를 들고 가볍게 사뿐사뿐 우물가로 걸어 왔다. 순간, 이생은 더 이상 욕정을 억제할 수 없었다. 이생은 말로 슬쩍 떠본 뒤 은 노리개를 꺼내 보이며 물었다.

"이게 누구의 노리개더냐?"

순매가 놀라 물었다.

"이건 제가 아끼던 물건입니다. 전에 종놈에게 전당잡혔는데 어찌하여 상공의 손에 들어갔습니까?"

이생이 웃으며 말했다.

---

25) 양대(陽坮) : 陽臺. 송옥(宋玉)의 <고당부(高唐賦)>에 나오는 누각의 이름. 남녀가 만나 사랑을 나누는 장소를 가리킨다. 양대의 꿈은 남녀가 만나 사랑을 이루는 꿈을 말한다.

26) 녹로(轆轤) : 무거운 것을 들어 올리는 데 쓰는 도구. 여기에서는 물을 긷는 데 사용된 것으로 보인다.

"참으로 네 물건이라면 내 마땅히 네게 돌려줘야겠구나."

순매가 정색을 하고 대답하였다.

"이미 전당잡힌 물건인데 어찌 한 푼도 받지 않고 주인에게 돌려줄 수가 있겠습니까?"

이생이 감정을 억누르지 못 하고 말했다.

"뜻밖에 노리개 하나로 이미 아름다운 인연을 맺게 되었구나. 인생은 물거품 같고 풀 위의 이슬과 같은 것! 청춘은 다시 오기 어렵고 좋은 일도 늘 있는 것은 아니지. 그러니 하룻밤의 기약을 아끼지 말고 삼생의 소원을 이루는 것이 어떠하냐?"

그녀는 미소만 머금고 아무런 답도 하지 않은 채 물을 긷더니 바람처럼 가버렸다. 이생은 그저 바라만 볼 뿐 어찌할 도리가 없었다.

하루는 이생이 이웃에 있는 친구와 이씨의 집에서 술을 마시고 있었다. 원래 이씨의 집에는 한 노파가 살고 있었는데, 무슨 일에든 참견하길 좋아하고 말을 잘 해서 사람을 소개하여 맺어주는 일에 본래부터 노련한 솜씨가 있었다. 술잔이 몇 차례 돌자 이생이 조용히 말했다.

"방씨집의 여종을 할미도 잘 알고 있을 터. 나를 위해 소개해 줘서 하룻밤의 인연을 맺을 수만 있다면 반드시 후하게 보상하겠네."

노파가 대답하였다.

"어렵습죠. 그녀는 스스로를 곧게 지키려는 절개가 있어, 이 늙은 이의 둔한 말과 억지소리로는 꾀여낼 수가 없습니다. 한강의 얼음이 어느 세월에 단단하게 얼겠습니까? 쓸데없는 말로 헛되이 마음 쓰지 마십시오."

이생이 노파의 마음을 돌리기 위해 무진 애를 썼으나 노파의 마음은 갈수록 돌이키기 어려웠다. 이생이 참담한 마음으로 돌아와 홀로 난간머리에 기대어 있는데 문득 발자국 소리가 점점 가까워졌다. 아리따운 모습은 과연 마음속에 그리던 바로 그 사람이었다. 순매가 지치고 나른한 모습으로 곧장 우물가로 다가가니 이생은 너무나도 기뻐 은근히 그 뜻을 떠보았다. 그러나 순매는 한 번 웃어 보이고는 역시 아무런 대꾸도 하지 않은 채 얼른 물을 긷고 사라져버렸다.

이때는 바로 봄에서 여름으로 막 접어드는 때로, 우물가의 오동나무는 그늘을 짙게 드리우고 화분의 석류꽃은 흐드러지게 피어 있었다. 제비, 꾀꼬리가 지저귀는 소리는 근심 어린 사람의 생각을 한층 더해주는 듯 하여 드디어 시 한 수를 읊어 그 마음을 풀어내었다.

> 한 그루 매화꽃에 봄은 무르녹고
> 사랑에 빠진 사람은 옥 난간에 기대 있네.
> 향기 찾아 날아든 나비는 도로 날아가고
> 나부의 꿈[27] 깨어보니 달그림자만 휘영청.

붓을 잡아 써 놓고 나서 그 한 편을 읊조리니, 향기로운 묵으로 쓰인 글씨는 마음 가득한 그리움과 간절하지만 이루지 못하는 탄식을 다 그려내고 있었다. 밤새도록 잠을 이루지 못하다가 동 틀 무렵 옷매무새를 고치고 앉아 있는데, 갑자기 창 밖에서 발자국 소리가 또렷하게 들려왔다. 놀라 일어나 보니, 바로 이씨 집에 있는 술집

---

27) 나부몽(羅浮夢) : 수나라의 조사웅(趙師雄)이 나부산에서 꿈에 매화나무 숲의 정령인 미녀 나부 소녀를 만났다는 이야기에서 나온 고사.

노파였다. 이생이 말했다.

"이렇게 일찌감치 찾아와 주니 퍽이나 위로가 되는군. 어제 한 말을 마음속에 기억하고 있겠지?"

"한 마디 말을 건네 상공의 은근한 정에 보답할 수만 있다면, 제가 어찌 그걸 아끼겠습니까마는 이 일에는 세 가지 어려움이 있습니다. 순매는 성품이 깨끗해서 몸은 천하나 마음은 고귀하니, 그 뜻을 앗을 수 없는 게 첫 번째 어려움이지요. 또 간난이라는 이모가 있는데, 술을 좋아하고 남자를 좋아하는 데다 좋은 점은 적고 나쁜 점은 많죠. 그런데 순매의 행동은 오로지 이 여자의 주장에 달려 있습니다. 순매는 꼬일 수 있는데, 간난이는 꼬일 수 없으니 이게 두 번째 어려움이지요. 같은 집에 있는 여종 복련이는 음란하고 말을 잘 둘러대며 남의 동정을 잘 엿보고 그 말은 믿을 수가 없답니다. 그러니 일이 들통나면 쇤네에게 해가 많이 돌아오겠지요. 이것이 세 번째 어려움이랍니다. 허나 세 가지 어려움 중에서도 어렵지 않은 일이 하나 있기는 합니다. 속담에 돈은 많으면 많을수록 좋다고 합죠. 돈이 많은즉 좋은 술로는 간난이의 입에 재갈을 물리고, 잘생긴 남자로는 복련이의 마음에 들게 할 수 있습니다. 그 틈을 타서 일을 도모한다면 아마 열에 한둘 정도는 가능할 겁니다요. 동곡에 사는 방진사28)는 재산으로, 묘동29)에 사는 이상공은 풍류로 순매와 주선해 주기를 원한 게 여러 차례였습니다만 쇤네는 그때마다 그러겠다고만 하고 아직까지 한 번도 방법을 아뢰거나 계획을 세운 적이

---

28) 원문에는 진사(進賜)라고 되어 있는데 進士의 오기인 듯하다.

29) 묘동(廟洞) : 지금 종로구 종묘 부근의 동네.

없습니다. 그런데 이번 상공께서는 진실한 군자임을 알겠습니다. 약간의 돈을 제게 맡기시면 상공을 위해 일을 주선해 보지요."

"그건 조금도 어려운 일이 아니지. 할미는 힘써 일을 도모해 보게나."

이생은 즉시 돈을 찾아 주며 단단히 부탁을 하고 보냈다.

며칠이 지난 뒤 노파가 다시 와서 물었다.

"순매의 은 노리개가 상공께 저당 잡혀 있다고 하던데, 사실입니까?"

"그렇다네. 자네는 어디서 그 말을 들었는가?"

"순매가 돈이 생겨 그 물건을 찾고 싶어 해서 알게 되었지요."

"내가 그 노리개로 빌미를 삼아 한 번 만나보고 싶으니, 할미는 나를 위해 한 번 주선해 보게나."

노파가 그러마고 고개를 끄덕이고는 인사를 하고 갔다.

이생은 마음으로 굳게 믿고, 아름다운 기약이 반드시 이루어질 것으로 생각했다. 그런데 그 며칠 뒤에 어떤 종이 갑자기 오더니 그 은 노리개를 찾았다. 이생은 오히려 머뭇머뭇 한 마디도 못 한 채 낙담해서 내어주고는 노파의 신용 없음을 원망할 뿐이었다. 이 날 밤 촛불을 켜고 홀로 앉아있으니 순매 생각이 더욱 간절했다. 누가 오지 않나 멀리 바라보았지만 반가운 소식은 오지 않고, 저만치 둘러보아도 순매가 올 기미는 흔적조차 없었다.[30] 하품을 하고

---

30) 원문에는 回首藍田 玉杵無跡(회수남전 옥저무적)으로 되어 있다. 남전은 옛날부터 좋은 옥이 많이 나기로 유명하며, 이 주변에는 선굴(仙窟)이 있다고 한다. 남전현 동남쪽 남수(藍水) 위에 남교가 있는데, 남교는 당나라 배항이 남교에서 운영을 만난 곳으로, 또 미생이 여자를 기다리다 물이 불어나자 난간을 잡고 죽은 곳으로 유명하다. 여기서는 배항이 남교에서 운영을 만난 것을 비유한 것으로 보인다. 당나라 배항(裴航)이 남교역(藍橋驛)을 지나가다 목이 말라서 물을 구하다가 운영(雲英)이라는 여자를 보고는 예를 갖추어 아내를 삼았다. 그리고 옥으로 된 절구를 얻어 백일 동안 약을 만들었는데 선녀가 배항을 맞이하여 아내를 데리고 오게 해서 함께 옥봉동(玉峯洞) 안으로 들어가

기지개를 켜며 한숨을 쉬면서 자리를 옮겨 상에 기대어 있는데, 문득 어디선가 아리따운 여인이 노리개를 쟁그랑거리는 소리를 내며 다가왔다. 그리고는 붉은 입술을 열어 달콤한 말을 건네는 것이었다.

"저는 비천한 여자이옵니다. 낭군께서는 어째서 이렇게 스스로를 괴롭히시는지요?"

이생이 좋아서 가슴 설레며 손을 잡고 사랑스레 어루만지며 그리워하던 마음을 털어놓았다. 그리고는 곧바로 석류빛 치마를 풀어헤치고 비스듬히 원앙금침에 기대어 물끄러미 바라보니 그 사랑하는 마음을 다 표현하기가 어려웠다. 이생이 바로 수작을 걸었으나 한 번 건드려도 반응이 없고 다시 불러도 가까이 오지 않았다. 갑자기 기지개를 켜다가 놀라 깨니, 아, 한바탕 꿈에 불과했다. 새벽닭은 아침을 재촉하고, 등잔불 하나가 깜빡거릴 뿐이었다. 참한 모습이 눈에 삼삼해서, 잊으려 해도 잊을 수 없고 생각지 않으려 해도 저절로 생각이 났다. 그래서 흰 종이를 펼치고 붓을 잡고는 <일념홍(一捻紅)> 한 곡조를 지었다.

> 그리움이 오래 되니 탄식도 길어
> 이 적막한 봄에 한(恨)만 가득하네
> 낙수31), 무산32)은 어디란 말이더냐

신선이 되었다고 한다. 이생이 순매를 기다리는 마음을 비유한 것이다.

31) 낙수(洛水) : 예(羿)와 복비(宓妃)가 사랑을 나눈 낙포(洛浦)를 말함. 예는 활을 잘 쏘는 사람으로 서왕모로부터 불사약을 훔쳐왔으나 그 아내인 항아가 불사약을 훔쳐 달로 달아나 버렸다는 고사가 전하는 신화적 인물이고, 복비는 복희씨의 딸로 낙수에서 익사하여 낙수의 신이 되었다는 신화적 인물이다.

32) 무산(巫山) : 초나라 회왕이 고당(高唐)에 가서 낮잠을 잤는데 꿈에 무산의 신녀(神女)

보고 싶어 애끓는 사람은 등잔 앞에 앉았네
그리움은 허망한 꿈 꾸게도 하고
그리움은 그 꿈을 깨우기도 하네
근심을 다 흘려 낼 듯 눈물은 비 오듯 흐르는데
별과 달은 드문드문 빛나네.

이 일이 있은 뒤로 이생은 온통 그녀 생각뿐이었다. 하루가 삼
년같이 느껴지고 그 아름다운 약속이 더디 이루어지는 것을 한탄했
다. 열흘도 더 지나서 노파가 찾아왔다. 이생이 몹시 기뻐하며 함께
차를 마신 뒤에 말했다.

"할미는 중매하는 수고를 사양하지 않아 놓고는 한 번 간 뒤로
어찌 그리 소식이 없었나? 며칠만 더 지나서 왔다면 나를 건어물
상점에서나 찾았을 것이네. 이번에 온 건 진짜 전할 소식이 있어서
인가?"

"제가 어찌 감히 힘을 쓰지 않겠습니까마는 가로막는 일이 있어
서 아직도 그러고 있는 중입니다. 낭군의 귀하신 몸을 이 지경까지
축나게 했으니 황송하기 그지없군요. 저번 날 노리개를 돌려받을
때 저를 거치지 않게 한 건 제가 끼면 괜히 에둘러 간다는 의심을
받을까 해서였죠. 맡긴 사람이 찾아가도록 해서 다른 사람의 의심
을 멀리 하여 기미를 눈치채지 못하게 하려는 것이었지요. 그런데
지금 순매가 급히 써야 할 데가 있어서 다시 은 노리개를 저당 잡혀
돈을 꾸고 싶답니다. 그래서 쇤네가 소매에 넣어 왔으니, 상공께서
는 순매의 소원을 특별히 들어주셔서 한 번 만나볼 기회를 놓치지

를 만나 사랑을 나누었다고 해서 이후에 남녀의 정사를 일컫는 말로 쓰임.

마십시오."

이생이 은 노리개를 만지작거리며 애석해 마지않다가 즉시 약간의 돈을 노파에게 주며 말했다.

"돈을 빌려주는 대가로 물건을 전당잡고 싶어서 노리개를 받아두는 게 아닐세. 내 뜻은 일이 이루어지는 데 있으니 일이 허사로 돌아가지 않기 바라네."

노파가 응낙하고 갔다.

이생은 노리개를 가져다가 대나무 상자에 간수해 두고, 노파가 돌아오기를 기다렸다. 며칠 뒤에 노파가 다시 와서 웃으며 말했다.

"일이 이제 이뤄질 것 같습니다. 사람의 소원은 하늘이 반드시 들어주는 법이지요. 이 늙은이가 열심히 혀를 놀려서 여러 가지 좋은 말로 설득한즉 순매가 상공께서 요즘에 보이신 은근한 정에 대해 듣고는 흔쾌히 허락하더군요. 그래서 하늘의 인연이 여기에 있다는 걸 알 수 있지요. 정해진 날 어둠을 틈타 제가 상공을 모시러 올테니, 상공께서는 그저 손꼽아 기다리시기만 하면 됩니다."

이생이 기쁨을 이기지 못 하고 즉시 큰 술잔에 술을 따라 치하하니 노파가 인사를 하고 갔다. 이생은 이때부터 노파가 불러 오기만을 애타게 기다렸다.

하루는 이생이 근교에 일이 있어서 아침에 나갔다가 이틀 밤을 자고 돌아왔더니 노파가 길에서 맞으며 말했다.

"아쉽고도 안타깝습니다! 어제 저녁에 순매가 틈을 타서 왔기에 바로 상공을 모셔오려고 했는데 상공께서는 이미 출타하셨더군요. 좋은 인연을 그르치다니, 이렇게 애석할 데가 있나! 순매는 이 늙은

이와 술 몇 잔을 마시며 밤이 늦도록 회포를 풀면서 헛되이 하룻밤을 보냈답니다. 사랑의 깊은 맹세와 원앙의 좋은 꿈을 끝내 허사로 돌아가게 했으니 어찌 안타깝지 않겠습니까?"

이생이 이 말을 들으니 정신이 아찔한 것이 마치 낭떠러지에서 떨어지는 것 같았다. 이생이 노파에게 가까이 다가가서 사과하며 말했다.

"여러 날에 걸쳐 열심히 노력한 게 끝내 허망하게 되었구려. 생각해 봐야 공연히 마음만 상할 뿐일세. 이제부터의 계획은 오직 다시 만날 약속을 정하는 데 있으니, 할미는 힘을 써 줘서 마음을 태우고 가슴을 졸이게 하지 않도록 해 주게나."

노파가 고개를 끄덕이고 갔다.

세월이 물 흐르듯 하여 늦가을이 다 가고, 한겨울이 되었다. 북풍은 쓸쓸히 불고 얼음 같은 눈은 펄펄 내리니, 이때는 곧 그믐날 저녁이었다. 이생이 난간에 기대어 멀리 바라보고 있자니 실망으로 가슴이 답답하였다. 그런데 갑자기 노파가 가까이 다가와서는 귓속말로 속삭였다.

"순매가 제 집에 와서 벌써부터 상공을 기다리고 있습니다요."

이생은 미친 사람처럼 기뻐하며 문을 나서 노파를 따라갔다. 때는 초경 무렵[33]으로, 적막한 창문에는 외로운 등불만 가물거리고 있었다. 이생이 걸음을 재촉해 급히 앞으로 나아가 문을 열고 바라보니 즐거움이 손에 잡힐 듯 하여, 두 손을 마주잡고 치마를 끌어당기며 말했다.

---

33) 초경(初更) : 오후 7시에서 9시 사이.

"순매야, 순매야, 어쩌면 그렇게 무정할 수가 있느냐? 내 근심 어린 간장은 마디마디 끊어졌고 그리운 마음은 여러 번 재가 되었단다. 다행히도 빨리 죽지 않아 오늘 이렇게 한 번 보게 되니, 하늘이 틈을 빌려주어 사람의 소원을 이뤄주는구나. 지금 죽어도 한이 없다. 할미의 한 가닥 기쁜 소식이 갑자기 내 안개 속 같이 답답한 가슴을 탁 트이게 해 주니, 마치 좋은 술이 속을 적시고 잘 드는 칼로 눈동자를 덮은 꺼풀을 벗겨주는 것 같더구나. 그 많은 날 그토록 그리워하던 정을 말로 다할 수가 있을까?"

순매가 옷깃을 여미고 대답했다.

"낭군께서 저를 그리워하고 잊지 않으심을 저도 알고 있었습니다. 비록 목석같은 마음이라 해도 어찌 마음에 느껴지는 게 없었겠습니까? 하지만 낭군께는 이미 아내가 있고 저에게도 남편이 있습니다. 그러니 나부처럼 깨끗한 정절을 지키지 못하는 건 한스럽지만, 탁문군이 스스로 사마상여를 찾아갔던 일[34]과 같은 것은 정말이지 저도 해 보고 싶었습니다. 생각이야 이렇게 간절했지만 낭군을 미처 뵙기 전엔 오히려 욕하고 꾸짖으며 멀리 하실 것만 같았으니 어찌 감히 얼굴을 들고 상공께 어여쁘게 보일 수 있었겠습니까? 그러나 제가 보잘 것 없는 자질로 외람되이 상공의 사랑하심을 입고 보니, 만단으로 은근히 전하시는 마음을 계속 저버리기 어려워 어쩔 수 없이 따르는 것입니다. 정녀(靜女)처럼 몰래 낭군을 기다리니[35] 참

---

34) 문군자매지행(文君自媒之行) : 탁문군(卓文君)이 스스로 사마상여(司馬相如)를 찾아간 일을 말함. 탁문군은 한(漢)나라 촉군(蜀郡)의 부호인 탁왕손(卓王孫)의 딸. 탁문군이 과부가 되어 집에 와 있을 때 사마상여가 탁왕손의 잔치에 왔다가 거문고를 타면서 문군의 마음을 유혹하자 문군이 그 소리에 반해 밤에 집을 빠져나가 그의 아내가 되었다.

으로 남자를 만나기 위해 물을 건넌다는36) 혐의가 있군요."

드디어 더불어 애틋하게 시간을 보냈다. 노파는 술과 안주를 준비하여 냈다. 이생이 큰 잔으로 몇 잔을 마시자 홍조가 얼굴에 번져 오르고 봄바람이 얼굴 가득 퍼지듯 환한 표정이 되었다. 이생이 순매에게 장난스레 말했다.

"은 노리개 하나가 먼저는 종을 통해 오고 나중에는 할미를 통해 내 손에 들어왔는데, 기대하지도 않았는데 저절로 들어 왔는가 하면 구하려고 노력해서 들어오기도 했다. 그런데 그 앞뒤 일들이 모두 하룻밤의 아름다운 인연을 만들어 냈구나. 생각해 보니 너에게는 나를 만나는 예물인 셈이로다. 이제 우리가 만났으니 내 마땅히 네게 보내는 예물이 있어야 좋지 않겠느냐?"

이생이 즉시 주머니에서 은 노리개를 더듬어 찾아 옷깃에 달아주고는 한 번 만지작거리고 또 재삼 어루만지며 소리내어 즐겁게 웃었다. 순매가 말했다.

"낭군의 애타는 마음을 저버릴 수가 없어서 감히 이렇게 틈을 타서 약속을 지키러 오기는 했지만 깊은 못가에 있는 듯, 바늘방석에 앉은 것 같아서, 마음은 낚시 바늘에 걸린 물고기와 같고 몸은 총알에 놀란 새와 같아서 잠시라도 편안하게 마음을 놓을 수가 없네요. 사나운 남편이 잠시 일이 없었는데, 요즘 승상부의 심부름꾼으로 충원되어 야간 통행금지에 구애받지 않고 다닐 수 있습니다. 만

---

35) 정녀지사(靜女之俟) : 『시경』, <패풍(邶風)> '정녀기주 사아성우(靜女其姝 俟我城隅)' ― "정숙한 여자가 아름다웠다네, 그녀가 나를 성 모퉁이에서 기다린다네."에서 온 말.

36) 섭진(涉溱) : 『시경』, <정풍(鄭風)> '건상섭진(褰裳涉溱)' ― "당신이 나를 사랑해 주신다면 치마를 걷고 진강이라도 건너가겠어요."에서 나온 말.

약 저를 찾아 여기에 오면 그 화가 장차 어찌 될지 헤아릴 수가 없습니다. 차라리 일찍 집으로 돌아가고 다음 기회를 도모하는 게 무방할 것 같습니다."

이생이 말했다.

"네가 벌써 여기에 왔는데 이리 좋은 밤을 그냥 보낼 수야 없지. 비록 허다한 어려움이 있다 하더라도 할미에게 무슨 도리가 있을 터이니 너는 걱정 말아라. 술이나 몇 잔 더 하고, 즐거운 일을 펼쳐보자."

그리고는 치마끈을 풀고 손을 놀려 더듬으니 우윳빛 젖가슴은 출렁거리고 옥 같은 피부는 매끄러워서 손에 잡히지가 않았다. 일진 일퇴 어루만지고 쓰다듬으니 머리카락은 헝클어지고 분 바른 뺨은 달아올랐다. 사랑의 꿈이 막 이루어지려는 순간이었다. 그러나 그 순간 갑자기 누군가가 문을 거칠게 두드리며 큰 소리로 불렀다.

"순매야, 어디 있니?"

아름다운 기약이 어찌 될지 참으로 알 수 없다. 다음 회를 보면 알 수 있다.

제2회
한 쌍의 원앙새가 만남의 꿈을 깨뜨리고
간난이는 중매하여 세 잔 술을 마시다

남화자는 말한다.

순매는 스스로 약속을 지키겠다고 했고, 노파는 이생을 부르겠다고 했으며, 이생이 순매를 기다리니 순매가 왔고, 순매가 이생을 기다리니 이생이 또 왔다. 그러니 상하가 서로 조응이 되고 앞뒤가 서로 대응된다. 순매는 은팔찌를 저당 잡힌 인연이 있고, 이생은 은팔찌를 준다는 약속을 했으니 푸른 하늘[靑天], 흰 구름 떠 있는 하늘[白天]이 나오고, 어렵고도 어렵다는 이야기가 나오고, 또 파교[37], 유령[38]의 매화가 나오고, 매화라는 말이 잇달아 나오게 된 것이다. 정월 대보름과 좋은 계절에 만나자는 약속은 순매가 한 것으로 꼭 지키겠다고 했고, 한식, 청명의 약속은 노파에게서 나온 이야기이니 이는 명명백백한 것이다. 노파가 앓고 순매가 앓는 것이 앞서거니 뒤서거니 하다가 노파가 갑자기 중간에 거절을 해버렸으나 이생은 오히려 약속이 무산된 뒤에

---

37) 파교(灞橋) : 중국 섬서성의 장안 동쪽 파수(灞水) 위에 놓인 다리. 사랑하는 사람에게 버들을 꺾어주며 이별하던 곳으로 파교절류(灞橋折柳)라는 말이 있다. 일명 넋이 빠지는 다리라는 뜻으로 소혼교(銷魂橋)라 부르기도 한다.

38) 유령(庾嶺) : 강서성 대유현에 있는 산의 이름. 매화로 이름난 곳이다. 일명 매령(梅嶺), 대유령(大庾嶺)이라고 한다. 『백공육첩(白孔六帖)』에 "대유령에는 매화가 많은데 남쪽 가지의 꽃이 지면 북쪽 가지의 꽃이 비로소 핀다"고 하였다.

방문을 받았으니 "세 가지 어려운 계책"이라고 한 것이 오히려 먼 나라와 맺고 가까운 나라를 공격하는 계책이 되었다. 매화 하나의 인연이라고 한 것이 갑자기 뜻밖의 사람을 끌어냈으니 이생은 신실하여 참으로 믿을 만한 선비요, 노파는 이생을 시험했으니 참으로 꾀 주머니로다. 이생은 간난이에게 마음이 없었으나 간난이는 이생에게 마음이 있고, 노파는 뜻이 있기도 하고 없기도 하고, 마음이 있기도 하고 없기도 하니 이는 이른바 "낙화는 뜻을 가지고 물을 따라 흘러가건만, 흐르는 물은 낙화에게 무정하기만 하다."[39]는 것과 같다.

바로 이때 문을 두드린 사람은 다른 사람이 아니라 순매의 이모인 간난이었다. 순매가 놀라 일어나서 문을 열고 나오자 간난이가 얼굴을 쳐다보며 꾸짖었다.

"네 남편이 지금 막 집에 돌아왔다. 너는 집에 없고, 앞뒷집에 물어보아도 자취가 묘연해서 내가 너를 찾아 여기까지 왔단다. 얼른 돌아가자."

순매가 작은 소리로 대답했다.

"할미가 절 위해 떡을 찌며 조금만 더 있으라고 권해서 늦어진 거에요. 의심하지 마세요."

그리고 둘은 나란히 휑하게 가버렸다. 이들이 가버린 것 같자 노파가 급히 숨을 헐떡이며 안에서 뛰어나와 말했다.

"상공! 상공! 일이 이리 되었으니 또한 어쩌겠습니까? 간난이는 눈치가 빠르고 교활한 애입죠. 방안에 사람이 있는가 의심했지만

---

39) 이 구절의 원문은 "落花有意隨流水, 流水無情戀落花"로 <금병매>에서 무송을 유혹하려다 실패한 반금련을 풍자하는 장면에도 이 시가 나온다.

끝까지 살피지 않은 건 혹시라도 늦어질까 염려해서였습니다. 지금 만약 그 남편을 부추겨서 갑자기 찾으러 오기라도 하면 큰 일이니 상공께서는 얼른 피하셔서 불상사를 막으십시오."

좋은 만남이 이루어지던 중에 무산되어 버리자, 이생은 나무 인형이나 진흙 조각처럼 한참을 멍하니 앉아 있었다. 그러나 노파의 말을 듣고 보니 한층 더 나쁜 일이 일어날 수도 있을 것 같았다. 마당으로 걸어 나가니 거리에는 북소리가 세 번 울리고 북두성이 반짝이고 있었다. 이생은 야간 통행금지를 어기고 노파의 뒤를 따라 문을 나왔다. 집들을 따라 담을 돌아서 빠른 걸음으로 집에 오니, 문은 아직 잠겨 있지 않다. 중당40)으로 가서 촛불을 켜고 똑바로 앉아서 조금 전의 일을 생각하니, 멍한 게 한바탕 꿈 속 같았다. 만나기 전에는 그리움만이 더욱 절실했으나, 만나고 나서는 기쁨이 극에 이르렀다가 갑자기 헤어졌으니 걱정 근심 외에 두려운 마음까지 생기게 되었다. 호랑이 굴에 들어갔다가 통행금지까지 어겼다는 사실을 깨닫자 도리어 자기도 모르게 소름이 끼쳤다. 이로 말미암아 좋은 기약이 뜬구름이 되어 버렸으니 억지로 마음을 크게 먹고 잊어버리려고 했지만 그럴 수도 없었다. 그리하여 붓, 벼루 등을 꺼내 사운시 한 수를 지어서 그리워하는 마음을 담았다. 그 시는 이러하다.

> 만나서 애틋할 때는 선녀일까 싶더니
> 헤어져 원망스러우니 거문고 줄 끊어진 듯 하네
> 마음이 있어 연리나무41)가 되고자 했지만

---

40) 중당(中堂) : 마루. 제사 때 신주를 놓거나 또는 중요한 손님을 맞거나 의식을 거행하는 집 가운데의 마루.

다정해도 나란히 핀 연꽃42)이 되기는 어렵다오
남녀의 만남43)이 쉽다고 말하지 마오
월하노인의 은근한 인연44)을 저버릴 수도 있다오
처량하고 가련하게 서로 떨어져 그리워 하니
나를 슬프게 하는 이는 여전히 꿈속에서 어여쁘네

이생이 쓰기를 마치고 자리에 누웠다. 눈을 감으니 문득 눈앞에 순매가 아른거렸다. 산 같은 정과 바다 같은 마음을 만의 하나도 건네지 못 했으니 입에서는 저절로 혀를 차는 탄식이 새어 나왔다. 이렇게 며칠이 지난 어느 날, 노파를 찾아가서 물었더니, 노파가 맞이하며 말했다.

"지난 번 일은 참으로 아슬아슬했지만 다행히 들키지는 않았습니다. 조금 전에 순매를 만났더니 상공을 한 번 만나 뵙고 싶어하더군요. 그래서 제가 상공을 한 번 뵈려던 참입니다. 제가 청하지도 않았는데 상공께서 이렇게 오시니, 그 기미를 알고서 오신 거라 할 만하군요. 지금 잠시 앉아 계시면, 제가 달려가서 순매를 불러옵죠."

41) 연리수(連理樹) : 뿌리와 줄기가 다른 두 나무의 가지 결이 연결되어 하나가 된 나무를 말함. 서로 깊이 좋아하는 부부나 남녀의 사랑을 비유적으로 표현한 것이다.

42) 병두련(並頭蓮) : 한 줄기에서 두 송이의 꽃이 피는 연꽃. 부부나 남녀의 사랑이 깊은 것을 비유한 것이다. 중국의 희곡인 『서상기』, <崔鶯鶯夜聽琴雜劇>에 "地生連理木, 水出並頭蓮"이라는 구절이 나온다.

43) 상중약(桑中約) : 뽕밭에서의 약속. 뽕밭은 사랑하는 남녀의 밀회 장소를 뜻한다. 『시경(詩經)』에 있는 시제(詩題)의 이름이며, 남녀의 사랑을 읊은 노래이다.

44) 월하연(月下緣) : 부부의 인연을 맺어준다는 월하노인(月下老人)이 맺어주는 인연. 당나라의 위고(韋固)가 장가들기 전 송성(宋城)을 여행하다가 달빛 아래 한 노인이 주머니에 기대 책을 읽고 있었다. 그 주머니 속에 붉은 줄이 들어 있기에 무엇이냐고 물었더니 부부의 발을 묶는 끈으로 서로 원수거나 다른 곳에 떨어져 있는 사람이라 해도 이 끈으로 묶으면 끝내 바꿀 수 없다고 하였다.

그리고는 바로 달려갔다. 이생이 홀로 창틀에 기대어 한참을 내다보고 있었다. 얼마 뒤에 신발 소리가 점점 가까워지더니 순매가 문 앞에서 활짝 웃으며 거리낌없이 다가왔다. 아직은 새 것인 녹색 저고리를 입고, 허리에는 연한 쪽빛 치마를 두르고 있는데, 꾸미지 않은 모습이 한층 더 아름다웠다. 이생은 그 모습에 그만 폭 빠져서 그대로 놓칠 수가 없었다. 일전의 위급했던 상황을 다 이야기하자 순매가 말했다.

"같은 집에 사는 사람 중에 의심하지 않는 이가 없더군요. 달빛이 어두웠기 때문에 떡을 쪄먹었다는 핑계로 말을 잘 해서 일단 넘어갔습니다만, 오늘 만나는 것도 다른 사람의 눈에 띌까 두렵군요. 잠깐 얼굴이나 뵙고, 지난번에 경황 중에 헤어지게 된 이유와 저의 곡진한 마음을 아뢰고 싶어요. 이 달 21일은 주인댁 제삿날입니다. 그날 저녁 때 틈을 보아 나올 테니, 낭군께서는 절대로 저버리지 마시고 여기에 먼저 와서 저를 기다려 주세요."

이생도 거듭거듭 다짐하고는 사랑하는 마음을 간직한 채 헤어졌다. 이생이 노파에게 인사를 하고 집으로 돌아와서는 손꼽아 그 날을 기다렸다. 약속한 날이 되어 술집 노파를 찾아가니, 노파가 웃으며 말했다.

"순매를 만나기가 진짜 어렵군요. 촉으로 가는 길이 험하기가 푸른 하늘에 오르기보다 더 어렵고[45], 지금 순매를 만나는 어려움 역시 저 흰 구름 떠있는 하늘에 오르기보다 더 어렵습니다."

---

45) 촉도지난, 난어상청천(蜀道之難, 難於上青天) : 이백의 <촉도난(蜀道難)> 첫 머리에 나오는 구절. 촉도는 사천성에 있는데 옛날 촉나라로 통하는 길로 몹시 험한 길이었다고 한다.

이생이 깜짝 놀라며 물었다.

"무슨 말인가?"

"제가 지금 순매의 집에서 오는 길인데 그 남편이 술에 취해 집에 와서는 제 멋대로 미친 듯이 술주정을 하고 있더군요. 순매가 눈짓을 보내는데 오늘 저녁 약속을 또 지키지 못할 것 같군요. 그러니 이 일을 또 어찌합니까?"

이생이 탄식을 하고, 한숨을 쉬면서 돌아갔다.

하루는 이생이 난간 끝에 기대어 앉아 손님과 이야기를 나누고 있는데, 노파가 난간 앞을 스치며 눈짓을 보내고 지나갔다. 이생이 그 뜻을 알아차리고, 즉시 옷매무새를 바로 하고 곧장 노파의 집으로 가 보니 순매는 방에 와서 기다린 지 벌써 오래였다. 이생이 다가가서 손을 잡고 한숨을 쉬며 말했다.

"네가 도대체 뭐 길래 장부의 간장을 다 도려내느냐? 약속을 하고 오지 않았으니 만나지 않은 것만 못하다. 차라리 약속을 안 하는 게 낫지. 너는 도대체 어떤 물건이며 어떤 사람이기에 나로 하여금 북망의 혼이 되게 하며, 황천의 원한 품은 사람이 되게 하려는 것이냐? 내 가슴엔 벌써 산더미 같은 목마름이 생겼고, 천 층 불길은 내 심장과 폐를 다 불살라 버렸다. 죽었다 살리는 네 기술이 아니면, 나는 다시 일어나 사람답게 살 날이 없을 것 같구나. 나를 가련히 여겨다오."

순매가 낯빛을 고치고 대답했다.

"제가 낭군을 생각하는 마음으로 미루어, 낭군께서 저를 사랑하시는 마음 또한 알겠습니다. 제 비록 천한 몸이지만 저 역시 사람의 성품을 지녔으니 낭군께서 사랑해 주시는 마음을 모르지 않습니다. 그러나 이 몸은 형편상 자유롭지 못하답니다. 연약한 몸으로 용렬한 사람의 아내가 되어 비록 잠깐은 즐거웠지만 늘 타고난 운명에 대해 탄식하다가 한 번 낭군의 사랑을 받은 뒤로는 오로지 낭군을 섬기고 싶은 마음뿐, 남편을 섬길 마음은 조금도 없어졌답니다. 무슨 일이 일어나도 아무 생각이 없고, 음식을 봐도 먹을 생각이 나지 않아요. 이 한 몸의 생각은 오직 한 가지, 낭군에게만 쏠려 있을 뿐. 밝은 달빛이 문을 비추며 들어오거나, 서늘한 바람이 발을 흔들 때면 은하수는 말갓말갓 반짝이고, 하늘은 아득히 높아지지요. 망루[46]의 북소리가 일경[47]을 지나 이경[48]을 알리면, 별당의 차가운 다듬이질 소리[49]는 천 번을 지나 만 번이 되어 갑니다. 짝 잃은 외기러기도 울기를 다하면 님 그리는 아낙네 정을 품으며, 외로운 등불 홀로 깜박이면 아름다운 여인은 길이 탄식을 하지요. 애끊는 그리움에 눈물 흘리며 이승의 경박한 즐거움을 탄식하면서 후세에는 낭군의 아내가 되어 수발 들 것을 꿈꿔 봅니다. 마음은 타는 듯하여 꿈에서도 잊지 못하고, 몸은 초췌해져 허리띠가 날로 헐거워졌지요. 낭군에게는 하루의 사랑이 저에게는 평생의 근심이 되니, 사랑은 원망과 짝이 되고 정은 도리어 원수가 되었습니다. 이 생애, 이 세상에서는

---

46) 초루(醮樓) : 성문 위에 세운 망루. 초루(譙樓) 혹은 초루(哨樓)를 잘못 쓴 것으로 보인다.

47) 일경(一更) : 오후 7시에서 9시 사이.

48) 이경(二更) : 오후 9시에서 11시 사이.

49) 한침(寒砧) : 한저(寒杵). 차갑게 들리는 다듬이 소리. 추운 가운데 듣는 소리. 잠삼(岑參)의 '숙관서객사시(宿關西客舍詩)'에 "孤燈然客夢, 寒杵搗鄕愁", 심전기(沈佺期)의 시에 "九月寒砧催木葉, 十年征戍憶遼陽"이란 구절에 나옴. 고향을 그리워하는 마음을 뜻한다.

이 한을 풀기 어려우니 다만 바라기는 죽어 개가 되고 말이 되어서라도 낭군의 지극한 사랑에 보답하는 것입니다.”

말을 마치고 소매로 얼굴을 가리고 눈물을 흘리는데, 버들잎 같은 눈썹 사이로 한과 근심이 비구름같이 서려 있었고, 복숭아 빛 뺨 위로는 사랑의 표정을 가득 머금고 있었다. 이는 실로 이른바 ‘아름다운 흰 달은 정해진 모습이 없고 이리저리 흩어지는 옅은 구름은 바람을 막지 못한다’는 것과 같은 느낌이었다. 그 온갖 요염함과 나긋나긋함은 이루 다 기록할 수가 없다.

이생이 슬픔과 기쁨이 극에서 극으로 엇갈리며, 가까이 다가가서 위로하고 어루만져 주었다. 이때 갑자기 어떤 사람이 밖에서 불렀다.

“순매 언니, 어디 있어요?”

순매가 놀라 일어나 손을 뿌리치고 나갔다. 이 사람은 순매의 동생인 순덕(舜德)이었다. 순덕이 물었다.

“언니는 뭐하고 있어? 훤한 대낮에 무슨 건수를 만들고 있는 거유?”

순매가 대답했다.

“한가하게 별 일이 없어서 잠깐 이야기하러 온 거야.”

그리고 순덕과 함께 나란히 돌아갔다. 이생은 방안에서 숨을 죽이고 멀리 가기를 기다렸다가 일어나 나와서는 참담한 심정으로 문을 나서는데, 마치 무엇인가를 잃어버린 것같이 멍하였다.

시간은 덧없이 흘러 또 다시 섣달그믐이 되었다. 이생이 술집 노파에게 찾아가서 말했다.

“이 해도 다 끝나 가는데 좋은 기약이 여러 번 어그러졌으니 온갖 그리움을 누를 길이 없네. 이제 선물을 하나 보내려고 하니 자네는 나를 위해 잠시 이 말을 좀 전해 주게."

노파가 즉시 이 말을 듣고 갔는데 순매가 곧바로 노파를 뒤따라오는 것이었다. 이생이 이를 보고 생각지도 않던 일이라 몹시 기뻐하였다. 이생이 곧 섬세하게 만들어진 붉은 은장도와 옥 노리개를 주며 말했다.

"이건 청나라에서 제일 좋은 상점의 물건이다. 은에서는 그 깨끗함을 취하고, 옥에서는 그 윤기를 취하지. 옷깃 앞에 매어 두고 밤낮으로 지녀 이 마음을 부디부디 잊지 말아다오."

순매가 받아서 이리저리 보니 화려한 기교를 다해 만든 물건인데, 초록과 쪽빛 비단실로 동심결 두 가닥을 바짝 묶어 둔 것이었다. 순매가 가슴 섶에 여미고는 감사해 마지않더니 일어나서 인사를 했다.

"묵은 해 묵은 약속은 이미 그림자를 잡는 것처럼 허망한 일이 되어 버렸으나, 새해 새 정은 마땅히 기약을 정하게 되겠지요. 낭군께서는 상심하지 마세요."

그리고 복 받으시라는 인사와 함께 훌쩍 가버렸다. 이생이 한 번 긴 한숨을 쉬고 한을 머금은 채 돌아왔다. 이날은 바로 섣달그믐이었다. 집집마다 부적50)을 바꾸고, 폭죽으로 묵은 것들을 없애고, 진흙으로 만든 소51)를 두들겨 깨고, 채색한 제비로는 상서로움을 표했다. 갑인년52) 신정이 되자 이생이 노파를 찾아가 물었다.

---

50) 도부(桃符) : 복숭아나무로 만든 부적. 옛날에는 이것을 정월 초하루에 문에 붙였다.
51) 나우(泥牛) : 춘우(春牛). 진흙 또는 종이, 갈대로 만든 소. 입춘 전날 이것을 두드리며 봄을 맞이했다.
52) 본문의 갑인년은 1794년으로 보인다.

"그믐날 만났을 때 정월 대보름날 밤에 만나기로 분명히 약속은 했지만, 자네가 나를 위해 다시 한 번 알아봐 주오."

노파가 가더니 즉시 돌아와서 말했다.

"보름날에는 약속대로 한다고 합니다."

이생이 이 말을 믿고 좋아하며 손가락을 꼽으면서 기다렸다. 이때는 임금님께서 화성으로 행차하셨다가 돌아오시는 날로, 마침 보름날이었다.53) 장안의 경비가 삼엄하여 사람들의 통행을 일찍 금지시키자 이생은 혹시 일이 뜻대로 되지 않을까 염려하여 약속에 맞춰가서 노파에게 물었다. 그랬더니 노파가 말했다. (다리 저는 나귀 보이지 않고, 푸른 옷도 희미해졌네. 처음으로 역졸 만나니, 고향은 아득히 멀어졌네.)

"매화! 매화! 파교 위의 갈매화, 유령의 봄 매화, 오월 강성(江城)에 떨어진 매화54), 그 열매 일곱 개를 따주랴. 오늘 저녁의 약속은 또 어그러져 버렸습니다. 제가 힘을 쓰지 않은 게 아니나 또 어쩌겠습니까?"

"도중에 약속이 달라진 건 무엇 때문인가?"

"사람들이 마음대로 드나들 수 없는 데다가 사나운 남편이 옆에서 지키고 앉아 떨어지지 않으니 형편이 그런 걸 어쩌겠습니까?"

"하늘에는 달이 둥글고, 세상은 한가한데 이렇게 좋은 밤을 헛되이 보내다니. 좋은 사람과의 좋은 약속이 또 마음먹은 대로 되지 않으니 나를 장차 기꺼이 서산의 굶어죽은 귀신이라도 만들 작정이

---

53) 정조가 화성(華城), 즉 지금의 수원에 있는 아버지 사도세자의 능인 현륭원에 참배하기 위해 1월 12일에 대궐을 떠나 15일에 돌아온 일을 말한다.

54) 오월강성낙매(五月江城落梅) : 이백의 '與史郎中欽 黃鶴樓上吹笛詩'에 "黃鶴樓中吹玉笛, 江城五月落梅花'라는 구절에서 옴.

란 말인가?"

그러자 노파가 위로하며 말했다.

"낭군은 너무 걱정하지 마십시오. 다음 달 초엿새 날은 한식날입니다. 이때는 간난이와 복련 두 사람이 미리 산소에 올라가고 순매혼자 남아 집을 보게 되어 있지요. 이 날 좋은 기회를 도모해 볼테니 기다려 주십시오."

이생이 참담한 마음으로 돌아와서는 한식날이 되기만을 기다렸다. 어느새 한식날이 다가오니, 이 절기는 이른바 '청명한 시절 부슬부슬 비 내리니, 길 가는 행인은 넋이 끊어지는 듯하다'라고 일컬어지는 때였다. 이생이 노파를 찾아갔더니 노파는 아파 누운 지 벌써며칠 째였다. 이생이 놀라 안부를 묻자 노파가 끙끙 앓으며 대답했다.

"제가 우연히 감기가 들어서 자리에 누운 것이 여러 날이라 순매소식을 물어보지 못했습니다. 상공께서 제 병에 차도가 있기를 조금만 기다려주시면 나중 기약을 다시 도모해 보겠습니다."

이생이 급급히 안부만 묻고는 한탄하며 돌아왔다. 십여 일이 지나기를 기다려 또 가서 노파를 보니 노파가 말했다.

"지난 번 앓던 게 이제 나아서 그 사이 한 번 순매에게 가서 물어보려고 했습죠. 그랬더니 순매도 병이 들어 누운 지가 며칠 째라고합니다. 상공께서 약값을 약간 주신다면 제가 당장에 가서 알아보고오겠습니다."

이생이 즉시 얼마간의 엽전을 주었다. 이로부터 이생이 여러 번노파에게 갔으나, 가면 일이 어그러지곤 하였다. 달포쯤 지나 다시가보니, 노파가 잔뜩 성이 나서 소리를 지르고 화난 빛으로 말했다.

"이후로는 다시는 순매년의 말일랑은 제게 하지 마십시오."

"이제 와서 무슨 이유로 이렇게 야박하게 대하는 것인가?"

노파는 (자기도 모르게 입가에 침을 튀기며) 말했다.

"큰 매화, 작은 매화는 그만두고라도 상공 때문에 제가 공연히 간난, 복련 같은 도둑년들에게 의심을 당했단 말씀입니다. 상공께서 저희 집에 자주 들락거리시는 바람에 소문이 퍼져서 다섯 사람만 모여도 이야기해 대고 열 사람이 모이면 시끄럽게 떠들어대니, 내가 죽을 때가 다 된 나이에 큰 일이건 작은 일이건 간에 무엇 때문에 이렇게 사람들의 의심을 산단 말입니까? 저는 오로지 상공의 한결같은 마음 때문에 작은 힘이나마 내서 세 번의 만남을 도모한 것인데 그 뜻도 이루지 못했으니 하늘이 정한 인연이 아니라는 걸 또한 알 수 있죠. 이제 다시는 제게 순매년 따위는 말도 꺼내지 마십시오."

말이 끝났는데 그 어투나 기색이 몹시 사나웠다. 이생이 재삼 마음을 풀라고 했으나 도저히 마음을 돌이킬 희망이 없어서 처참한 기분으로 머뭇거리다가 하릴없이 돌아왔다. 이때는 바로 늦봄 삼월 보름이었다. 푸른 버드나무 가지에서 꾀꼬리는 벗을 부르고, 붉은 살구꽃 위로는 흰나비가 이리저리 날아다니고 있었다. 곳곳에서 예전 난정에서의 모임55)을 기억하며 사람들마다 시를 읊조리면서 옛 사람들의 풍류를 따라했다. 이에 임금님은 대신들56)과 여러 신하들을 명하여 궁궐에서 꽃과 버드나무를 감상하며 즐기도록 하였고,

---

55) 난정고사(蘭亭故事) : 진(晉)나라 영화 9년 3월 3일 왕희지가 당시의 이름난 문사 41인과 함께 산수가 아름답기로 유명한 회계 산음의 난정에 모여 곡수(曲水)에 술잔을 띄우고 놀았다는 고사. 모두 시를 짓고 왕희지가 그 서문을 썼다.

56) 원문에는 각신(閣臣)으로 되어있다. 각신은 조선시대 규장각에 소속된 제학, 직제학, 직각, 대교 등의 관원.

물시계가 한 번 울린 뒤에도 야간통행을 금하지 않아서, 온 성안의 남녀들이 몹시 즐거워하며 구경하지 않는 이가 없었다. 이생도 두세 명의 벗들과 함께 흥이 나서 달빛을 받으며 주막에서 술을 마셨는데, 제5교 입구에는 달빛이 대낮처럼 환히 비추고, 상림원57)에서는 아름다운 음악이 잇달아 연주되고 있었다. 이런 경치를 대하자 이생은 마음이 동하여 순매 생각을 떨치기가 어려웠다. 이생은 곧 벗들과 헤어져 지름길을 택해 자기 동네로 가서는 길을 돌아 노파를 찾아갔다. 때는 한밤중이라 사람의 자취라고는 없었다. 이생이 문을 밀고 곧장 들어가자 노파가 깜짝 놀라며 물었다.

"상공께서 갑자기 깊은 밤중에 여기에 오시다니, 무슨 급한 일이라도 생기셨는지요?"

"오랫동안 자네를 못 봤더니 보고 싶은 마음이 더욱 간절해서 지금 이렇게 왔다네. 특별히 한 번 만났으니 술이나 실컷 마시면서 한편으로는 자네를 위로하고 또 한편으로는 내 마음을 달래고자 하네. 자네는 어쩌면 이다지도 박정하단 말인가?"

노파가 감사하며 말했다.

"상공이 지금 오신 것은 순매 때문이지 저 때문이 아니시지요. 어찌 저 때문에 오셨다고 하십니까? 하지만 밤도 깊은데 이렇게 오셨으니 어찌 감히 감사하지 않겠습니까?"

그리고 곧바로 술을 따라 건네며 마시기를 권하자 이생이 술잔을 멈추고 웃으며 말했다.

---

57) 상림원(上林園) : 장원서(掌苑署)의 본래 이름. 조선시대 금수를 기르던 동산과 화초, 과일나무를 기르는 일을 관장하던 관청. 한성부 북부 진장방(鎭長坊)에 있었다고 한다.

"자네가 그동안 보여준 각별한 뜻은 마음에 새겨져 있고 뼈에 사무쳤다네. 그런데 갑자기 도중에 일이 그르쳐지니, 타던 악기의 줄이 끊어진 것 같고, 물을 건너던 배가 그만 가라앉아 버린 것과 같고, 천리마 꼬리에 붙어 가던 파리58)가 중간에 떨어진 것과 같고, 자벌레59)가 하루 종일을 가도 아무런 공을 세우지 못한 것과 같으니 어찌 애석하지 않은가? 바라건대 할미는 다시 한 번 좋은 마음을 내서 다 죽어 가는 목숨을 구해 주오."

노파가 한참을 생각한 뒤에 대답했다.

"이 늙은이가 요즈음 귀가 잘 안 들려 큰 소리든 작은 소리든 도무지 알아듣지를 못 한답니다. 상공께서는 다시 한 번 말씀해 주십시오."

이생이 다시 큰 소리로 말을 하고 나서야 노파가 비로소 반쯤이나 알아듣고 말했다.

"제가 단단히 부탁드렸던 것은 '매(梅)'라는 한 마디 말을 입에 올려 말씀하지 마시라는 것이었지요. 이제 낭군께서 저의 당부를 들어주셔서 '매(梅)'자를 한 번도 말씀하지 않으셨으니 낭군께서는 역시 믿을 만한 선비라 하겠습니다. 그러나 '매'자를 말씀하지는 않으셨지만, 단어마다 '매'가 나오지 않음이 없고, 글자마다 도무지 '매'를 잊지 않으시는군요. 낭군은 가히 직접 말하지 않고도 웅변을 전하는 그런 선비십니다요. 낭군의 정성이 참으로 안되셨습니다.

---

58) 기미지승(驥尾之蠅) : 천리마 꼬리에 붙은 파리. 파리가 천리마 꼬리에 붙어 멀리까지 간다는 뜻으로 후배가 명망 있는 선배에 기대 덕과 이름을 얻는다는 데서 온 말이다.
59) 척지지충(尺地之虫) : 자벌레. 몸을 움츠렸다 폈다 하면서 기어가는 모양이 자로 재는 것 같다하여 붙여진 이름.

이제 써 볼 만한 계책이 하나 있긴 한데, 글쎄……. 상공께서 허락하실는지요?"

"계책이라니, 어떤 계책이오?"

"이제 한 가지 계책이란 범저[60]가 말한 것처럼 멀리 있는 나라와는 외교를 맺고 가까운 나라는 공격하는 그런 방법이고, 또 백리해[61]가 이른 것처럼 길을 빌려주고 괵땅을 얻는 그런 계책이지요.[62] 간난이는 술을 마시면 곧 취하는데, 그때 말하면 반드시 들어줍니다. 제가 간난이를 집에 오게 한 뒤 상공을 모셔올 테니, 상공께서는 먼저 좋은 술과 맛있는 안주를 준비했다가 함께 마음껏 마시며 잘 대해 주십시오. 작은 인정이라도 보이시면 그 아이는 반드시 상공 편이 될 겁니다. 상공께서는 겉으로 부드럽게 잘 대해 주시는 것처럼 하시면서 속으로는 마루를 빌려 안방으로 들어가신다면 상대방은 은혜에 감격할 겁니다. 그런 뒤에 상공이 바라는 일을 행하면 일이 혹시 누설되더라도 큰 질책에 이르지는 않을 것입니다. 이 계책이 어떠합니까?"

이생이 기뻐하며 말했다.

"할미는 꾀주머니요 생각 보따리일세. 그 작은 뱃속에 이런 조화 속을 지니고 있다니! 만약에 할미가 삼국 시대에 태어났더라면 족히

---

60) 범저(范睢) : 전국시대 위나라 사람. 자는 숙(叔). 멀리 있는 나라와는 외교를 맺고 가까운 나라는 계속 공격하는 '원교근공책(遠交近攻策)'을 진나라 소양왕(昭襄王)에게 진언하여 진나라가 영토를 확장하는 데 공을 세워 재상이 되고, 응후(應候)에 봉해졌다.

61) 백리(百里) : 백리해(百里奚). 춘추시대 진나라 사람. 처음에는 벼슬하지 못하고 떠돌아다니며 길에서 걸식을 하기도 했으나 진나라 목공이 등용하여 국정을 맡겼다.

62) 가도취괵지계(假道取虢之計) : 도로를 다른 나라에 빌려주고 그 땅을 빼앗는 계책. 『좌씨』에 우나라에 도로를 빌려주고 호를 정벌한(假道於虞, 以伐虢) 계책이 나온다.

여자 책략가가 되었을 것을!"

이생은 바로 얼마간의 돈을 노파에게 쥐어주며 술과 안주를 준비할 비용으로 쓰게 하고는 노파와 헤어져 집으로 돌아왔다.

다음날 이생이 옷을 떨쳐입고 갓을 털어 쓰고는 말쑥한 모습으로 노파에게 가니, 노파는 그때 마침 간난이와 마주앉아 있었는데, 웃고 말하는 소리가 낭랑했다. 이생이 앞으로 가자 간난이가 말했다.

"상공께서는 여지껏 술자리에 어울리는 법이 없으시더니, 어찌 주막에 오셨습니까?"

"내가 본래 술 마시는 것을 좋아하지는 않지만 너와 함께 마시는 술이라면 큰 사발로 열 잔이라도 내 사양하지 않겠다."

노파가 즉시 안주와 술병을 들고 와서 마루에 놓았다. 이생이 한 잔을 쭉 들이키고 남은 술을 간난이에게 넘기니 간난이가 한 입에 다 마시고는 바로 한 잔을 가득 따라 이생에게 올렸다. 이는 실로 '세 잔 술에 꽃이 합하여지고, 두 잔 술이 사람을 맺어준다'는 것과 같았다. 이생이 술잔을 비우고 다시 술을 따라서 간난이에게 주며 말했다.

"속담에 '한 잔 술에 일이 이루어지고, 두 잔 술에 합환을 이룬다'고 했으니, 너는 이 술을 마시고 나를 위해 작은 힘이나마 내어다오."

간난이가 술잔을 멈추고 웃으며 말했다.

"저는 온몸으로 받들고자 하는데, 작은 힘이라니 그게 무슨 말씀이십니까?"

노파가 옆에서 눈짓을 주니 이생이 웃으며 얼버무렸다.

"내가 너무 취해서 실언을 했구나. 이상하게 여기지 마라."

그러자 간난이는 더욱 아양을 떨며 교태를 부릴 뿐이었다. 이생이 취한 척하며 작별을 고하자 간난이도 뒤이어 돌아갔다.

다음날 이생이 노파를 찾아가니 노파가 말했다.

"어제 간난이의 마음이 온통 상공께 있던데, 그쪽을 먼저 도모해보시지요."

이생이 화를 내며 말했다.

"조카와 만나려 하는데, 또 그 이모를 소개하는 것은 짐승도 하지 않는 일이네."

그러자 노파가 웃으며 말했다.

"아까 한 말은 농담입니다. 어제 거짓말로 간난이를 꼬이면서 '뒷집의 상공께서 낭자를 한 번 보고 싶어하시네.'라고 했습죠. 처음에는 짐짓 완강히 거절하더니 나중에는 흔쾌히 허락하면서 '내가 규방 안의 과부도 아닌데, 동쪽 담장의 여자[63]가 된들 무슨 해가 있겠소?'라고 하더군요. 상공께서는 앞으로 간난이를 만나시면 반드시 잘 해주는 척하십시오. 간난이가 그 사이에 기미를 눈치채게 해서는 안 됩니다. 제게 계획이 있고 또 성공시킬 방도가 있으니, 조심하셔서 일을 그르치지 마십시오."

이생이 그 말대로 순순히 따르는 척해주니, 간난이는 하루도 빠지지 않고 노파의 집으로 왔다. 어떤 때는 은근한 정으로 맞이하고, 또 어떤 때는 길에서 아양떠는 웃음으로 맞이하니, 좋은 일에 훼방

---

63) 동장지녀(東墻之女) : 송옥이 쓴 <등도자호색부(登徒子好色賦)>에 나오는 미인 동쪽 담장 안의 여인은 초나라 대부 송옥(宋玉)의 집 동쪽에 살았다는 초나라 제일의 미인으로 담장 너머로 여러 번 송옥을 엿보았지만 송옥 자신은 흔들림이 없었다고 한다.

꾼이 낀 것이었다. 이생이 계속해서 몹시 싫어하니 노파가 말했다.

"이 계획이 오히려 꺼림칙하기는 해도 위장 계책으로는 이보다 좋은 게 없습니다. 낮에는 방법이 없지만 밤에는 시간이 많으니 제가 일을 도모해 보지요. 상공께서는 조금도 염려하거나 의심하지 마십시오."

하루는 노파가 이생에게 와서,

"내일 새벽종이 울리면 순매가 반드시 약속을 지키러 올 테니 상공께서는 종이 치기를 기다렸다가 오십시오."

하니, 이생이 여러 번 다짐하고 돌아갔다. 이 날 밤, 이생은 옷매무새를 가다듬고 등잔불을 돋운 채 오경(64)이 너무도 더디 오는 것을 한하면서 한잠도 자지 않았다. 마음이 심란하여 시들을 골라 여러 편을 읊조리고 나서, <계지향(桂枝香)> 한 수를 지었다.

> 달 같은 모습, 꽃 같은 얼굴 예쁘기는 하지만
> 젊은 날은 스무 해를 넘지 못하네
> 윤기 나는 검은 머리 두 갈래로 늘어뜨리고
> 한 점 붉은 입술은 곱고 향기로운데
> 애석하구나 세상에 천한 몸으로 태어났으니
> 개가하여 좋은 사람 따르게 하는 일이
> 어찌 옛것을 버리고 새것을 따르는 것과 같으랴
>
> 발자국 소리 새벽잠을 깨우니
> 눈물 젖은 두 원앙 비에 젖은 듯하네

---

64) 오경(五更) : 오전 3시에서 5시 사이.

타고 남은 등잔 심지⁶⁵⁾ 아래 잠 못 이루고

남은 시간 안타까움으로 길기만 하네

사뿐사뿐 걷는 모습⁶⁶⁾ 보지 못하니

쓸데없는 말⁶⁷⁾ 빈 생각뿐

문을 꼭꼭 닫았으니 첩첩 막힌 산이나

산이 막아서도 근심 오는 길은 끊지 못하네

조금 있으니 새벽닭이 울고 통행금지를 알리는 북소리도 아스라이 그쳤다. 이생이 옷깃을 여미고 빠른 걸음으로 노파의 집으로 가니, 노파는 그때까지도 촛불을 밝히고 기다리고 있었다. 이생이 안으로 들어가서 물었다.

"순매는 아직 오지 않았는가?"

"반드시 온다고 약속했습니다. 종소리가 이제 막 그쳤으니 상공께서는 조금만 기다리십시오."

이생이 문에 기대어 우두커니 기다렸으나 그림자조차 보이지 않으니, 바라보는 눈은 뚫어질 것 같고 근심 어린 마음은 말라버릴 것만 같았다. '사람을 기다리는 것이 어렵다는 말도 있지만, 오늘밤에는 사람을 기다리는 어려움이 더욱 힘들게 느껴졌다. 다시 한 잔 술을 마시고 마음을 가라앉히고 있자니, 갑자기 창 밖에서 문을 두

---

65) 등화(燈花) : 불심지 끝이 타서 맺힌 불똥이 꽃 모양으로 생겼다고 해서 등화라 했다.

66) 능파보(凌波步) : 미인의 걸음걸이가 가벼운 모양을 표현하는 말. 조식(曹植)의 <낙신부(洛神賦)>에 "凌波微步, 羅襪生塵"이라 하여 미인의 가벼운 걸음걸이로 표현된 바 있다.

67) 황어(簧語) : 황은 피리의 종류인데,『시경』<소아> "교언(巧言)" 장에 "巧言如簧, 顔之厚矣"라는 구절에 의거하여 황어는 쓸데없는 말, 교언, 망언의 뜻으로 보았다.

드리는 소리가 들려왔다. 어둠 속에서도 어여쁜 목소리와 좋은 소리는 가려낼 수 있는 법. 이생이 급히 걸어나가 문을 열고는 끌어안고 들어와, 자리에 앉기도 전에 한 덩어리가 되어 끌어당기면서 웃다가 말하다가 하였다.

"순매야, 순매야, 어쩌면 이다지도 무심하단 말이냐? 만약에 조금만 더 늦게 왔더라면 내가 병이 나 죽을 뻔했다. 하늘 나라의 인간은 어디를 다니다가 이제야 왔느냐?"

"지나간 일은 말해야 소용없지요. 오늘 새벽에 온 것은 다만 약속을 지키려 온 것일 뿐, 낭군께 다른 기대를 갖게 하려는 건 아니랍니다. 같은 집에 사는 사람들이 거의 눈치를 챘거든요. 이제 날이 이미 밝았으니 누군가가 엿들을까 두렵군요. 내일 첫닭이 울 때 몰래 이리로 올 테니 낭군께서도 꼭 먼저 와서 기다려 주십시오."

순매는 인사를 하고는 서둘러 돌아가려 했다. 이생도 어쩔 수 없어서 탄식을 하고 보내면서,

"절대로 오늘 아침에 한 것처럼 해서는 안 된다."

하니, 순매 역시 고개를 끄덕이며 갔다. 이 날 밤 이생은 또 다시 뒤척이며 잠을 이루지 못하였다. 밤이 깊어져서야 잠이 들었다가 깜짝 놀라 깨어보니 하늘이 이미 훤히 밝아 있었다. 이생이 너무나도 분하고 억울하여 문을 열고 내다보니, 아침해가 아니라 밝고 밝은 달빛이었다. 이생이 뜰 앞으로 걸어나와 느긋하게 배회하니 자기도 모르게 계속해서 흥이 일어났다. 여유로이 걸음을 옮겨 곧장 노파의 집에 이르니, 달빛은 꽃잎을 어루만지고 바람은 버들잎을 흔들고 있었다. 이웃집 삽살개는 이따금 짖어대고 통금 해지를 알리는

북소리는 아직도 들려오고 있었다. 이생이 잠깐 처마 밑에서 쉬고 있자니, 닭이 울고 통금도 끝났다. 이생이 문 앞에서 노파를 불렀다.

"주무시는가?"

노파가 나와서 맞이하며 말했다.

"상공, 상공! 간밤에 불이 났었습니다."

이생이 깜짝 놀라,

"그게 무슨 말인가?"

하니, 노파가 웃으며 말했다.

"잠깐만 앉으십시오. 제가 자세히 말씀드리죠."

불이 무슨 연고로 일어났는지 알 수 없으면, 다음 회를 보면 알 수 있다.

제3회
나이든 이생이 어린 순매를 만나고
소개받은 간난이는 도리어 훼방꾼이 되다

남화자는 말한다.

월하노인이 붉은 줄을 드리워 인연을 맺어준다는 이야기는 책에 실려 있다. 삼생의 인연이 있으면 비록 만 리를 떨어져 있고, 신분이 현격하게 다르더라도 반드시 만나게 되어 있다고 하는데 그 설이 옳으냐, 그르냐? 소사와 옥소[68], 배항과 운영[69], 상여와 문군[70], 한수와 가녀[71]는 모두 풍류판의 제목이 될 만하다. 그 밖에 하늘이 맺어준 인연, 사람이 맺어준 인연으로 인한 기이한 만남은 이루 다 적을 수가 없으니 오래된 약속과 정해진 인연 또한 그 말미암은 유래가 있어서 그런 것인가? 그렇다면 뽕밭에서의 만남과 성 모퉁이에서의 기다림 또한 하늘이 맺어준 인연, 사람이 맺어준 인연이라고 할 수 있는가, 없는가?

---

68) 소사(蕭史)와 옥소(玉蕭) : 춘추시대 소사라는 사람이 피리를 잘 불었는데 진(秦) 목공(穆公)의 딸인 농옥(弄玉)이 그 소리를 듣고 좋아하여 그의 아내가 되었다. 소사가 피리를 불어 봉황의 울음소리를 흉내내자 봉황이 와서 노닐었다고 하는데 소사와 농옥은 그 봉황을 따라 천상에 올라가서 신선이 되었다고 한다. 여기서 옥소는 농옥을 잘못 쓴 것으로 보인다.

69) 각주 30 참조

70) 각주 34 참조

71) 소사와 옥소, 배항과 운영, 상여와 문군, 한수와 가녀는 모두 사랑하여 부부가 된 남녀를 말함. 한수와 가녀에 대해서는 각주 1 참조.

그 또한 인연이다. 그런 까닭에 한때의 인연이 있고, 백 년의 인연이 있으니, 만나고 헤어지는 것은 오로지 인연이 있느냐 없느냐에 달려 있다. 이런 까닭으로 처음에는 천천히 시작하여 더디다가 나중에 빠르게 진전되는 것도 있고, 나중에 만나자고 했지만 그보다 먼저 만남이 이루어지는 경우도 있으니, 이 또한 인연이다. 이것이 또한 인연인 까닭에 사람이 원하는 바는 하늘이 반드시 들어준다고 한다. 하늘에서 정해진 것이 나중에 일로 드러나고, 일로 드러난 것이 뒤에 사람에게서 이루어지니, 하늘에서 정해지는 것과 사람에게서 이루어지는 것 또한 하늘의 인연에서부터 정해진 것이 아님이 없다. 어찌 사람의 힘으로 억지로 할 수 있겠는가?

남화자는 말한다.

노파가 '하늘이 정해준 인연이 여기에 있지 않음을 알 수 있다'고 말하고 나서, 또 '하늘이 정해준 인연이 여기에 있음을 알 수 있다'고도 했으니, 이 노파의 말은 도리어 그릇된 것이다.

이생은 방 안에서 나는 애교 어린 부드러운 목소리를 듣고, 순간 순매가 이미 와 있다고 생각했는데, 만나고 보니 순매가 아니라 간난이었다. 이는 어떤 작자가 부린 요술이란 말인가? 이생은 스스로 관계를 끊어 놓고는, 끊고 난 뒤에도 오히려 연연해하는 마음이 있었고, 결단을 내려 끊고 난 후에도 오히려 마음속에서 잊지 못하였다. 순매는 이미 약속을 어겨 놓고는, 약속을 어긴 뒤에도 오히려 스스로 관계를 지속시키고자 했고, 시간이 지난 뒤에 오히려 그 말을 지켰다. 그러니 이생이 믿지 않는 것은 참으로 당연한 것이고, 순매가 반드시 온다고 한 것은 참으로 믿을 수 없다. 노파가 전하는 말이 믿을 수 없는 것이었다면 이생이 믿지 않는 것 또한 당연하다 하겠다.

이생이 난간에 기대 기다리면서 처음에는 거짓인 줄 알았는데 진짜였다. 이생이 순매를 기다렸는데 순매가 왔으니, 이생은 그녀가 올 것을 안 것이다. 반면 순매는 이생을 찾아갔으니, 순매는 이생이 이미 방 안에 와 있다는 것을 알지 못한 것이다. 또 노파가 이생을 맞아들이고 순매를 부른 것으로 보면,

노파는 이생이 이미 알고 있으면서도 보지 않는다는 것과, 순매가 이미 왔으나 이생이 방안에 있는 것을 모른다는 사실을 알지 못했다. 아는 것을 안다고 하는 것과 알고도 모른다고 하는 것, 온다고 하고 오는 것과 오지 않는다고 해 놓고 오는 것의 의미를 알지 못했다.

의취가 끝이 없고 정서가 다 갖추어져 있으나 읽는 사람들은 다만 사건의 교묘함, 이생의 호방함, 순매의 아름다움만 알 뿐 문장의 공교로움, 의미의 세밀함, 말의 섬세함, 감정의 깊이는 알지 못한다. 노파는 간난이를 중매하려는 계획이 있었고, 간난이는 노파를 함정에 빠뜨리려는 의도가 있었으니, 노파의 중매는 진실로 헛된 것이요, 간난이의 힐책 또한 헛된 것이다. 그러니 앞의 거짓과 뒤의 진실이 멀리서 서로 이어진다. 간난이는 진심으로 이생을 대했으나 이생은 거짓된 마음으로 대하였다. 진실로써 거짓을 대하고, 거짓으로써 진실인 듯 이야기하니, 진실과 거짓이 서로 섞여 드는 이치가 있다. 대단하구나, 작가의 기교여!

한편 노파가 웃으면서 말했다.

"어젯밤의 불은 다른 불이 아니라 그냥 일어난 화재[72]였습니다. 간밤에 부엌에서 난 불이 번져서 온 집이 다 탔답니다. 다행히 온 동네 사람들이 구해 주어 곧 불을 끌 수 있었지요. 순매도 도우러 와서 물을 긷느라 오고 간 것이 여러 번이라 돌아가서 곤히 잠들었을 게 분명하니 아마 다시 오지 않을 겝니다. 상공께서는 돌아가시는 게 어떠신지요?"

이생이 한숨을 쉬며 말했다.

"한 번 만나는 게 어쩌면 이렇게 어렵단 말인가?"

---

72) 회록지재(回祿之災) : 화재. '회록'은 불의 신으로, '회록지재'는 화재라는 뜻으로 쓰임.

"상공을 위해 다시 만남을 주선해 보지요."

"새벽에 두 번이나 찾아갔는데도 한 번도 약속을 이루지 못하고 그 좋은 때를 다 보내 버렸으니 다시 언제를 기다린단 말인가?"

"하룻밤의 만남도 정해진 인연이 있는 것이니 사람의 힘으로 할 수 있는 게 아닙니다. 상공께서는 훗날을 좀 기다려 주십쇼."

이생은 한숨을 쉬면서 발걸음을 돌렸다.

며칠이 지나 또 다시 노파를 찾아갔더니 방 안에서 애교 어린 부드러운 목소리가 들렸다. 이생이 속으로 기뻐하며 '순매가 나보다 먼저 와 있는 게 틀림없다'고 생각하고 발걸음을 재촉하여 방 안으로 들어갔다. 아리따운 미인이 웃으며 맞이하는데 보니, 순매가 아니라 간난이었다. 간난이가 일어나 맞이하며 말했다.

"일이 너무 바빠서 한 번도 상공을 뫼시지 못했습니다. 너그러운 마음으로 용서해 주세요."

이생이 또한 웃으며 은근히 술 몇 잔을 주고받았는데, 간난이의 추태란 가히 웃음을 자아내기에 충분했다. 이생이 거짓으로 둘러대고는 곧 작별의 말을 건네고 돌아가니, 간난이도 불쾌해 하면서 돌아갔다.

봄이 다 가고 긴 여름이 막 시작되는 4월 초순이었다. 해당화 가지 위로 꾀꼬리는 이리저리 날아다니고 푸른 대나무 그늘에서는 제비들이 지지배배 지저귀고 있었으니, 이는 누군가가 '버들 빛은 흔들릴 때마다 신록이 새롭고, 꽃은 작년의 붉음보다 못하지 않네'라고 읊었던 바로 그런 때였다. 이생이 하얗게 표백한 얇은 베 적삼을 입고, 허리에는 옥으로 장식된 띠를 두르고, 손에는 '남평연시(南平

連矢)73)'의 부채를 들고, 발에는 구름무늬 그려진 고운 빛깔의 신을 신고, 기분 좋게 슬슬 걸어서 노파를 찾았다. 서로 인사를 나눈 뒤에 이생이 말했다.

"요즘 와서 보고 싶은 마음을 더욱 억누를 수가 없소 할미는 어찌 이렇게까지 신의가 없단 말인가?"

"순매가 지금 곧 올 테니 잠시만 앉아서 기다리십시오."

이생이 그 말대로 잠깐 기다리고 있으니 조금 있다가 곧바로 순매가 빠른 걸음으로 들어왔다. 서로 반가워하며 부둥켜 잡고는 이생이 말했다.

"지난번에는 왜 약속을 어겼느냐? 얼굴을 보며 약속을 단단히 해 놓고 도중에 그 마음을 바꾸다니, 차마 그렇게 할 수 있느냐? 어찌 내 마음을 조금도 생각해 주지 않는단 말이냐?"

순매가 웃으며 말했다.

"저 때문이 아니고 실은 불이 나서 그렇게 된 거랍니다. 제가 어찌 감히 거짓말로 약속을 어기겠습니까?"

"그렇다면 언제가 만나기 좋은 때냐?"

"내일 새벽에 지난 번 약속을 지키겠어요. 낭군께서도 절대로 어기지 마세요."

"이제 네가 참으로 신의가 없는 사람임을 알았다. 지금 만났으니 이 기회를 그냥 놓쳐 버리고 싶지 않구나. 비록 눈앞에 화가 닥친다 해도 죽는 것보다는 낫지 않겠느냐? 차라리 네 치마폭에서 죽을지언 정 너를 절대 그냥 놓아 보낼 수 없으니 너는 미룰 생각 마라."

---

73) 남평(南平) : 중국의 국명 또는 지명. 연시(連矢)는 미상.

"낭군께서 저를 생각하심이 간절하다 하시나 제가 그리워한 것보다는 도리어 못하실 걸요. 밥 때가 되어도 먹는 걸 잊어버리고 잠잘 때가 되어도 잠을 이루지 못하니 제 몸과 마음에는 오로지 상공의 얼굴만이 생각날 뿐이랍니다. 제가 목석이 아닌데 어찌 감히 상공의 정성스러운 마음을 저버리겠습니까? 오늘은 주인마님 시중을 드는 날인데 새벽닭이 울면 나올 수 있습니다. 편리한 때를 틈타서 곧바로 오면 다른 사람에게 들키지 않겠죠. 새벽에 짬을 내서 올 테니 상공께서는 조금도 걱정하거나 의심하지 마시고 여기 와서 기다려 주세요."

이생이 이 말을 듣고 반신반의하면서도 저녁밥을 먹고 곧바로 노파의 집으로 가서는 창 아래 꼼짝 않고 앉아 기다렸다. 노파는 술과 안주를 자주 권하며 위로하고 그의 걱정을 덜어내어 불안감을 없애 주려고 하였다. 방안은 쓸쓸하고 촛불은 가물가물한데 이웃집 닭이 세 번 울고 통금 해제를 알리는 북소리는 다섯 번이나 울렸다. 그러나 아무런 인기척도 나지 않았다. 이생이 노파를 시켜 그 집 문밖에 가서 한참동안 엿보게 하였더니 노파가 돌아와 알려 주었다.

"문안에서 종종 기침소리가 들리는데, 분명 간난이와 복련이임에 틀림없습니다. 그래서 갑자기 문을 열고 나올까봐 그냥 정신없이 돌아왔습니다요. 마당이 이렇게 소란하면 순매가 편히 틈을 타 나올 수 없을 겝니다."

이생은 그래도 문 밖에 나가 순매를 기다렸다. 조금 있으려니 새벽별도 사라지고 동쪽 하늘이 점점 밝아왔다. 이생이 길게 한숨을 쉬고는 소매를 떨쳐 일어나며 말했다.

"대장부가 어찌 여자 하나에게 연연해한단 말인가? 이제부터는 맹세코 순매의 '매'자도 꺼내지 않겠네. 기가 막히고 한스러운 것은 자네가 밤낮으로 노력하던 뜻이 끝내 허사로 돌아간 것이로다."

그러자 노파 또한 무안하여 한 마디도 하지 못했다. 이생은 화를 누를 수가 없어 곧바로 성큼성큼 돌아갔는데, 그래도 화가 풀리지 않았다. 며칠이 지난 뒤에 노파가 찾아가니, 이생이 성난 눈으로 노려보며 말했다.

"여기 무슨 일로 왔는가?"

노파가 대답하였다.

"상공께서 이 늙은이를 박대하시다니, 한강에서 뺨 맞고 종로에서 분풀이하고, 안방에서 싸우고는 저자에서 얼굴을 붉히는 격이군요. 제가 그동안 부지런히 상공을 위해 정성들인 것이 실로 적지 않은데, 상공께서 도리어 반갑게 일어나서 맞아주시지는 못할망정 제게 고마워하지도 않으시는군요. 특별히 찾아온 게 참으로 후회스럽습니다."

"내가 자네에게 화풀이를 했네만 한편 생각해 보니 자네도 참 딱하구만. 한데 이제 와서 또 다시 만날 쾌가 있다고 하니 무슨 좋은 소식이라도 있단 말인가? 자네, 내게 자세히 좀 말해 주게."

"조금 전에 순매를 만났더니 잔뜩 화를 내면서 상공을 많이 원망하기에 이는 필시 상공께서 순매와 몰래 약속하시구서 제가 알지 못하도록 따돌리신 게 분명하다고 생각했지요. 그래서 제가 억울함을 이기지 못해 지금 얼굴이나 뵙고 속마음을 하소연하려고 온 겁니다."

이 말에 이생이 깜짝 놀라 물었다.

"순매가 나를 원망하고 욕하다니 천만 뜻밖의 일일세. 일전에 자네 집에서 헤어진 뒤로는 얼굴이고 목소리고 간에 한 번도 만난 적이 없으니 지금 따돌렸다는 말은 진정 사실이 아니라네. 머리에 하늘을 이고 발로는 땅을 밟고 있으면서 어찌 할미에게 숨길 수 있단 말인가?"

노파가 화를 거두고는 빙그레 웃더니 말을 꺼냈다.

"아까 말은 농담이었습죠. 상공께서 어찌 나오시는지 보려고 한 번 해 본 겁니다. 아까 순매를 만났더니, 지난 번 저녁에 약속을 어긴 것은 어쩔 수 없는 사정이었다며, 가까이 있는 봉산(蓬山)인데 마치 첩첩이 가로막혀 있는 것과 같다고 하더군요. 낭군의 괴로움과 한결 같은 마음을 저버린 건 오히려 순매의 뜻과는 상관없는 다른 일 때문이었습니다. 그래서 속마음을 한 번 털어놓아서 이생[此生]의 한을 씻으려고 오늘 저녁에 상공댁으로 찾아오겠다고 합니다. 부디 상공께서는 마루에 나와서 기다리시어 아녀자의 지극한 정을 저버리지 마십시오."

이생이 이 말을 듣자 자기도 모르게 화가 풀리고 기분이 좋아져서, 절하고 사례하며 말했다.

"그게 진짜인가? 자네가 나를 놀리려고 해 본 소리겠지. 첫 번째 약속하고 두 번째 약속하고 세 번째 부르고 네 번째 불러냈어도 결국 뜻을 이루지 못했는데, 이제 곧장 우리 집으로 온다니 이게 과연 꿈인가, 생신가? 자네는 분명한 말로 이 조급한 마음을 풀어 주게."

노파가 장난스레 말했다.

"상공께서 믿지 않으시는 것도 당연하지요. '길은 멀리 있지 않다는 말도 있으니, 상공께서는 그저 기다리고만 계십시오."

이생이 바로 한 잔 술로 노파에게 치하하며 말했다.

"이 약속이 이루어진 후에 마땅히 좋은 걸로 보답하리다."

이에 노파가 인사를 하고 돌아갔다. 이생이 책방으로 돌아오니 곽 영감이 와 있었다. 곽 영감은 본래 같은 집에서 사는 사람이었다. 이생은 방을 비워 놓고 기다리려고 했으나, 마땅히 곽 영감을 보낼 만한 곳도 없었다. 곰곰이 좋은 수가 없나 생각하고 있었는데, 곽 영감이 문득 말을 꺼냈다.

"오늘은 우리 숙모님 기일이라서 나도 제사에 참여하러 가야 하네. 자네 심심하지 않겠는가?"

이생이 웃으면서, "남은 음식이나 먹게 해 주십시오."라고 하니, 곽 영감은 그러마고 하고는 곧 나갔다. 이생이 속으로 다행히도 하늘이 기회를 주시니 참 신기하다고 여기며 바로 책방을 쓸고 닦고, 자리를 깨끗이 하고, 촛불을 밝히고 앉아서 기다리고 있었다. 초경[74] 무렵이 되자 눈썹 같이 가는 달이 막 떠올랐다. 이생이 문지방에 우두커니 서서 목을 빼고 멀리 바라보니, 달빛 흐르는 꽃들 옆으로 어렴풋하게 한 미인이 사뿐사뿐 걸어오고 있었다. 이생이 마음속으로 기뻐하며, '순매로구나' 하고는 황급히 그 앞으로 가서 반갑게 인사하려 했는데, 보니 이웃집 여자가 집 앞을 지나가는 것이었다. 이생이 머쓱하여 하릴없이 머뭇거리다가 도로 물러 나왔다. 돌아와 문설주에 기대 반신반의하고 있자니, 갑자기 발소리가 멀리서부터

---

74) 초경(初更) : 일경(一更). 오후 7시에서 9시 사이.

점점 가까워졌다. 달빛에 자세히 보니, 과연 마음속에 둔 그 사람이었다. 이생이 온 마음으로 기뻐하며 손을 잡고 반기면서 말했다.

"네가 오니 내가 이제 살 것 같구나. 두 눈은 빠질 것 같고, 마음은 이미 다 타버렸다. 너라는 사람은 어떤 조화 속의 물건이길래 사내대장부의 애간장이 마디마디 끊어지게 하느냐?"

바로 손을 잡고 책방으로 들어가니, 고운 방석에 은촛대가 신방의 아름다움을 극진하게 해 주었다. 며칠이나 그리워하다가 실제로 이렇게 만나게 되니, 정은 끝이 없고 기쁨도 다함이 없었다. 드디어 이부자리를 펴고 옷을 벗고 끌어안으니 마치 원앙새가 물에서 놀듯, 난새와 봉황이 꽃 사이를 누비는 듯했다. 연리지 가지 끝에는 봄빛이 유난하고, 동심대75) 위에는 흥취가 그윽하였다. 베갯머리에는 가쁜 숨이 쌓이고, 구름 같은 이불 사이로는 여자의 자그마한 발76)이 보였다. 산과 바다를 두고 맹세하니 꾀꼬리 소리처럼 소곤소곤했으며, 수줍게 나누는 사랑의 소리는 제비의 지저귐처럼 그치지 않았다. 버들 같은 허리에는 한들한들 봄기운이 무르녹고, 앵두 같은 입술로는 가는 숨을 몰아쉬었다. 초롱초롱하던 눈빛이 몽롱해지고 우윳빛 가슴이 출렁이니, 온갖 요염한 자태와 갖은 몸놀림은 이루 다 쓸 수가 없었다. 이는 이른바 송옥이 신녀를 만나고77), 군서가

---

75) 동심대(同心帶) : 머리를 묶는 방법. 굳은 약속을 비유하는 말.

76) 금련(金蓮) : 황금으로 만든 연꽃이라는 뜻인데, 여자의 작고 가는 발, 또는 전족한 발을 가리킨다. <금병매>의 반금련이라는 이름도 전족한 발이 몹시 작고 아름다웠기 때문에 붙여진 것이다.

77) 송옥투신녀(宋玉偸神女) : 송옥은 중국 전국시대 말기 초(楚)나라의 궁정 시인으로 굴원(屈原)에게 사사하여 초나라의 대부(大夫)가 되었으나, 뒤에 실직하였다. 굴원 다음 가는 부(賦)의 작가로, 두 시인을 '굴송(屈宋)'이라 불렀다. 송옥이 지은 <고당부(高唐賦)>에 무산(巫山)의 신녀(神女)가 등장하는 것을 말하는 것으로 보인다. 무산 신녀는

앵앵을 만난 것[78]과 같으리라. 이생이 이부자리에서 바로 <만정
방>[79) 한 곡조를 지으니, 그 가사는 다음과 같았다.

　　　새까만 귀밑머리, 초승달 같은 눈썹
　　　살구씨 같은 눈, 앵도 같은 입술
　　　은그릇 같은 뺨, 꽃가지 같은 몸에
　　　가늘고도 희디흰 손이로다
　　　사람을 놀래키는 미모는 남의 사랑을 받을 만한데
　　　푸른 비단 소매, 금박 입힌 허리띠에
　　　기쁨이 가득하니 쪽진 머리 살짝 헝클어지네
　　　달 속의 항아가 세상에 내려온 듯하니
　　　천금을 주고도 사기 어려워라

이날 밤에 함께 누린 즐거움은 이루 다 글로 쓸 수가 없다.

순매가 자리에서 한숨을 쉬고는 말했다.
　"제 팔자가 기구하고 험해서 남편이란 자가 착하지 않습니다. 명
색이 부부지, 사실 원수지요. 말만 하면 어긋나고, 움직일라 치면
헐뜯기만 합니다. 부부라면 신의를 중히 여기고 사랑하는 마음이
도타워야 된다는 걸 모르는 바 아니에요. 그런데 마침 이런 때 낭군
께서 또 틈을 타서 이런 만남을 도모하시니, 한 가닥 살아 보려는

───────────
초나라 회왕이 고당에 갔을 때 꿈에서 사랑을 나누었다는 선녀이다.
78) 군서우앵랑(君瑞遇鶯娘) : 군서와 앵앵은 <서상기>에 등장하는 남녀 인물.
79) 만정방(滿庭芳) : 곡조의 이름.

마음조차 깨끗이 사라져 버리는군요. 비록 훌쩍 달아나 버리고 싶지만 그렇게 할 수도 없습니다. 제가 그동안 이랬다 저랬다 해서, 낭군께서도 무척이나 욕하셨을 거예요. 하지만 이미 지나간 일은 좇아가기 어렵고, 엎어진 물은 다시 담기 어렵지요. 이 모든 게 낭군 때문인데, 낭군께서는 또한 어찌 굽어보며 불쌍히 여기는 마음이 없으세요? 지금이라도 부부로서의 의리를 끊고 정을 베어내어 옛사람을 버리고 새사람을 따르고 싶답니다. 그러나 염탐하고 막는 자들이 있고 담장에는 엿듣는 귀가 있으니, 진정 마음을 어쩔 수가 없는 형국이에요."

"네 마음 또한 참으로 가련하구나. 예로부터 잘나고 예쁜 재자가 인 중 행실을 바꾼 이들은 이루 다 기록할 수 없을 정도로 많단다. 좋은 집에 살게 해 주는 것은 감히 약속할 수 없다만, 내 마땅히 조촐한 초가집 정도는 마련해 주마. 네 뜻이 어떠하냐?"

"정은 실로 잊을 수 없고 의리는 진실로 저버리기 어려우니, 이승에서의 기박한 운명도 어쩔 수 없는 것입니다. 저승에서나마 남은 원을 이루는 것이 저의 소망입니다."

"속담에도 '준마는 어리석은 사람을 태우고 가고, 미인은 늘 못난 남자와 짝이 되어 잠든다고 했다. 이런 까닭에 예쁜 여자는 예로부터 재앙을 부르고, 미인은 본래부터 박명한 것이지. 지금 와서 비록 한탄해도 이미 어쩔 수가 없구나. 내 너와 더불어 틈을 타서 즐거움을 맛보는 것 또한 아름답지 않은가?"

이어서 따뜻한 말과 부드러운 말을 주고받으며 밤이 깊어가니, 다만 여름밤이 짧은 것을 원망할 뿐이었다. 조금 있으니, 이웃집 닭이 여러 번 울고 동쪽 창이 희미하게 밝아왔다. 순매가 치마를 잡아 띠를 두르고는 쓸쓸히 이별을 고했다. 이생이 손을 잡고서 언제 또 만날지 은근히 다시 묻자 순매가 말했다.

"미리 정할 수가 없네요. 내일 밤 다시 시도해 보겠습니다."

두 사람은 정에 연연하여 차마 손을 놓지 못했다. 이생이 문 밖으로 나가 배웅하자, 순매 또한 다섯 걸음 가다 돌아보고 세 걸음 가다 또 뒤를 돌아보곤 하였다. 이생은 허전한 마음에 하릴없이 고요히 책상에 기대어 앉아 율시 두 편을 지어 마음을 담았다. 그 시는 이러하다.

> 나라를 망하게 한 미인80)일까 의심하지 마라
> 옥수(玉水)와 무운(巫雲)을 꿈꾼 것81) 또한 어리석지 않더냐
> 미인을 그리는 정이 사무치니 헌걸찬 장부의 뼈를 녹이고
> 친구의 우정82)이 간절하니 미인이 애석하구나
> 부드러운 행동에 아름다운 넋이 사라져 버리니
> 그윽한 바람 앞에 달빛만 더욱 기이하다
> 보내고 나면 봄이 이렇게 쓸쓸할 줄을 알지 못하여
> 시인은 이 밤에 그저 머뭇거리고 있구나

---

80) 경성경국(傾城傾國) : 온 성을 기울게 하고 온 나라를 기울게 할 정도의 미인이라는 뜻. 이백(李白)의 <청평조사(淸平調詞)에 '경성경국한무제(傾城傾國漢武帝) 위운위우초양왕(爲雲爲雨楚襄王)'이라는 구절이 있다.

81) 초양왕의 고사를 참고할 것.

82) 금란(金蘭) : 마음이 맞는 친구의 사귐이 굳은 것은 금 같이 단단하고, 아름다운 것은 난의 향과 같다는 뜻으로 매우 친밀한 사귐을 비유한 말이다. 『역』<계사(繫辭)> 상에 "두 사람의 마음이 맞으면 그 날카로움은 쇠를 자르고, 마음이 맞아서 나온 말은 그 향기가 난과 같다(二人同心, 其利斷金, 同心之言, 其臭如蘭)"는 데서 나온 말.

눈으로 보고 싶고 마음으로 기다려지는 건 그칠 수 없어

쓸쓸함을 견디지 못해 누각에 기대어 서네

봄이 온 듯 미소 띤 뺨에, 꽃처럼 아리따운 얼굴

살짝 미간을 찡그리니, 버들같이 가는 미인의 눈썹에 수심이 깃든 듯

밝은 달, 빛나는 별은 님 생각을 돋우고

얽힌 비와 구름은83) 정념에 사무치게 하네

그 옛날 사마상여84)도 사랑이 희미해져

괜스레 탁문군으로 하여금 <백두음>을 부르게 했지.85)

이 날은 바로 사월 초파일이었다. 집집마다 밝힌 등불이 온 마을에 밝게 비치고 수부86) 소리가 다투어 울렸다. 왕손의 흰 말은 해 저물녘에 무리를 지어 몰려다니며 놀고, 젊은 남녀87)들은 서울 거리

---

83) 채우우운(㵎雨尤雲) : 남녀의 사랑 혹은 여자의 아름다운 자태를 가리킴. 『전등신화(剪燈新話)』<취취전(翠翠傳)>에 "채우우운혼미간 침변미대수빈(㵎雨尤雲渾未慣 枕邊眉黛羞顰)"이라는 구절이 나옴.

84) 장경(長卿) : 사마상여(司馬相如)를 가리킴. 장경은 그의 자. 사마상여는 중국 전한(前漢)의 문인으로, 사천성 출생. 고향으로 돌아간 후 그는 가난하고 궁한 생활을 하며 <자허부(子虛賦)>를 지었다. 그의 이야기로서 가장 유명한 것은 탁문군(卓文君)과의 연애 사건이다. 고향에서 곤궁에 처해 있을 무렵 사천성의 부호 탁왕손(卓王孫)에게 초대된 자리에서, 그 딸인 문군을 보자 연정을 품게 되어 성도로 사랑의 도피를 하였다. 두 사람의 생활은 극도로 가난하고 궁하여 수레와 말을 팔아 선술집을 차렸다. 문군이 술을 팔고, 상여는 시중에 나가 접시닦이 일을 하였다고 한다. 훗날 재산을 분양받아 부유해진 상여는 정치적 야심은 없었다고 한다. 만년에는 섬서성(陝西省) 무릉(茂陵)에 칩거하였다.

85) 탁문군(卓文君) : 한(漢)나라 촉군(蜀郡)의 부호인 탁왕손(卓王孫)의 딸. 과부가 되어 집에 와 있을 때 사마상여(司馬相女)가 탁왕손의 잔치에 왔다가 거문고를 타면서 문군의 마음을 유혹하자 문군이 그 소리에 반해 밤에 집을 빠져나가 그의 아내가 되었다. 뒤에 사마상여가 다른 여자를 첩으로 삼으려 하자 <백두음(白頭吟)>을 지어 이를 말렸다.

86) 수부(水缶) : 물장구.

87) 사녀청삼(士女靑衫) : '사녀'는 남녀(男女)를 가리키고, '청삼'은 청년을 뜻함.

로 모여들었다. '임금이 즐겁고 신하도 즐거우니 만년토록 영원히 즐거우리로다. 달 밝고 등도 밝으니 천지가 모두 밝구나 하는 구절은 바로 이런 걸 두고 하는 말이었다. 이생이 벗들을 불러 종소리도 듣고 연등도 구경하며 이리저리 거닐며 돌아다녔다. 그런데 갑자기 순매가 생각나서 곧바로 노파를 찾아가니, 노파가 마침 방에 있다가 이생을 보고 말하였다.

"방금 순매가 왔었는데, 제가 있으라고 권하지를 못 했네요. 쇤네 생각에 상공께서는 구경 다니느라 오시지 않을 것 같았습죠. 이제 이렇게 오실 줄 알았더라면 기다리라고 할 걸 그러지 못 한 게 한스럽습니다요. 순매도 상공께서 다시 안 오실 줄로 안 까닭으로 저역시 인사를 하고 갔으니 오늘밤에는 다시 올 리가 없습니다."

이생이 몹시 실망하여 노파에게 인사를 하고 돌아와서는 등불을 돋우고 꼿꼿이 앉아 있었다. 한 번 순매 생각이 나자 잠은 문득 달아나 버리고 오로지 잊을 수 없는 마음뿐이었다. 그래서 종이를 펼치고 붓을 잡고는 율시 한 편을 지어 근심스러운 마음을 써 내려갔다. 그 시는 이러하다.

> 자리를 펴니 담황색 무늬, 물결이 일어나는 듯 한데
> 그윽한 마음 스스로 느끼니 꿈도 이루기 어려워라
> 난간에 기대어 보니 바람이 부드러워
> 문을 열고 부끄러이 밝은 달을 기다리네
> 벌을 시켜 비밀한 뜻 전하렸더니
> 반딧불이 이별의 정 비추게 된 걸 돌이킬 수 없구나
> 가련한 저 직녀에게는 아름다운 기약이 있으나

은하수는 아홉 번이나 굽이치며 빗겨 있네

열흘쯤 지나 이생이 다시 노파에게 찾아가서 말했다.

"선녀 같은 얼굴을 한 번 이별한 후로는 더욱 멀어진 것 같고, 만단 그리워하는 마음을 다시 펴볼 길이 없구려. 자네가 나를 위해 한 번 만날 약속을 다시 잡아주지 않겠나?"

"제가 지금 당장 불러오지요. 상공께서는 여기서 잠깐만 기다려 주십시오."

노파가 이생을 방안에 들어가 있게 하더니 자물쇠를 채우고 문을 닫고는 휑하니 사라졌다. 조금 있다가 순매가 밖에서 들어왔으나, 방문에 자물쇠가 굳게 채워져 있는 것을 보고는 이생이 이미 방안에 들어가 있는 것을 알지 못하였다. 이생 또한 순매가 대문 안으로 들어왔다고 짐작하고는 노파가 자물쇠를 풀어주기만을 기대하면서 숨죽여 기다렸다. 그런데 한참이 지나도록 아무런 낌새가 없더니, 갑자기 노파가 문을 열고 들어와서는 말하였다.

"순매가 왔을 텐데, 지금 어디 있지요?"

"순매가 문으로 들어오는 건 알았는데 지금 어디로 갔는지는 모르겠네. 노파도 함께 온 걸로 생각했는데, 누가 먼저 오고 누가 뒤에 왔는지 알 수가 있나."

노파가 다시 문 밖으로 나가 여러 번 두루 찾아보았으나, 도대체 행방이 묘연하였다. 노파가 돌아와서는,

"상공께서는 왜 방안에 있다고 먼저 알려주지 않아, 이렇게 좋은 기회를 그냥 놓치신단 말입니까?"

하니 이생 또한 혀를 차며 탄식하기를 그치지 않았다.

원래 낮말은 새가 듣고 밤말은 쥐가 듣는 법. 간난이가 마침 이 집에 왔다가 중문에 몸을 숨기고 동정을 샅샅이 살피고 있었던 것이다. 순매가 달아난 것 또한 이 낌새를 채고 간 것이었다. 간난이가 몹시 화난 얼굴로 노파에게 다가와서 책망하였다.

"이 할망구야, 이 할망구야. 머리 허연 과부가 어찌 감히 입품을 팔고 손을 놀려 내 조카딸을 꾀였단 말이냐? 내가 눈치를 챈 것만 해도 여러 번이야. 내 이 할망구를 법으로 얽어 넣고야 말 거야."

간난이는 계속해서 이생을 향해 사납게 소리를 질렀다.

"상공처럼 덕이 높으신 군자가 어찌 이렇게 의롭지 못한 일을 하신단 말입니까?"

그러자 이생이 말했다.

"이 무슨 말인고? 이 무슨 말인고? 네가 아무것도 모르고 있었구나. 내가 순매와 친하게 지낸 지는 이미 여러 해가 되었다. 저번 날 너와 함께 술을 마신 것도 바로 네 입을 막고 눈을 가리려는 계획이었고. 그런데 너는 도리어 동쪽 서쪽도 구분하지 못하고 진짜 가짜도 모른 채 이제 와서 책망하다니. 책망할 수 없는 처지에 책망하니 참으로 가소롭구나. 이 계획을 짠 것도 바로 저 할미요, 네 눈을 속인 것도 저 할미다. 하나도 할미의 죄요, 둘도 할미의 죄니, 내가 너와 무슨 상관이 있단 말이냐? 오늘 이후로 내 마땅히 너의 조카사위가 되는 걸 사양하지 않을 것이다. 도처에 두루 다니며[88] 나를 위해 편의를 봐준다면 얼마나 다행하겠느냐?"

---

88) 주장(周章) : 두루 다니다. 주유(周遊)와 같은 뜻.

말을 마친 뒤 이생은 큰 사발 하나에 술을 부어 놀란 마음을 진정시키고자[89] 하였다. 간난이가 이 말을 듣고 나니, 너무 부끄러워 입이 있어도 할 말이 없었다. 그러니 어찌 마시려 하겠는가? 한사코 사양하며 마시지 않고는 불만스러운 마음으로 물러 나왔다. 간난이는 그때부터 순매를 엄하게 감시하여 잠시도 문 밖 출입을 하지 못하게 하였다.

하루는 노파가 이생을 찾아와서 말했다.

"조금 전에 순매를 만났는데, 간난이가 감시하는 것이 날로 더욱 심해져서 비록 눈이 세 개고 입이 네 개고 두 몸에 여덟 날개를 달고 있다고 해도 잠시라도 집을 나올 틈이 없다고 합니다. 이제는 백년가약이 이미 뜬구름이 되고, 흘러가 버린 물같이 되었습니다. 상공께서는 부디부디 몸조심하시랍니다."

이생도 이제 어떻게 해 볼 도리가 없었다. 이에 시 한 편을 써서 정을 보내는 □[90]을 쓰고 영원히 이별하는 마음을 실었다. 그 시는 이러하다.

> 타고난 운명이 기구하여
> 변변찮은[91] 못난 사람의 짝이 되었네
> 금정[92]에서의 첫 만남
> 한 번 봤는데도 마치 오래된 사이인 듯

---

89) 압경(壓驚) : 놀란 마음을 진정시키기 위하여 술을 마시는 일.
90) 원문의 글자가 잘 보이지 않아 미상 처리함.
91) 쾌(噲) : 변변찮은 무리.
92) 금정(金井) : 이생이 순매를 처음 본 우물을 가리키는 듯함.

은 노리개로 맺은 인연

두 번째 만나 다정해졌네

몸은 살지지도 마르지도 않아서

달을 그리고 아지랑이를 그려낸 듯하고

태도는 덜 것도 없고 더할 것도 없으니

분 단장에, 옥을 다듬어 놓은 듯 하였네

초봄의 버들잎 같은 두 눈썹에는

늘 근심과 우수 머금어 있고

삼월의 복사꽃 같은 두 뺨에는

언제나 멋스런 정과 은근함을 띠고 있었지

지나가는 곳마다

꽃향기 살풋 날리고

앉고 서고 할 때마다

온갖 아름다움 다 갖추고 있었다네

얼굴이 이다지도 곱고 어여쁘니

몸맵시야 하물며 남고 모자라고 할 게 있겠느냐

말은 하루종일 지저귀는 앵무새 같고

허리는 바람에 나부끼는 버들가지 같았네

화려한 비단 옷 입고 자라지 않아

호사스러운 모습 싫어했고

비취 구슬 속에서 자라지 않아

그녀는 담박하게 머리 빗어 단장했을 뿐이라네

아름다운 발걸음 사뿐사뿐 옮기니

예주93)의 선녀 풍류가 있고

---

93) 예주(蕊珠) : 꽃술이나 구슬로 장식한 궁전으로 신선이 머무는 곳. 선경(仙境).

가지런히 주름진 연노랑 치마는

마치 수월관음94)의 모습 같았지

물을 따라 흘러가는 꽃은

유정 무정한 탄식을 얼마나 끊어 냈을꼬

희미한 달빛 아래

사그라지는 등불로는

만나자 이별하는 탄식을 다하지 못한다네

봉래산이 멀리 가로막은 듯

가까운 곳도 멀게만 느껴지고

약수95) 건너 바라보듯

마디마디 끊어진 애는 여러 번 재가 되었다네

서상96)의 꽃 그림자 몰래 움직이니

한 마리 개가 짖고

양대97)의 봄꿈 처음 이루어지니

조각달이 둥글어지네

한스럽기는 봄밤이 너무 짧은 것이리

산과 바다에 맹세했건만

이생이 길지 않음을 느끼고

버드나무 꺾어 맹세하고 이듬해 꽃필 때 기약했건만

달은 무정하게도 서쪽으로 지는구나

닭은 속절없이 새벽을 재촉하나

---

94) 수월관음(水月觀音) : 삼십 삼 관음상 중의 하나. 하늘에 뜬 달이 물 속에 비친다는 뜻으로 인생의 허무에서 나온 고난을 구제하여 달관하게 하는 사색적인 보살.

95) 약수(弱水) : 각주 16 참조.

96) 서상(西廂) : 집의 서쪽 편에 있는 방.

97) 양대(陽臺) : 송옥(宋玉)의 <고당부(高唐賦)>에 나오는 누각의 이름. 남녀가 만나 사랑을 나누는 장소를 가리킨다. 각주 25 참조.

그리는 마음을 억지로 잊기는 어려워

다시 만날 기약 없음을 슬퍼하네

어찌하여 어그러진 한 번의 만남이

졸지에 긴 이별이 되었단 말인가

깨진 거울은 어느 때 다시 합해지고

끊어진 거문고 줄은 어느 날 다시 이어질꼬

아아, 호사다마로구나

밝은 달이 이지러졌으니

마치 까마득히 높이 걸린 거울 속 얼굴을 본 듯

은근한 꿈속의 넋은 돌이키기 어렵네

저 술을 마시는 건 다만 답답한 이 내 속을 풀어보기 위함이고

이 시를 읊음은 마침 마음을 깃들이기에 족해서라오

그 모습은 꽃도 부끄러워할 만큼 아름다우니

하루라도 잊을 수가 없는데

재주는 글 잘 짓는 여자[98]에 못 미치니

만 마디 말로도 어기기 어려워라

아아, 훗날의 기약을 다시 도모할 수 없구나

외로운 베개만 쓰다듬으며 그리워할 뿐

타고난 운명이 이미 막혀 있으니

조각구름 유유히 떠가는 것만 바라보네

스스로 인연을 끊어 영영 헤어짐을 마음 아파하고

그리움은 가이없음을 탄식하노라

천지가 바뀌고 세월이 흐른다 해도

---

98) 영서(咏絮) : 詠絮. 문재가 있는 여자를 일컫는 말. 영설지재(詠雪之才)와 같은
말. 진(晉)나라 왕응의 처 사씨가 눈을 버들솜에 비유해서 순식간에 훌륭한 시를
지어냈다는 고사에서 나온 말로 유서지재(柳絮之才)라고도 한다.

이 한은 풀리기 어렵고
세월이 흘러가도
이 사랑하는 마음 사라지지 않으리
평소의 내 마음을 조금 펼쳐
애오라지 내 붉은 마음을 보이니
말은 끝이 있으나
마음만은 끝낼 수가 없구나

추서

　패설은 대개 중국 것을 숭상하나 중국 것이 우리나라 것보다 나아
서 그런 것은 아니다. 사람의 마음이라는 것이 본래 그러해서, 듣도
보도 못한 것을 즐겁게 여기고 옛것을 좋아하며 요즘 것은 별로
좋아하지 않으며, 먼 데 것을 좋아하고 가까운 것은 싫어한다. 그러
나 이는 우리나라만의 병폐가 아니라 온 천하가 함께 가지고 있는
병폐이다. 우리나라 사람들이 이야기를 지으면 꼭 중국의 일을 쓰고
는 반드시 "우리나라에는 볼 게 없다."고 한다. 대개 이 이야기는
우리나라의 일인 데다 요즘 일인데, 우리나라에는 볼 게 없는 데다
더구나 요즘 것이니 말할 거리가 있겠는가? 그러나 이 일은 매우
절실하고 지극하여 <서상기>와 짝을 이룰 만하다. 비록 아름답기는
하지만 신분이 천하여 옷이 남루하고 머리가 헝클어지고, 기름을
펴 바르거나 분칠을 하지 않고, 장신구들이 걸맞지 않고 옷도 화려
하지 않다. 이른바 솜씨가 뛰어나도 썩은 나무에 아로새기지 않고
기왓장을 다듬지 않는다고는 하지만 그러나 뜻이 지극하고 정이
돈독하여 이처럼 볼 만하게 된 것이다. 만약 비단옷을 입게 하고
머리에는 비취를 꽂게 하며 아로새긴 금과 옥을 달게 했다면 어찌
서시99)가 빛을 잃고 양귀비100)가 무안해 하지 않았겠는가? 그렇게

했다면 풍부한 어휘와 다채로운 문장이 이보다 배는 더했을 것이다. 이러한 까닭으로 소금과 매실은 다섯 가지 맛과 조화를 이루어야 하고, 곧고 큰 나무는 반드시 좋은 목공을 만나야 하고, 말은 곧게 뻗은 길이라야 달리고, 수레는 사방으로 통한 대로라야 순탄하게 나아간다. 나의 얕은 견해로 보건대 속된 말로 글을 엮는다면 반고101)나 사마천102)이라도 평범하게 쓰는 데 지나지 않았을 것이니, 허공에 생동하는 그 기상과 종이 위에 출렁거리는 파란을 어떻게 얻을 수 있겠는가? 속되고 고상하지 않지만 자세하고 곡진하니, 그대의 문장이 크고도 지극하도다!

남화산인이 대존당(帶存堂)에서 추서를 쓰다
가경(嘉慶) 14년 기사년(1809) 단오 다음날(5월 6일)
석천주인이 훈도방103) 정사104)에서 추서를 쓰다

---

99) 서시(西施) : 각주 11 참고.

100) 양귀비(楊貴妃) : 당(唐) 현종(玄宗) 이융기(李隆基)의 총애를 받았던 비. 원래 이름은 옥환(玉環), 도호(道號)가 태진(太眞)이다.

101) 반고(班固) : 중국 후한(後漢) 초기의 역사가. 『한서(漢書)』를 지었다.

102) 사마천(司馬遷) : 중국 전한(前漢)의 역사가. 자는 자장(子長). 『사기(史記)』를 지었다.

103) 훈도방(薰陶坊) : 지금의 을지로 2가.

104) 정사(精舍) : 학문을 가르치기 위해 마련한 집, 또는 정신을 수양하는 곳.

19세기
서울의
사랑

• 번역 •

포의교집

사(詞)

한 조각 운우의 꿈, 아침에는 구름으로, 저녁에는 비로1)

오랜 그리움은 푸른 물, 푸른 산에 깃드는데

예로부터 미인 중에는 박명한 자 많고

영웅은 그지없이 세상에 나네

나라에서는 신하가 임금을 위해 충성하고, 집에서는 아내가 남편을 위해 정절을 지키며, 사람들과 사귈 때 벗을 위해 신의를 지키는 것은 예나 지금이나 크나큰 복이다. 이 모두는 피와 살을 나눈 사이는 아니다. 그러나 정(情)이 형제보다 낫고 은혜가 친척보다 더한 것은 특별한 예로 대우하기 때문이다. 그래서 예양은 지백의 신하가 아니었지만2) 조나라에서 그의 충성을 본받았고, 형경은 본디 연나라 태자 단의 친구가 아니었지만3) 진나라에서 그 의리를 사모하였

1) 일편몽조운모우(一片夢朝雲暮雨) : 송옥(宋玉)의 <고당부 서(高堂賦序)>에 나온다. 초(楚)나라 회(懷)왕이 고당(高堂)에 놀러 갔다가 낮잠이 들었는데 꿈에 한 여자가 나타나 자신은 무산(巫山)의 신녀(神女)로 고당의 손님으로 있는데, 임금이 왔다는 말을 듣고 잠자리를 모시기 위해 왔다고 하여 회왕이 그녀와 사랑을 나누었다. 그 여자는 아침에는 구름으로, 저녁에는 비가 되어 내리겠다고 하고 떠났다.

2) 예양(豫讓)과 지백(智伯) : 사마천의 『사기』, <자객열전>에 실려 있다. 예양은 전국시대 진(晉)나라 사람으로 범씨(范氏)와 중항씨(中行氏)를 섬기는 자객이었다. 범씨와 중항씨는 예양의 재주를 잘 알아보지 못했는데, 새로운 주인인 지백(智伯)은 예양의 재주를 높이 평가하여 그를 매우 총애했다. 지백이 조양자(趙襄子)를 치려다가 죽자, 예양은 주인인 지백의 원수를 갚기 위하여 온 몸에 옻을 바르고 숯을 삼켜 목소리를 변하게 했다. 조양자가 먼저 예양의 살기를 알아채 그를 사로잡았는데, 예양은 자신의 주인을 위하여 조양자에게 당신의 옷만이라도 벨 수 있게 해달라고 부탁했다. 조양자는 예양의 의기에 감탄하면서 자신의 옷을 내주었고, 예양은 그 옷을 높이 던지고 자신의 몸을 허공에 솟구쳐 칼을 휘둘러 세 번을 베고는 곧 땅에 엎드려 자결하였다.

3) 형경(刑卿)과 연태자 단(丹) : 사마천의 『사기』, <자객열전>에 실려 있다. 형경은 형가(荊軻). 형가는 제(齊)나라의 자객으로 독서와 검술을 좋아했으며 연나라에서 태자 단(丹)의 식객으로 머물면서 그를 섬겼다. 당시 강대국이었던 진(秦)나라가 연나라

다. 이들은 모두 몸을 상하고 목숨을 잃고도 후회하지 않았으니, 어찌 충의(忠義)를 떨쳐서 이름을 이룬 자들이 아니겠는가! 그러나 이들이 이렇게 하도록 만든 자들 또한 그 의기를 알아보고 특별히 대우하여 이들이 죽으면서까지도 절개를 이루게 하였으니, 어찌 피와 살을 나눈 사이만이 특별하다 하겠는가!

　'누구를 위하여 일하며, 누구로 하여금 듣게 하리오?'라는 말이 있다. 이는 종자기가 죽자 백아4)가 거문고 줄을 끊고는 평생토록 다시는 거문고를 연주하지 않았고, 노인이 죽자 장석5)이 영원히 끌을 거두고는 다시는 함부로 끌질을 하지 않았다는 고사에서 나온 말이다. 왜인가? 선비는 자기를 알아주는 사람을 위하여 죽고, 여자는 자기를 보고 기뻐하는 사람을 위하여 얼굴을 꾸미기 때문이다.6)

를 위협하자, 형가는 태자 단을 위해 번오기(樊於期)의 목과 연나라의 항복을 뜻하는 지도를 가지고 진시황을 암살하러 떠났다. 형가는 진시황 암살에는 실패했으나, 자신을 알아준 사람을 위해서 목숨을 바친 의리 있는 자객으로 그 이름이 전한다.

4) 종자기(鐘子期)와 백아(伯牙) : 백아는 춘추시대 거문고의 명인 종자기와 가까웠는데, 백아가 큰 산에 뜻을 두고 거문고를 뜯으면 종자기는 "높고 크구나(巍巍)."라 말했고, 흐르는 물에 뜻을 두면 "물이 크고 넓구나(蕩蕩)."라 말했다. 종자기가 죽자 백아는 다시는 거문고를 뜯지 않고 세상에 자신의 음을 알아주는(知音) 이가 없음을 애통해했다.

5) 노인(郢人)과 장석(匠石) : 노인은 옛날 벽을 잘 바르는 데 뛰어난 미장이로, 잘못하여 코에 흙이 조금이라도 묻으면 장석을 시켜 깎아내게 했다고 한다. 이는 장석이 흙을 잘 깎아냈기 때문이다. 『한서』, <양웅전>에 나온다. 장석은 명공(名工)으로 석이 이름이고 자는 백(伯)이다. 옛날에 영인(郢人)이 자기 코에다가 흙을 얇게 바르고 장석(匠石)에게 자귀로 깎아내게 하였는데, 장석이 눈을 지그시 감고 날렵하게 바람소리를 내며 자귀를 휘둘러 영인의 코에서 흙을 깎아냈다. 흙을 다 깎아내도록 코는 전혀 다치지 않았으며, 영인도 겁내는 모습이 전혀 없이 태연하였다고 하는 이야기가 나온다. 송(宋)나라 원군(元君)이 이 소식을 듣고 장석을 불러 자신을 위해서 한 번 보여달라고 했더니 장석이 예전에는 잘 깎아낼 수 있었으나, 이제 자신의 자질을 발휘할 상대가 죽은 지 오래되어 할 수 없다고 하였다. 『장자』, <서무귀(徐無鬼)>편에 나온다.

6) 『사기』, <예양전>에 "선비는 자기를 알아주는 사람을 위해 죽고, 여자는 자기를 보고 기뻐하는 사람을 위해 얼굴을 꾸민다(士爲知己者死, 女爲說己者容)"고 한 데서

그리하여 노자는 '나를 알아주는 사람이 드물다7)고 했고, 양자는 '소리 중 오묘한 것은 보통 사람들의 귀에 맞지 않고, 모습 중 아름다운 것은 세속의 눈에 섞일 수가 없다고 하였다. 무릇 소리와 모습의 지극한 것도 오히려 이와 같은데, 하물며 마음과 뜻이 서로 투합하는 것에 있어서랴? 뜻이 한 번 합해지면 비록 소진과 장의8) 같은 책략가가 다시 태어난다 해도 그 사이를 이간질할 수 없고, 항우와 경포9) 같은 장수가 다시 군대를 일으킨다고 해도 그 절개를 빼앗지 못할 것이니, 어찌 이익으로 마음을 움직일 수 있겠는가?

젊은 미인과는 쉽게 마음을 합할 수 있지만 포의의 사귐10)은 예로

나온 말.

7) 노자『도덕경』, "知我者希, 則我者貴"에서 온 말. 나를 아는 자는 드물고, 나를 본받는 자는 귀하다는 뜻.

8) 소장(蘇張) : 소진(蘇秦)과 장의(張儀). 전국시대 때 합종연횡을 주장한 책략가들로 둘 다 귀곡선생(鬼谷先生)에게 사사하였다. 소진은 전국시대 낙양 사람으로 유세객이 되어 전국을 다녔으나 처음에는 그 주장이 받아들여지지 않았다. 초라한 모습으로 집에 돌아와 밤낮으로 공부한 뒤 합종책을 주장하여 여섯 나라의 재상이 되었다. 스스로 무안군(武安君)이라 칭하여 이름을 떨쳤다. 이 때문에 동방으로 진출을 꾀하고 있던 진나라는 십수년 간 그 진출을 저지당했다. 그러나 그의 합종책은 장의 등의 연횡책에 패배하여 실패했다. 그 후 연나라의 관직에 있다가 다시 제나라에서 벼슬에 나갔으나, 제나라 대부(大夫)의 미움을 사서 암살당했다. 장의는 전국시대 위나라 사람으로 처음에 초(楚)나라에 가서 벽(璧:옥으로 만든 기구)을 훔친 혐의를 받고 태형(笞刑)의 벌을 받은 뒤 추방되었으나 제후들을 찾아다니며 유세(遊說)를 계속하였다. 소진의 주선으로 진(秦)나라에서 벼슬살이를 하게 되어 혜문왕(惠文王) 때 재상이 된 뒤 연횡책을 주장하여 위(魏)·조(趙)·한(韓)나라 등 동서[橫]로 잇닿은 6국을 설득, 진(秦)나라를 중심으로 하는 동맹관계를 맺게 하였다. 혜왕이 죽은 뒤 실각하여 위나라로 피신하였으며 재상이 된 지 1년 만에 죽었다.

9) 우포(羽布) : 항우(項羽)와 경포(鯨布). 중국 진나라 말기의 장수들. 항우의 이름은 적(籍)이며 우(羽)는 그의 자이다. 하상(下相) 사람으로 진나라 말기 B.C. 209년 진승(陳勝)과 오광(吳廣)이 난을 일으키자, 숙부 양(梁)과 오중(吳中)에서 군대를 일으켜 진나라 군대를 격파하고 스스로 서초패왕이라 일컬었으나 한고조(漢高祖) 유방과 천하를 다투다가 해하(垓下)에서 패하여 죽었다. 경포는 한나라 사람 영포(英布)의 별명으로 항우 밑에서 일했던 세 장수 중의 한 사람이다.

부터 얻기가 어려운 것이다. 그리하여 이 글을 지어 한 번 즐기며 웃게 하고자 한다.11) 그러나 그 지극한 데 이르러 천지신명도 그 정성을 인정하여 마음을 움직이신다면 조물주 또한 어찌 시기할 수 있겠는가? 이 글을 읽는 사람은, 사광12)이 종을 연주한 것이 훗날 그를 알아 줄 사람을 기다린 것임을 기억해야 할 것이다.

---

10) 포의지교(布衣之交) : 신분과 지위를 떠나서 사귀는 친구. 사마천의 『사기』, <범저전>에 진나라 소왕(昭王)이 평원군에게 편지를 보내서 "과인이 그대의 높은 의에 대해 듣고 그대와 포의의 사귐을 맺기 원하오. 그대가 과인을 찾아오면 과인은 그대와 열흘간 술을 마시리라." 했다고 한다.

11) '이 글을 지어 한바탕 웃게 하고자 한다'는 말은 일반적으로 고소설 작가들이 자신의 소설을 심심풀이 삼아 재미로 읽으라는 뜻으로 사용했던 겸양의 표현이다.

12) 사광(師曠) : 춘추시대 진(晉)나라의 악사.

1. 이생과 초옥

충청도 지방에 사는 이생(李生)이라는 사람은 좋은 집안 출신의 양반이다. 그러나 재주가 신통치 않아 세상 사람들에게 받아들여지기 어려웠고, 뜻은 컸으나 성실하지가 않았다. 나이 마흔이 넘었는데도 제대로 집안을 돌보지 않아[13] 고향 마을에서 천덕꾸러기 신세였다. 그런데도 산수의 경치가 좋을 때면 자기에게 급한 일이 있다 해도 다 팽개치고 반드시 가서 구경을 하고야 말았다.

동치 갑자년[14]에 세력 있는 집안과 인척이 되어 벼슬길에 나가 보려고 서울에서 몇 개월을 머물렀는데, 그때에 여러 동료들과 어울려 때때로 자연을 구경하며 지었던 시가 거의 상자 하나를 가득 채웠다. 같은 마을에 살던 장 진사(長進士)라는 사람도 역시 출세[15]에 뜻이 있어 서울에 머물고 있었다. 이 무렵 남촌[16] 장 승지 댁 친척 중 자식이 없는 사람이 있어 장 진사를 양자로 삼으려 하니, 이생이 매우 적극적으로 권하였다. 그리하여 벼슬아치 집안에 양자가 된 장 진사는 시골에 있으면 그 덕을 보기가 어려울 것이라 생각하고, 드디어 서울 남촌의 죽동[17]으로 이사를 하고, 이생을 불러 함께 먹고 자며 객지의 외로움을 풀었다. 이 집 또한 큰 저택이라 행랑이 십여 채에, 대문, 중문이 우뚝하게 솟아 있어 마치 재상집

---

13) 저산(樗散) : 저력산목(樗櫟散木)의 준말로, 아무 쓸 데 없는 존재라는 뜻이다.
14) 동치갑자(同治甲子) : 1864년 동치는 청나라 목종(穆宗)의 연호로, 동치 갑자년은 고종 1년에 해당한다.
15) 요진(要津) : 높고 중요한 지위. 또는 요직에 있는 것을 말함.
16) 남촌(南村) : 지금 서울의 청계천 남쪽 중구 일대.
17) 죽동(竹洞) : 지금의 을지로 2,3가에 있었다.

같았다. 전에 이 집은 이 판서댁이었으나, 중간에 곡절이 있어 중인의 집이 되었다가 중인도 감당을 못해 장 진사에게 팔린 것이었다. 그 집 안팎으로 사랑이 있었는데, 장 진사는 안사랑에 살고 바깥사랑은 이전 주인 때부터 한 노파가 세를 들어 살고 있었는데 사람들은 그 이를 '당할멈(堂婆)'이라고 불렀다. 때는 6월, 이생은 바야흐로 <진신록>18)을 살피고 있었는데 무더위를 견디지 못해 바깥사랑의 서헌(西軒)을 치우고 거기에 거처하였다. 이곳은 당할멈이 사는 곳과는 벽 몇 개만 건너면 되는 곳이어서 이생은 때때로 당할멈에게 그곳 풍속과 행랑채에 사는 사람들에 대해 묻곤 하였다.

장 진사는 낮이면 늘 이생과 함께 이런저런 이야기를 나누며 시간을 보냈다. 매일 아침 해가 한참 솟아 후끈한 기운이 찌는 듯하면 행랑에 사는 여자들은 노소를 막론하고 중문 안에 있는 헛청19)에 모여 바느질을 하거나 솜을 타거나 다듬이질을 하곤 했다. 헛청은 서헌과 아주 가까운 곳에 있었다. 이생은 이를 늘 못마땅하게 여겼으나 그 여자들은 조금도 거리끼는 구석이 없어 매일 마주쳐도 어려워하지 않았다. 무릇 서울과 시골이 풍속이 달라 별로 거리끼는 것이 없었기 때문이다. 그 가운데 갓 시집 온 새색시가 있었는데, 나이는 열 예닐곱 정도에, 얼굴이 예쁘고 태도가 고왔다. 화장기 없는 얼굴에 산뜻하게 정리된 눈썹, 그리고 위에는 분홍빛 얇은 비단 적삼을 입고, 아래는 연푸른색 가벼운 비단 치마를 차르라니 입고 있었다. 매끄러운 검은 머리에는 금비녀20)를 꽂고, 하얀 비단 버선에,

---

18) 진신록(搢紳錄) : 진신은 높은 벼슬아치를 말함. 진신록은 관직에 있었던 사람의 이름을 기록해 놓은 책.

19) 허청(虛廳) : 헛청. 집안의 트이고 너른 공간을 가리킨다.

수놓은 당혜[21]를 신고 있었다. 날렵하기는 월나라 비취 부채 같았고, 요조하기는 남전[22]의 명월 구슬과 같았다. 걸음을 걸을 때면 옥 같은 소리가 쟁그랑거리니, 한 발자국 걸으면 성(城)을 기울일 만했고, 한 번 웃으면 나라를 위태롭게 할 정도의 미인이었다. 그런 미인이 바닥에 담갈색 돗자리를 깔고 앉아서 흰 구름 같은 솜을 타고 있는 것을 보면 마치 하늘나라의 선녀가 구름 가에서 노니는 듯하여, 노씨 집안의 금당에 살던 막수[23]가 아니면 송씨가 동쪽 담장 너머 자기를 엿본다고 했던 여인[24]과 같았다. 연꽃 같은 탁문군[25]의 얼굴, 버들 같은 소만[26]의 허리에 자연스럽게 잘 꾸민 치장은 참으로 묘하고 빼어나게 맑았다. 시름에 잠긴 모습은 마치 꽃 가운데서 낭군을 보내며 후회하는 듯했고, 아리따운 모습은 마치 달빛 아래 버들가지가 한을 머금고 있는 듯했다. 웃을 때 살짝 보이는 보조개는 사람의 마음을 흔들어 놓을 만하고, 아름다운 눈망울은 사람의 마음을 병들

20) 금봉차(金鳳釵) : 봉새가 그려진 금비녀.

21) 당혜(唐鞋) : 양가집 부인들이 신던 신발. 운두가 깊고 앞뒤로 당초무늬를 놓은 신으로 모양은 지금의 고무신 비슷하게 생겼다.

22) 남전(藍田) : 옛날부터 좋은 옥이 많이 나기로 유명한 곳이다.

23) 노가금당지소부(盧家金堂之少婦) : 양나라 때 낙양의 여자로 노가(盧家)에게 시집을 간 막수(莫愁)를 말한다. 막수는 열다섯 살에 노가에게 시집가서 열여섯 살에 아들을 낳았는데, 안방은 계수나무로 대들보를 하고, 방안에는 울금향이 배어 있었으며, 머리에는 열두 개의 금비녀를 꽂고, 산호 장식을 하는 등 호사스럽게 살았다고 한다.

24) 송씨동장지규여(宋氏東牆之窺女) : 송씨는 송옥으로 굴원(屈原)에게 배워 초나라의 대부(大夫)가 되었으나, 뒤에 실직하였으며, 굴원 다음가는 부(賦)의 작가로 꼽힌다. 위 내용은 그의 「등도자호색부」(登徒子好色賦)에 실려 있는 내용이다.

25) 탁희(卓姬) : 탁문군. 탁문군은 한(漢)나라 촉군(蜀郡)의 부호인 탁왕손(卓王孫)의 딸 탁문군이 과부가 되어 집에 와 있을 때 사마상여가 탁왕손의 잔치에 왔다가 거문고를 타면서 문군의 마음을 유혹하자 문군이 그 소리에 반해 밤에 집을 빠져나가 그의 아내가 되었다.

26) 소만(小蠻) : 당나라 기생으로 백거이의 첩이 되었다.

게 할 만했다. 이생이 비록 여색을 탐할 나이는 지났지만 이 여자를 한 번 보자 너무도 놀랍고 그저 황홀하여 욕정을 이기지 못해 호탕한 흥이 절로 일어났다. 이렇게 며칠이 지나자 생각이 나고 마음이 끌리는 것을 참을 수가 없었다. 그래서 당할멈을 가까이 불러 그 젊은 여자를 가리키며 물었다.

"저 여자는 누군고?"

당할멈이 웃으며 대답했다.

"서방님께서 무슨 연고로 물으시는지요? 원하는 게 있어서 그러십니까? 저 여자는 행랑에 사는 양씨(楊氏) 집 며느리입지요. 양소부(楊少婦)라고들 부르는데 그 성격이 도도해서 옆 사람들과 말도 안 한답니다. 그러니 서방님께서도 함부로 하실 수 없을 겝니다. 저 아이의 나이는 지금 열일곱이고, 그 남편은 열아홉이지요. 본래 남영위궁[27]의 시녀로 있었는데, 그 시아버지 되는 양씨가 비단으로 속량하여 데려와서 며느리로 삼았지요. 시집오기 전에 궁 밖에 살던 한 미소년이 저 여자의 아름다움을 사모해서 몰래 만나보고 싶어했는데도 들어주지 않았지요. 소년이 그 때문에 병이 나서 다 죽게 되자 그 부모가 저 여자를 불러서 간절하게 부탁했는데도 끝내 들어주지 않아 소년은 그만 죽고 말았는데, 그 혼이 한 늙은 궁녀에게 붙자 그 늙은 궁녀가 미쳐서 밤낮으로 저 여자를 차고 때렸답니다. 그래서 강가로 피신해 있다가 시아버지 양씨에게 속량을 받아 여기에 온 지 이제 겨우 일 년 남짓 되었습죠. 시아버지의 성격이 사나운

---

27) 남영위궁(南寧尉宮) : 순조(純祖) 조의 부마로, 남영위에 봉해졌던 윤의선(尹宜善)의 집. 윤의선은 해평(海平) 윤씨이다.

데다 늘 살피고 있으니, 어찌 감히 다른 행실을 할 수 있겠습니까?"

그때 마침 장 진사와, 진사가 양자로 간 집의 서오촌(庶五寸)되는 장사선(張士先)이라는 자가 앉아 있다가 이 이야기를 듣고는 감탄을 하였다. 또 함께 어울리는 사람들 중 이생과 주인을 찾아온 손님들은 반드시 중문을 지나야 서헌으로 갈 수 있었는데, 그 여자의 얼굴을 본 사람들은 누구나 정신을 빼앗겼다. 이생도 사모하는 마음을 멈추지 못하여 양소부를 남들이 알아채지 못하게 '양파(楊婆)'라 했는데, 그 뒤로 모두가 그 여자를 양파라고 부르게 되었다. ('파(婆)'는 늙은 여자를 부를 때 사용하는 말이다. 만약에 그대로 '소부(少婦)'라고 부르다가 남의 귀에 들어갈까 봐 이렇게 부른 것이다.)

청지기인 영필(永必)은 또 이렇게 말했다.

"소인이 여기 산 지가 이미 몇 달이 되었습니다만 저 여자는 눈길조차 주지 않으니, 어찌 감히 한마디라도 붙여 볼 수 있겠습니까?"

이생도 그 여자의 기세를 보니, 싸늘하기가 가을 서리 같았다. 게다가 나이가 젊지 않을 뿐만 아니라 집에는 젊은 아내까지 있으니, 비록 객지에서 외롭게 지낸다고 하나 어찌 바람 피울 생각을 할 수 있겠는가? 그러나 그 여자의 모습만은 흠모하고 선망하였다.

중문과 내문 사이에는 가리개용 벽이 하나 있었는데 비바람에 무너져서 형체가 없었다. 밖에는 큰 우물이 있었는데 우물과 서헌은 서로 바라보이는 위치에 있었고, 물 긷는 사람들이 날마다 열 명이 넘었다. 이 집은 전에 중인들이 살던 곳이어서 물 긷는 사람들이 어렵지 않게 드나들었으며, 게다가 곰방대를 물고 떠들어대며 조심하는 태도가 없었다. 이생이 이를 몹시 싫어하여 즉시 행랑채 사람들을 불러 물 긷는 자 몇 명을 끌고 오게 해서, 몇은 기와 위에 무릎을 꿇리고, 몇은 엎드려 놓고 매를 때렸다. 몇 번을 이렇게 하니 그 거동이 엄숙하여 이후로는 감히 시끄럽게 말하거나 예의에 어긋난 행동을 하는 자가 없었다. 또한 행랑에 사는 여러 사내들도 가히 중문 근처에는 그림자도 얼씬거리지 않게 되었다. 그 다음날 주인이 영필을 데리고 외출했는데, 마침 장사선이 와서 함께 있었다. 장사선은 모화관28) 근처에 살면서 날이면 날마다 한량배들이 오입하는 것을 보아오던 터라, 무릇 남녀 수작하는 일에는 능란했다. 집에서 부리는 계집종 달금(達今)이 안에서 술과 안주를 가져와 이생에게 올리며 따로 아뢰었다.

"어제 저녁에 양파가 쇤네에게 '저 서헌에 자리잡고 계신 서방님은 진사님과 어떻게 되시는 분이냐?'고 몰래 묻길래 쇤네가 '같은 고향 친구분이신 이서방님'이라고 했습니다. 그랬더니 양파가, '진짜 양반이시더구나. 오늘 물 긷는 놈들을 호령하시는 걸 봤는데, 사대부 기상이 아니라면 어찌 이같이 하겠느냐? 연세는 몇이나 되신다더냐?' 하고 물었더랬습니다. 그래서 쇤네가 '잘 모르지만 내 생각으로는 마흔 정도 되신 것 같다'고 했더니 양파가, '반드시 문장을 잘 하시겠지.' 하기에 쇤네가 그렇다고 했습니다. 양파가 서방님을 흠모하는 것이 서방님 못지않은 것 같사와요."

달금은 나이 열네 살로, 다른 고장에서 왔는데, 역시 남녀 사이의

---

28) 모화관(慕華館) : 조선시대 중국 사신을 영접하던 곳으로 지금의 독립문 부근에 있었다. 앞에 영은문이 있었는데, 사신이 올 때는 왕세자가 모화관에 나가 맞아들였으며, 돌아갈 때는 모든 관료들이 모화관 문 밖에 서서 정중하게 보냈다. 청일전쟁 뒤 폐지되었으며, 1896년 독립협회에서 영은문 자리에 독립문을 세우고 독립관으로 고쳤다.

낌새를 훤히 잘 알았다. 장사선이 듣고는 웃으면서 이생을 툭 건드리며, "한 번 불러 보시게."라고 하였으나 이생은 "주인 있는 여자를 어찌 마음대로 부를 수 있겠소?"라고 하였다.

이렇게 며칠이 지났는데, 이생은 그만 양파 생각에 빠져서 마치 독한 술을 마시고 자기도 모르게 거나하게 취한 것처럼 두 눈이 저절로 감기고 마음을 진정할 수가 없었다. 마침 양파가 우물가에서 물을 긷고 있을 때였다. 이생이 안달이 나는 것을 누르지 못해 즉시 불러서 물 한 바가지만 달라고 했다. 양파는 조금도 어려워하는 빛이 없이 즉시 맑은 물을 바가지에 가득 떠가지고 서헌 아래로 와서 이생에게 올렸다. 이생은 책상 위에 있던 연적을 내주며 물을 붓게 했다. 양파가 그것을 받아서 물을 채우려고 보니 연적에는 이미 물이 가득 차 있었다.

"연적 안에 물이 아직 줄지 않았는데 왜 물을 달라고 하셨는지요?"

"약방에 인삼이 없지 않지만 또 일부러 모아두는 것은 나중에 쓸 때를 대비해서이지. 그대는 내가 아니니, 어찌 내 마음을 알겠는가?"

그러자 양파가 웃으며 돌아갔다. 이때 행랑채의 여자들이 이 모양을 보고도 수상하게 여기지 않았던 것은 이생의 호령이 그때 아주 엄숙했기 때문이다. 이때부터 양파 또한 이생이 마음이 없지 않음을 알고, 매번 그 낯빛을 부드럽게 하고 교태 어린 웃음으로 이생을 바라보았다. 이때 이생은 사랑에서 서책을 끼고서 중얼거리곤 하였다.

"솜 타는 양씨 며느리는 이틀이 지나도록 손바닥만한 솜도 못 타고, 책 베끼는 이생은 아침이 다 지나도록 책 한 장도 베끼지 못했네. 두 사람이 서로 바라보느라고 해야 할 일에는 생각이 미치지 않는구나."

2. 꽃을 꺾어 던진 까닭은

하루는 갑자기 양파가 손으로 봉선화 한 가지를 꺾어 이생 앞에 던지고 지나갔다. 그리고는 당할멈과 한참동안 서로 이야기를 나누더니 다시 서헌으로 와서 이생에게 말했다.

"조금 전의 그 꽃은 어떠셨나요?"

이생은 이미 그 꽃을 연적 주둥이에 꽂아놓은 터였다.

"꽃이 예쁘긴 해도 자네의 아름다움에는 미치지 못하네."

"이 꽃이 아름답긴 해도 또한 애석한 점이 있습니다. 그런 까닭으로 홀로 감상하기 어려워 꺾어서 책상 아래 던졌던 것이에요. 낭군께서는 제가 꽃을 애석해 하는 마음을 아실런지요?"

"내 어찌 모르겠는가? 이 꽃은 맑고 빼어난 오묘함을 타고나 규방 근처에서 미인이 살뜰히 감상하는 바가 되었으나, 오래지 않아 가을 바람에 떨어지리니 어찌 애석하지 않겠는가? 그러므로 '동쪽 뜰 복사꽃, 오얏꽃에 잠깐 봄이 머물렀네'라는 싯구로 '술집 아가씨, 애석하다고 찡그리지 마세요'라는 구절의 댓구를 삼은 것이라네. 지금 내게 비록 은으로 만든 안장, 수놓은 수레 등의 화려한 물건은 없으나 원컨대 낭자는 애석해 하며 찡그리지 마오."

양파가 한숨을 쉬며 말했다.

"낭군께서는 제가 아니시니, 어찌 제가 꽃을 애석하게 여기는 뜻을 아시겠어요? 저 복사꽃, 오얏꽃들이 아름다움을 다투고 버들이 초록빛을 자랑하다가도 가을이 되면 쓸쓸히 떨어지는데, 이는 천지의 이치이니 뭐 애석할 게 있겠습니까? 이 꽃의 연하고 아름다운 모습은 사람들로 하여금 사랑하고픈 마음이 일게 하지요. 그러나 궁궐에 나면 귀공자와 왕손의 눈길을 받을 것이요, 권세가에 나면 유명하고 벼슬 높은 이들의 사랑을 받을 것이나, 여항에 나면 시골 아이, 떠꺼머리 목동에게 꺾이게 되겠지요. 똑같은 아름다운 향으로 어떤 것은 귀한 이의 사랑을 받고 어떤 것은 시골 목동의 사랑을 받으니, 이 어찌 태어난 처지가 달라서 그런 것이 아니겠습니까? 그러니 애석하게 여기는 거지요. 사람의 인생도 이와 비슷합니다. 왕이 계신 수도에 가까우면 과거에 합격하여 귀하게 되겠지만 이 어찌 재주와 덕이 나아서이겠습니까? 먼 시골에 태어나면 가난하고 천하게 될 터이나 이 어찌 정성이 미치지 못 해서이겠습니까? 여자 또한 그러해서 사대부가에 나면 반드시 우아한 숙녀가 되고, 여염집에 나면 그저 그런 부인이 되는 것이랍니다. 어찌 용모와 덕이 부족해서 그렇겠어요? 처지가 그렇게 만든 것이지요. 이 때문에 제가 이 꽃의 아름다움을 보고, 낭군의 정성을 애석하게 여기고, 낭군의 정성을 애석하게 여기니, 저의 천함을 탄식하게 됩니다. 그러니 꽃도 애석해 할 만하며, 낭군 또한 애석하고 저 또한 애석합니다. 저는 스스로를 애석하게 여길 겨를도 없지만 낭군으로 하여금 스스로를 애석하게 여기시도록 하고 싶습니다. 그런데 낭군께서는 스스로 애석하게 여기실 수 없으시니 어쩔 수 없는 제 처지를 배로 애석하게 여기는 거지요. 그래서 꽃을 꺾어 올린 것이며, 저의 마음을 호소한 것이기도 합니다. 무릇 봄의 꽃이 가을이면 시들어 떨어지는 것은 옛부터 그래 온 것이니 무슨 한이 있겠습니까? 세상에 어찌 영원히 오래 사는 사람이 있겠습니까?"

양파가 말을 마쳤다. 이생은 그 얼굴을 아름다이 여기고 있던 터에 또 그 말까지도 이렇게 아름다우니 자기도 모르는 사이에 흡족하여 탄복하였다.

"그대는 과연 여항의 한갓 아낙은 아니구려. 이제부터 이 꽃을 우리를 맺어줄 매파로 삼는 것이 어떻겠나?"

이때 당할멈이 거꾸러질 듯 달려와서는 "무슨 수작이 이리도 지리합니까?" 하니, 양파가 보고는 획 일어나 가버렸다. 이생이 당할멈에게 말했다.

"어찌 이렇게 심한 훼방을 놓는가?"

"쇤네는 훼방꾼이 아니고요, 일을 성사시켜 드릴 사람입죠. 낭군께서는 마음이 있으십니까?"

"옛말에 '여색이 가까이 있으면 피하기 어렵다'고 했는데, 이제 문전에 예쁜 여자가 있으니, 어찌 그냥 놔두겠는가?"

"아까 양파의 기색을 보니, 과연 냉랭하지 않더군요. 양파도 분명 마음이 있는 것 같습니다. 양파가 자색이 워낙 빼어나서 방물장수가 계속 끊이지 않고, 감언이설로 유혹하는 자도 매우 많습니다. 대갓집의 호걸소년들이 금과 비단을 산같이 가져와도 하나도 들어주지 않았습니다. 그런데 지금 서방님께서는 무슨 귀인의 상이 있기에 그녀가 이렇게 스스로 나서는지요? 참 희한한 일이네요."

그때 주인이 갑자기 손님들을 데리고 들어오니, 당할멈도 가버렸다. 이생이 이로부터 양파를 향한 마음이 더욱 멈추지 않아 그녀의 말을 하나하나 마음에 새기니, 생각 않으려 해도 저절로 생각나고, 잊으려 해도 잊기 어려웠다. 하루 이틀이 지나 아침밥을 먹은 뒤 양파가 갑자기 서헌으로 오더니 꽃 편지지 하나를 던지고는, 가서 당할멈과 이야기를 나누었다. 이생이 즉시 그 종이를 집어서 펼쳐보니, 필체는 볼 만하지 않았지만 시 두 수를 썼는데 고체시를 본뜬 것이었다.

소년은 허락을 중하게 여겨
협객과 사귐을 맺었네
허리엔 녹로검을 찼고
비단옷에는 두 마리 기린 무늬가 있구나
아침에 명광궁29)을 떠나
장락판에서 말을 달리고
위성에서 술을 사니
꽃 사이로 날은 저물고
금 채찍 들고 기생집에서 잠드니
즐거움이 길게 이어지네
누가 양자운30)을 가련하게 여기겠는가
문 닫고 들어가 『태현경』을 지었다네31)

---

29) 명광궁(明光宮) : 한나라 무제가 지은 궁전 명광궁이 셋이 있는데 하나는 북궁에 있는데 장락과 이어져 있고, 하나는 감천궁 안에 있으며, 하나는 상서가 주를 올리는 곳이라고 한다. 무제가 신선이 되기를 구하여 명광궁을 짓고 연나라, 조나라의 미녀 이천 명을 뽑아 채워 넣었다고 한다.

30) 양자운(楊子雲) : 한나라의 유학자인 양웅(楊雄). 『태현경』을 저술하였다.

31) 허난설헌의 시 <소년행(少年行)>과 몇 글자를 제외하고는 유사하다.

그 다음 시는 이러하다.

바위 위에 오동나무
뿌리 내린 지 오래 되었네
옥도끼로 때때로 찍어내어
다듬어 칠현금을 만들었다네
거문고 만들어 한 곡조를 타나
세상 천지에 알아줄 이 없어
광릉산32) 한 곡조
천고의 소리가 사라졌구나33)

모년 모월 모일 박명한 첩 초옥(楚玉)이 올립니다.

이생이 다 보고 나서는 너무 놀랍고 신통하여 생각하였다.

'진짜 자기가 지은 건가? 아니면 다른 사람이 지은 건가? 고시를
다 생각해 봐도 이런 형식은 금시초문인 걸. 단지 자태가 예쁘고
말만 똑똑하게 하는 줄 알았더니, 또 포부가 이렇게 빼어날 줄 어찌
알았겠는가? 옛날에 채문희34)와 탁문군35)은 대갓집 여성으로 문장

---

32) 광릉산(廣陵散) : 거문고 곡조의 이름. 진나라 죽림칠현 중의 한 사람이었던 혜강이
   은자(隱者)에게 가르쳐 주었는데, 그 사후에 전해지지 않는다고 한다.

33) 허난설헌의 시 <견흥(遣興)>을 수정하여 가져왔다.

34) 채문희(蔡文姬) : 채염(蔡琰). 후한 사람 채옹(蔡邕)의 딸로 이름은 염(琰)이며,
   문희는 자이다. 음률에 뛰어났다. 처음에 하동의 위중도에게 시집갔는데 남편이 죽고
   자식이 없어 친정으로 돌아왔다. 그 뒤 난리가 일어나 오랑캐에게 잡혀가서 오랑캐
   땅에서 20년 동안 있으면서 두 아들을 낳았다. 조조에게 구출되어 돌아왔는데, <호가십
   팔박(胡笳十八拍)>을 지었다. 뒤에 동사(董祀)에게 재가하였다.

35) 탁문군(卓文君) : 각주 25 참고.

을 이루었고, 설도36)와 홍선37)이 기생출신으로 공부를 잘했다고는
하나, 어찌 한낱 행랑채에 사는 자의 아낙네로 이런 사람이 있을
줄 생각이나 했겠는가? 사람으로 하여금 공경하는 마음이 들게 하되
압도하지 않고, 사귈 만하나 함부로 대할 수는 없겠구나. 앞의 시로
말하자면 이생이 호협의 번화함을 바라지 않고 고상하고 깊은 덕을
숭상하는 뜻을 취했음을 말한 것이요, 뒤의 시로 말하자면 그녀가
세상에서 뜻을 얻지 못하여 비록 포부가 있어도 화답해 줄 어진
선비가 없음을 말한 것이다. 가만히 그 묘한 뜻을 살펴보니, 옛날
부잣집 늙은이가 '외출할 때 탈 수레가 없고, 밥 먹을 때 생선 반찬이
없느냐38)고 하는 동네 소년의 말을 듣고 탄복한 일과 같았다. 이런
시는 지금 세상 사람으로서는 절대로 능히 지을 수 있는 게 아니다.

---

36) 설도(薛濤) : 당나라의 이름난 기생이며, 여류시인. 자는 홍도(洪度). 원래는 장안의
양가에서 출생하여 아버지가 지방관으로 부임하게 되자 촉(蜀)으로 가서 살았다. 후에
집이 망해서 기녀가 되었으나, 시를 잘 지어 유명해졌다. 덕종 때, 위천(韋皐)이 사천안무
사가 되어 이 지방을 다스렸을 때, 설도를 술자리에 불러 시를 짓게 하고 여교서(女校書)
라 일컬었다. 후세에 기녀를 교서(校書)라 칭하게 된 것은 여기에서 비롯되었다고
한다. 만년에 두보의 초당으로 유명한 성도의 서교에 있는 완화계 근처 만리교 근방에서
은거하였다. 이 부근은 좋은 종이가 생산되는 곳이어서 설도는 심홍색 종이를 만들게
하여 그 종이로 촉의 명사들과 시를 주고받았다. 이것이 풍류인들 사이에 평판이
높아, 이렇게 만든 종이를 '설도전(薛濤箋)' 또는 '완화전(浣花箋)'이라 하여 크게 유행할
정도였다.

37) 홍선(紅線) : 당나라의 여자 협객. 당나라의 양거원(楊巨源)이 쓴 <홍선전(紅線傳)>
에 의하면 홍선은 노주절도사(潞州節度使) 설숭(薛嵩)의 하녀인데, 숭의 영지가 위박(魏
博)절도사에 의해 합병되려는 것을 알고 기묘한 계략으로 주인의 위기를 구했다고
한다. 작자에 대해서는 양거원 외에 만당기의 원교(袁郊)라는 설이 있으나 분명하지
않다. 『태평광기(太平廣記)』 권195에 수록되어 있다.

38) 출무거마식무어(出無車馬食無魚) : 사마천의 『사기(史記)』 <맹상군열전(孟嘗君列
傳)>에 나오는 말이다. 풍환(馮驩)은 본래 거지였는데 제나라의 재상인 맹상군이
식객을 좋아한다는 말을 듣고 짚신을 신고 먼 길을 걸어 찾아갔다. 맹상군은 그의
몰골이 우스워 별 재주는 없어 보였지만 받아주었다. 그러나 그는 고기반찬이 없다고
투덜대고, 수레가 없다고 불평을 했다. 이는 곧 자기의 재주에 걸맞은 대접을 받지
못하는 것을 말한다. 풍환은 나중에 맹상군이 화를 입지 않는 데 큰 역할을 했다.

아마도 고시 중의 구절들을 뽑아서 우리 두 사람의 어쩔 수 없는 처지를 비유한 것이리라. 하지만 비록 자기가 지은 것이 아니라 해도 그 뽑아낸 솜씨가 이같이 분명하고 또 지극하니 자기가 지은 것과 진배없다. 어찌 사표(師表)로 대접하지 않을 수 있겠는가?'

그리고는 혼자 속으로 기뻐하며 자부하기를, '나를 사랑함이 지극하지 않다면 어찌 이렇게 연연해 할 수 있겠는가?' 하고 읽고 외우기를 그치지 않았다. 그리고 상자에 깊이 넣어 두고는 다른 사람이 알까 두려워하였다. 간절하게 화답하고 싶었지만 시를 쓰는 재주가 만에 하나도 따라주지 않아서 화답시를 쓰지 못하고, 사람을 시켜 옥 가락지 한 쌍, 청심환 다섯 개, 소합원39) 열 매를 사서 중국 종이에 싸게 한 뒤 당할멈을 시켜 양파에게 전하게 하였다.

"시로 말하면 재주가 모자라 감히 화답시를 쓰지 못하고, 다만 이 보잘것없는 몇 가지로 정을 표하니 한때의 더위를 식히는 물건으로 여겨주기 바라오."

당할멈이 사람이 없는 틈을 타서 양파에게 가 그대로 전하니, 양파가 받고는 '몸에 지니고 있겠다'고 하였다.

엿새가 지나 양파가 또 서헌을 지나가다 한 장의 꽃 편지지를 던졌다. 이생이 불러 함께 이야기하고 싶었지만 양파는 곧 달아나 돌아보지 않았다. 그 편지지를 펼쳐 보니 또 시 두 수가 적혀 있었다.

> 그대는 제게 남편이 있음을 아시고도
> 옥가락지 한 쌍을 보내셨어요

---

39) 소합원(蘇合元) : 소합유(蘇合油)를 말함. 조록나무과에 딸린 갈잎 큰 키 나무에서 나오는 기름으로 만든 향료 또는 약. 주로 피부병에 사용한다.

그대 정성에 감동하여
제 손가락에 끼고 있지요
제 집 다락은 시장에 이어 있구요
남편은 작은 가게에서 콩을 팔지요
그대의 정성 해와 달처럼 변함없을 줄 알지만
남편 섬길 때 생사를 함께 하기로 맹세한 걸요
그대 준 옥가락지 만지니 눈물만 흐릅니다
어찌하여 시집오기 전에 만나지 못 했을까요[40]

그 다음 시는 이러하다.

그대 주신 물건 돌려드리고 싶어도
박정타 하실까 망설여집니다
제 비록 박정하진 않아도
장차 나쁜 시비 일어날까봐
물건을 돌려드리지 않는다 하여
가약을 맺었다고 함부로 생각지 마세요
가약 맺기 어려워서 아니라
그대 학문 그르칠까 두려워요
절랑은 마음에 두지 마시고
공명을 이루시도록 힘쓰세요
그대 위해 길이 축원하리니
그때 올 즐거움 생각해 보아요
공을 이루어 이름을 드날릴 때
소진 처[41]의 부탁 저버리지 마시기를

_____

40) 중국 당나라 시인 장적(張籍)의 시 <절부음(節夫吟)>을 변형하여 가져온 것이다.

이생은 어깨를 곧추세우고 단숨에 다 읽었다. 혼자 앞의 시를 헤아려 보니 출가한 몸으로 감히 다른 남자에게 함부로 마음을 둘 수는 없지만, 그 남편이 무식한 장사꾼이어서 마음에 맞지 않는 까닭에 낙구(落句)에 '하불(何不)' 두 글자가 있는 것이고, 아래의 시는 이생의 마음씀이 정성스럽기는 하나 자기의 마음을 몰라주는 것을 탄식하면서 반드시 학업에 힘써 나아가 훗날에 약속을 이루자고 한 것이었다. 그러나 '소진 처의 부탁'은 무슨 말인지 알 수가 없었다. 가까이 가서 물어보고 싶었지만 집이 가깝기는 해도 사람은 멀리 있으니 어찌 말을 건네 볼 도리가 있었겠는가? 오랫동안 주저하다가 당할멈을 불러 말했다.

"양파가 준 시가 있는데 재주가 옛사람 못지않구려. 내가 그를 따라 배우고 싶지만 만날 방법이 없으니 원컨대 당할멈은 나를 위해 이 뜻을 전해 다른 뜻 없이 만나고 싶어한다고 말해주게나."

당할멈이 가서 양파에게 그대로 전하고 그날 밤 파루[42]를 친 뒤 당할멈의 집에서 만나기로 약속하였다. 이생은 기쁨을 이기지 못하였는데, 다만 처마에 걸린 해가 길기만 하고 물시계가 더디 가는 것이 견디기 어려웠다. 오늘밤이 어떤 밤인고? 바로 음력 7월 보름[43] 이틀 전이었다. 이때 장 진사는 이미 고향에 내려가고 이생은 집에

---

41) 소처(蘇妻) : 소진의 아내. 소진이 유세객으로 전국을 다녔으나 처음에는 그 주장이 받아들여지지 않아 초라한 모습으로 집에 돌아오니 형수와 아내가 본 체도 하지 않았다. 이에 소진은 분발하여 밤낮으로 공부한 뒤 합종책을 주장하여 재상이 되어 고향에 돌아가게 되었다.

42) 파루(罷漏) : 통행금지 해제를 알리는 종소리. 밤 10시경 종을 28번 쳐서 인정(人定)을 알리면 도성(都城)의 문이 닫혀 통행금지가 시작되고, 새벽 4시경인 오경 삼점(五更三點)에 종을 33번 쳐서 파루를 알리면 도성의 문이 열리고 통행금지가 해제되었다.

43) 유화(流火) : 음력 7월.

편지를 부쳤다. 그리고 이생은 생각하기를 '내 집에 나이 어린 아내가 있는데 또 바람을 피운다면 하늘이 미워하실 것 같구나. 이를 장차 어쩐다지? 오늘밤 만나서는 절대로 속마음은 이야기하지 말고 먼저 바깥일만 이야기하면서 양파의 거동을 보리라.' 하였다.

3. 첫 만남

이 날 밤, 달은 밝고 바람은 맑은데 찬이슬은 서까래를 타고 내리고 벌레 소리 구슬프니 이생은 고향 생각이 나서 쓸쓸함을 감당할 수 없었다. 곧 사경이 지나고[44] 새벽을 알리는 종이 둥둥 울리더니 산허리에 걸린 달도 저물어 갔다. 조금 있으려니 행랑채의 사내들이 잠에서 깨어 일어나 각자 지게를 지고 물건을 사기 위해 강으로 나갔다. 양파의 남편도 그 가운데 있었다.

얼마 지나 주위는 다시 조용해지고 멀리서 닭 우는 소리만이 들려왔다. 문득 신발 소리가 긴 행랑채를 거쳐 서헌을 지나치더니 얼마 뒤 당할멈이 이생의 방으로 들어왔다. 이생은 이때 몸을 뒤척이며 잠을 이루지 못 하고 있었으나 일부러 깊이 잠든 척하고 있다가 당할멈이 여러 번 흔들어 깨운 뒤에야 비로소 일어났다. 당할멈을 따라가 보니 양파가 그 자리에 있었다. 이생이 곧장 들어가 손을 잡고 바짝 붙어 앉아 말했다.

---

44) 원문에는 점두(點頭)로 되어 있음. 점은 경(更)의 5분의 1에 해당하는 단위로 점두는 초입을 말한다. 사경(四更) 점두면 사경이 막 지난 시간으로 새벽 1시 조금 지난 시간을 말한다.

"여러 날 궁리만 하다가 이제야 한 번 얼굴을 보는구나."

"제 처지에 어찌 만남이 늦다 빠르다 할 게 있겠습니까?"

이생이 이에 손을 잡고 서헌으로 와서 말했다.

"칠석이 벌써 지났는데 이렇게 만나다니 견우, 직녀도 우습구나."

"견우, 직녀는 영원토록 만날 기약을 남겨 두었지만 우리는 한 번 헤어지고 나면 어찌 다시 그림자라도 볼 수 있겠어요?"

"견우, 직녀의 만남이 비록 그러하나 우리는 오늘, 내일 계속 만나서 견우, 직녀가 훗날 만날 약속들까지 다 만나버리면 되지 않느냐? 그건 그렇고 너는 언제 그렇게 문장을 이루었는고?"

"제가 어려서 남영위댁의 별가45)를 모셨는데 그분은 여자 시인으로서 제게 재주가 있다고 여겨 부지런히 가르쳐 주셨어요. 덕분에 저는 『통감』, 『사략』, 『시전』, 『효경』, 『고문』 등의 책을 외우지 않은 게 없었고, 고시에 대해서도 때때로 논했는데 우리나라의 『난설헌집』은 지금도 입에 익숙하답니다. 저의 마음에는 문장 잘 하는 선비를 만나 밤낮으로 이야기를 나누며 일생을 보내는 것이 소원이었어요. 그런데 일이 크게 잘못 되어 그렇게 하지 못하고, 비단을 만나려다 베를 만난 격이 되어 이렇게 영락하게 되었습니다. 다행히 낭군을 만나 그동안 쌓아온 것을 다 기울여 변변찮은 문장을 대략 보여드린 것이지요. 그런데 낭군께서 저를 비루하게 여기지 않으시고 마음을 열어 허락해 주시니 감격을 이기지 못해 이렇게 만나게 된 것입니다."

---

45) 별가(別駕) : 고려 시대에는 수행원이라는 뜻으로 사용된 단어인데, 본문에서는 첩을 가리키는 것으로 보인다.

"내 공부가 비록 얕지는 않으나 '소진 처의 부탁'이란 말은 잘 모르겠던데……."

"<소진전>[46]을 안 읽으셨나요?"

"내 외운 지는 오래 되었는데 그건 못 본 것 같아서."

"어찌 말씀드리지 않겠어요? '아내가 베틀에서 내려오지 않았다는 그 이야기입니다. 소진의 아내가 남편을 섬기는 정성을 모르지 않았으나 헤어진 지 몇 년 만에 비로소 남편을 만난 것인데도 베틀에서 내려오지 않고 소홀히 대했으니 소진이 얼마나 참담했겠습니까? 이 때문에 소진이 분발해서 공부하여 여섯 나라의 재상이 되었으니 이는 그 아내가 그렇게 만든 것이 아니겠습니까? 저도 그래서 이런 뜻을 낭군께 깃들여 낭군으로 하여금 낭군을 향한 저의 정성을 알게 하고자 한 것입니다. 낭군께서는 성공하신 뒤에도 오늘을 잊지 말아 주세요."

이럴 즈음 새벽녘이 되어 동쪽이 밝아 오자 양파가 마침내 일어나서 갔다. 이생이 자리에 앉아 생각하기를, '오늘밤 만났을 때 관계를 맺었어야 했는데 헛되이 보내 버렸구나. 나도 참 못난 놈이로다. 그녀는 서운한 마음이 없었을까?' 하였다.

이생이 느지막하게 일어나서 머리를 빗고 세수를 하고 있는데, 갑자기 당할멈이 와서 편지 한 통을 전했다. 양파의 글씨였다. 봉투를 뜯어보니 다음과 같았다.

『시경』에 있는 '순무나 무를 캐는 까닭은 뿌리만을 얻고자 함이 아니네[47]'라

---

46) 소진전(蘇秦傳) : 사마천의 『사기』 중 <소진열전(蘇秦列傳)>을 가리킴.

는 싯구는 진실로 낭군을 두고 한 말입니다. 변변찮은 제가 천금 같은 몸을 가벼이 여겨 마침내 낭군의 청에 응하여 아무도 모르는 깊은 밤에 손을 잡고 마주앉았으니, 옥의 티요 구슬이 이지러진 것입니다. 그러니 어찌 기와가 온전하며 꽃이 정결하리라고 기대했겠습니까? 옛날에 초패왕은 오 년 동안 여후의 장막을 돌아보지 않았고[48] 관운장은 두 형수가 있는 뜰에 새벽까지 불을 밝혔으니[49], 이들의 늠름하고도 큰 절개는 예로부터 지금까지 찾아보기 어려운 것입니다. 그런데 어찌 또 낭군에게서 그러한 절개를 볼 수 있으리라고 생각이나 했겠습니까? 여색에 대해서는 본래 영웅, 열사도 소용없다는 말이 진정 거짓임을 알겠습니다. 무릇 거백옥은 나라에 도가 없다고 하여 자기도 절개를 버리지는 않았고[50], 복자하는 아무리 예쁜 여자가 있어도 어진 이를 어질게 여기는 마음과 바꾸지 않았습니다.[51] 이제 낭군께서는 제 얼굴을 사랑하시는 것이 아니라 저의 어짊을 사랑하신다는 것을 이로 미루어 알 수 있습니다. 제게 무슨 복이 있기에 이 세상에서 백옥이나 자하 같은 군자를 만날 수 있겠습니까? 진정으로 제가 바라는 것은 그대를 따라

---

47) 채봉채비 무이하체(採葑採菲, 無以下體) : 『시경』<패편(邶篇)/곡풍(谷風)>에 나오는 싯구. 봉(葑)은 순무, 비(菲)는 무를 의미한다. 하체(下體)는 뿌리로 '無以下體'는 뿌리만을 보고 위 잎새까지 맛이 없다고 내버리지는 않는다는 뜻이다. 이것은 자기의 처가 나이 들어 얼굴이 시든 것만 생각하고, 옛날에 고생했던 일이나 그의 미덕까지 버리고 딴 여자에게 다시 장가가면 안 된다는 것을 말한다.

48) 초패왕(楚霸王) 즉 항우(項羽)가 한나라 고조 유방(劉邦)과 천하를 차지하기 위해 다투던 시절, 한고조의 부인인 여후(呂后)가 부모와 어린 자식과 함께 항우에게 사로잡혔을 때 항우가 여후를 군영에 두고 예의로 대한 일을 말한다. 『사기』, <항우본기>.

49) 유비가 조조에게 쫓겨다닐 때 관운장, 즉 관우(關羽)가 유비의 두 부인을 끝까지 보살핀 일을 말한다.

50) 거백옥(蘧伯玉) : 위(衛)나라의 재상으로 어진 성품과 백세까지 오래 산 것으로 유명하며, 공자와도 친교가 있었다. 『논어』<위령공>편에 "君子哉, 蘧伯玉, 邦有道則仕, 邦無道則可卷而懷之"(군자로다, 거백옥은 : 나라에 도가 있으면 벼슬하고, 나라에 도가 없으면 거두어 속에 감추어 두는구나)라는 구절이 나온다.

51) 복자하(卜子夏) : 복상(卜商). 춘추시대 위나라 사람으로 공자의 제자. 자하는 그의 자이다. 『논어』<학이>편에 '賢賢易色'(어진 이를 어질게 여기되 색을 좋아하는 마음과 바꾼다)이라는 구절이 나온다.

사귀는 것입니다. 그런 뒤에야 천지에 부끄럽지 않고 신명에 부끄럽지 않으며 옛사람들에 부끄럽지 않을 것입니다. 무릇 봉새는 천 길이나 멀리 날아가며, 배가 고파도 좁쌀을 쪼지는 않습니다. 이는 바로 장부의 기개입니다. 낭군이야말로 어찌 진정한 대장부가 아니시겠습니까?

이생이 다 읽고 나서 마음속으로 위축이 되어, '간밤을 그냥 지나보낸 것은 과연 용렬한 일이었구나. 그녀의 말이 이렇게 준엄하니 훗날 이 뜻에 부응하긴 어렵겠구나.' 하였다. 그날 밤 양파가 또 서헌으로 왔는데 서로 한참동안 이야기만 나누다가 갔다. 사흘째 되던 날, 사경 무렵[52] 양파가 또 와서 함께 난간에 기대섰는데, 그 미모와 말은 더욱 감당할 수 없었다. 아름다운 얼굴은 꽃 아래서 보는 것이 달빛 아래서 보는 것만 못하고, 달빛 아래서 보는 것은 등불 아래서 보는 것보다 못한 법이다. 그런데 지금 촛불 앞에서 마주하니 어찌 마음에 병이 되고 애간장을 끊을 듯한 모양이 없겠는가?

이생이 말했다.

"우리 두 사람이 밤마다 만나는 건 신선을 만나 천태산[53]에서 노니는 것과 같고, 장량이 이교[54]에서 정성을 다한 것과 같으니,

---

52) 사경(四更) : 새벽 1시에서 3시 사이.

53) 천태산(天台山) : 한나라의 유신(劉晨)과 완조(阮肇)가 함께 이 산으로 약을 캐러 들어갔다가 두 여자를 만나 반년 간 있다가 머물다 돌아와 보니 벌써 10대가 지나갔더라고 한다. 『태평광기』에 실려 전한다.

54) 이교(圯橋) : 강소성(江蘇省)에 있던 흙으로 만든 다리. 한나라의 장량(張良)이 젊었을 때, 이교에서 한 노인이 일부러 떨어뜨린 신을 주워 신겨주자, 그 노인이 닷새 후 이교에서 만날 것을 기약하였다. 장량이 노인보다 늦게 나온 것을 탓하여 또 다시 닷새 후로 미루었다. 두 번째 만남에서도 노인보다 늦자, 장량은 세 번째 기일 날에 밤중부터 가서 기다렸다. 뒤에 나온 노인이 기뻐하며 장량에게 태공병법(太公兵法)을 건네주었다. 그 노인을 황석공(黃石公)이라고 하는데 신선과 같은 존재이다.

이는 고금에 드문 일일세. 그러나 금대에서 타던 거문고 한 곡조가 사마장경55)의 손에서 적막하게 울리고, 가씨의 딸이 가졌던 기이한 향 내음이 한연56)의 소매에서 났던 일이 참으로 허망한 일임은 이치에 당연하다 해도 정이란 참으로 억누르기 어려운 것이지. 애초에는 미친 나비처럼 다만 이름난 꽃향기를 찾았을 뿐이었는데 다행히 만나기는 했지만, 그 말이 준엄하여 감히 입이 안 떨어지니 두 마리 난새가 사귀는 것 같구나. 허나 사람은 목석이 아니니 이 마음을 어찌할까? 『시경』에서도 말하지 않았더냐? '내 마음 돌이 아니니 굴릴 수 없어라. 내 마음 멍석 아니니 말아버릴 수도 없네'57)라고……. 너는 분명하게 말해 다오. 내 이 마음을 굴려야 하느냐, 접어버려야 하느냐?"

"정말 그렇군요. 서로를 귀히 여겨 알아보고서도 마음을 속이는 건 옳지 않습니다. 이는 하늘의 이치에도 본디 있던 바이고, 인정이

그는 장량에게 책을 준 뒤에 변해서 황석(黃石)이 되었는데, 황석의 정기가 밖으로 나와 신이한 증거가 되었다고 한다. 사마천의 『사기』, <유후세가(留候世家)에 나온다.

55) 사마장경(司馬長卿) : 사마상여(司馬相如). 장경은 그의 자. 전한시대의 문인 고향에서 곤궁하게 지내던 시절 사천성의 부호인 탁왕손(卓王孫)에게 초대된 자리에서, 그 딸인 문군을 보고 거문고 연주로 유혹하자 밤에 문군이 집을 빠져나와 그의 아내가 되었다. 두 사람의 생활은 극도로 가난하고 궁하여 수레와 말을 팔아 선술집을 차렸는데 문군이 술을 팔고, 상여는 시중에 나가 접시를 닦았다고 한다.

56) 가씨의 딸과 한연(韓掾) : 한연은 한수(韓壽)를 말함. 뒤에 하급관리인 연(掾)이 되었으므로 한연이라 했다. 진(晉)나라 도양(都陽) 사람으로 자가 덕정(德貞)인데 얼굴이 잘생겼다. 가충(賈充)이라는 관리의 딸이 그를 보고 반해서 여종을 통해 자신의 마음을 전하자 한수가 담을 넘어 들어가 인연을 맺었다. 가충의 딸은 황제가 가충에게 하사한 귀한 향을 가지고 있었는데, 이 방을 드나들던 한수에게 그 향기가 배게 되었다. 어느 날 가충이 연회에 참석했는데 한수에게서 바로 그 향기가 나는 것을 보고는 둘의 관계를 눈치채고 딸을 한수에게 시집보냈다고 한다.

57) 『시경』 <패풍(邶風)>편, '백주(柏舟)'시. "我心非石, 不可轉也, 我心非席, 不可卷也, 威儀棣棣, 不可選也".

라면 없을 수 없는 것이지요. 남녀 사이는 사람으로서는 참기 어려운 것입니다. 게다가 냉수를 마신 자는 비록 상쾌하긴 하나 맛이 없고, 꿈에서 밥을 먹은 자는 아무리 많이 먹어도 배부르지 않으니, 무슨 서로 귀히 여기는 이치가 있겠습니까? 이제 낭군께는 두목지58) 같은 풍채, 손백부59) 같은 젊음도 없고, 또 왕씨와 사씨60)처럼 귀한 것도, 범여와 석숭61)처럼 부유한 것도 아니시니, 제가 이렇게 하는 것은 음란함을 좋아하거나 돈을 좋아해서 하는 일이 아닙니다. 낭군 또한 술과 여자를 즐기는 떠돌이가 아니시니 뭐 거리낄 게 있으시겠습니까? 원컨대 낭군께서는 하고 싶은 대로 하셔서 가슴에 깊은 응어리를 만들지 마세요. 정이 있는데 토해내지 못하면 반드시 병이 나고, 병이 생기고 나면 애초에 몰랐던 것보다 못하지요. 그림자 속의 그리움, 그림 속의 사랑으로 만들어서는 안 됩니다. 저는 낭군

58) 두목지(杜牧之) : 중국 당나라의 시인 두목(杜牧). 호는 번천(樊川), 목지는 그의 자이다. 얼굴이 잘 생겨서 길거리에 나가면 기생들이 그 얼굴이라도 보려고 수레에 귤을 던져서 언제나 수레에 귤이 가득 찼다고 한다. 강직하고 절개가 굳어 천하의 대사와 고금의 일을 논하기를 즐겨하였으며, 그의 작품은 호쾌하면서도 아름답다는 평가를 받는다.

59) 손백부(孫伯符) : 손책(孫策). 삼국시대 오나라의 장수 손권(孫權)의 형이다. 백부는 그의 자. 아버지인 손견(孫堅)이 죽은 뒤에 원술(袁術)의 휘하에 있으면서 아버지의 군대를 이어받아 강남(江南)을 평정, 일족과 측근을 태수로 임명하여 진무(鎭撫)와 개발에 힘썼으나 26살의 젊은 나이로 죽었다.

60) 왕사(王謝) : 진(晉)나라의 명가인 왕씨와 사씨. 왕도(王導)와 사안(謝安)의 집안을 말하는 것으로 보임. 『남사(南史)』 <적신(賊臣), 후경전(侯景傳)의 다음 구절이 참고가 된다. "왕씨, 사씨의 집안에서 부인을 취하기를 청하자, 황제가 '왕씨, 사씨는 집안이 높아서 짝이 되지 못하니 주씨, 장씨 이하를 찾아가라고 했다.(請娶於王謝, 帝曰: 王謝門高, 非偶, 可於朱張以下, 訪之)"

61) 범석(范石) : 범여(范蠡)와 석숭(石崇). 범여는 춘추시대 초나라 사람. 월왕 구천(勾踐)을 도와서 오나라를 멸하는데 큰 공을 세웠으나, 그 후 벼슬을 버리고 도(陶) 지방에 숨어 살면서 큰 부자가 되었다. 도주공(陶朱公)이라고도 한다. 석숭은 진나라의 거부로 호사스러운 생활을 했다.

을 위해서라면 죽음도 피하지 않을 터인데, 한 동이 술을 어찌 마다 하겠어요? 탁문군이 사마상여를 만나려고 북당에서 도망나올 때 어찌 그 몸을 정결히 지키고자 하는 마음이 있었겠습니까? 오로지 군자의 배필은 즐기되 음란하지 않고, 슬퍼도 지나치지 않는 법62)이니, 이렇게 되려고 힘쓰는 게 좋겠지요."

이에 드디어 잠자리에 들어 사랑하는 마음을 다하니 이는 곧 '달은 지고 별은 가물거리는데 새벽63)을 알리는 북소리 나고, 봄바람은 창 앞의 버드나무를 흔드네'라고 읊은 싯구와 같았다. 뜻이 모여 서로 더욱 마음이 맞으니, 이는 가히 비단에 꽃무늬를 수놓은 격이요, 옻칠 위에 아교를 더한 격이요, 푸른 물에 원앙새 놀고 붉은 하늘에 공작새와 비취새가 나는 격이었다. 비록 봉문자처럼 활 잘 쏘는 이가 오호활을 쏘고64) 관우가 적토마를 탄다65) 해도 이생과 양파의 이 기분을 비유하기에는 오히려 부족하다. 양파는 마치 금으로 치장한 집에 살게 했던 아교66), 비단 장막 안에서 불려나온 이부

---

62) 관저 낙이불음 애이불상(關雎 樂而不淫 哀而不傷) :『논어』<팔일(八佾)> 편에 나오는 구절. 관저는『시경』<주남(周南)>편의 첫 구절에 나오는 "관관저구(關關雎鳩)"에서 온 말로 군자의 배필을 뜻한다.

63) 오경(五更) : 새벽 3시-5시 사이. 새벽녘.

64) 봉문자(逢門子)가 오호(烏號) 활을 쏘다 : 봉문자는 활의 명인인 봉몽(逢蒙). 예(羿)에게서 활 쏘기를 배워 예의 방법을 다 배웠는데, 천하 사람들이 예를 자기보다 낫게 여긴다고 해서 예를 죽였다.『맹자』<이루(離婁)> 장에 나온다. 오호는 좋은 활을 뜻한다. 왕포(王褒)의 글에 "백아가 제종을 연주하고, 봉문자가 오호활을 당기다(伯牙操遞鐘, 逢門子彎烏號)"라는 구절이 나오는데, 이는 아주 익숙하게 잘 한다는 뜻이다.

65) 수정후(壽亭候) : 관우(關羽). 자 운장(雲長). 촉한(蜀漢)의 무장으로 적토마를 타고 청룡언월도를 휘둘렀다고 한다. 유비(劉備), 장비(張飛)와 함께 의형제를 맺고, 평생 그 의리를 저버리지 않았다.

66) 아교(阿嬌) : 한나라 진오(陳午)의 딸로 진후(陳后)가 되었다. 무제가 아직 황제에 즉위하기 전 교동왕으로 있을 때 아교를 배필로 추천하자 "만약 아교를 얻는다면

인[67]과 같이 아름다웠다. 장생전[68] 바람 앞에 아스라이 흔들리던 장려연[69]이 아니라면 소양궁[70]에서 손바닥 위에 올라 가벼이 춤추던 조비연[71]이라고나 할까. 꽃도 같고, 달도 같으니 꿈인지 생시인지. 참으로 짧은 봄밤을 보내고 나니, 이웃 마을의 닭소리가 자주 들려오는 것이 얄밉기만 했다. 아아, 즐거움은 지나쳐서는 안 되니 즐거움이 지나치면 슬픔이 생기는 법이요, 하고 싶은 대로 해서는 안 되니 욕심을 따르면 재앙이 생기는 법이다.

양파가 손을 씻는데, 동이의 물에서는 향기가 나는 듯하고 뺨에 물 묻은 흔적이 더욱 아름다웠다. 양파가 옷을 입고 앉아서 말했다.

"지난 저녁의 만남은 낭군께서 저에게 먼저 청하신 것이고, 오늘 밤의 자리는 제가 낭군께 먼저 청한 것이니, 어찌 천정연분이 절로 이루어진 게 아니겠어요?"

"오늘은 7월 16일이라, 내가 소동파[72]보다도 낫구나."

금옥(金屋)에 살게 하겠다'고 했다.

67) 이부인(李夫人) : 한나라 이연년(李延年)의 누이이며, 무제(武帝)의 부인 자태가 아름답고 춤을 잘 추었다. 황제가 총애했으나 일찍 죽자 감천궁(甘泉宮)에 그림을 그려 그를 잊지 않았다고 한다.

68) 장생전(長生殿) : 당(唐)나라 태종(太宗)이 여산(驪山)에 세운 궁전 뒤에 현종(玄宗)이 청화궁(淸華宮)으로 고쳐 양귀비(楊貴妃)와 거처했다.

69) 장려연(張麗娟) : 미상.

70) 소양궁(昭陽宮) : 한나라의 궁전. 한(漢) 성제(成帝) 때 조비연이 거처했다.

71) 조비연(趙飛燕) : 한나라 성제(成帝)의 부인 태생이 미천했으나 가무에 뛰어났던 미인 여동생 합덕(合德)과 함께 후궁이 되어 총애를 받았으나 성제가 죽은 뒤 합덕은 자살하고, 비연은 평제(平帝) 때 서민으로 내침을 받아 자살했다.

72) 소동파(蘇東坡) : 북송의 시인인 소식(蘇軾). 자 자첨(子瞻), 호 동파거사(東坡居士). 소순(蘇洵)의 아들이며 소철(蘇轍)의 형으로 대소(大蘇)라고도 불리었다. 당송팔대가(唐宋八大家)의 한 사람으로 여러 유명한 시와 문장들이 남아 있지만 그 중에서도 <적벽부(赤壁賦)>는 불후의 명작으로 평가된다. <적벽부>는 황주(黃州)에 유배되어 무도산(武都山)의 도사 양세창(楊世昌)과 함께 적벽에서 두 차례 뱃놀이를 한 뒤 그

"무슨 말씀인지요?"

"소동파가 7월 16일 밤에 적벽에서 노닐다가 부(賦)를 지어 '미인을 바라본다[73]고 했는데, 미인이 어디 있었단 말이냐? 그런데 나는 지금 너와 함께 새벽이 훤히 밝아올 때까지 노닐었으니 내가 소동파보다 낫지 않으냐?"

양파가 웃으며 일어나 행랑의 자기 방으로 돌아갔다. 정오가 되자 장사선이 와서 함께 있었는데, 양파가 이생을 위해 한 벌의 고운 버선을 지어 서헌에 가까이 와서 던졌다. 장사선이 웃으며 "일이 이미 이루어졌구나." 하니, 양파가 "열 번 찍어 넘어가지 않는 나무가 있겠습니까?" 하였다.

4. 산사까지 전해진 그리움

이같이 둘은 밤이면 밤마다 만나 어울리지 않는 날이 없었다. 며칠 후, 이제 과거가 얼마 남지 않자 강동 이씨, 참봉 민씨, 참판 송씨, 서산 남씨, 황주 김씨 집안의 여러 젊은이들이 이생을 찾아와서 청하였다.

"지금 시골에서 글공부하던 사람 네다섯 명이 와서 여러 집에 머물고 있는데 형도 우리와 함께 산사로 가서 문장 짓는 것을 좀 봐주시는 게 어떻겠습니까?"

때의 감회를 쓴 것으로 <적벽부>와 <후적벽부>가 있다. <적벽부>의 작품 배경이 임술(壬戌)년 칠월 기망(旣望) 즉 16일이기 때문에 이생이 소동파와 자신을 비교한 것이다.

73) <적벽부>에 "망미인혜천일방(望美人兮天一方)"이라는 구절이 나온다.

"그게 좋기는 하겠네만 내가 따라가서 뭘 하겠소?"

"우리가 과거 문장에 익숙하지 못 해서 형을 모셔 잘하는지 못하는지를 보이고자 하는 것입니다. 게다가 형이 객지에 계시니 재미가 없으실 것 같아 우리가 함께 가서 기분을 풀어드리려고요. 실은 기분을 풀어드리려는 것이지 공부만을 위한 것은 아닙니다. 헌데 형께서는 무엇에 재미를 붙이셔서 내켜하지 않으시는 겁니까?"

장사선이 양파를 가리키며 말했다.

"저 사람에게 재미를 붙였다네."

그들이 양파를 바라보고 찬탄하며 말했다.

"그 향기라면 한 번 가까이 할 만하군요. 그런데 이형께는 과분한 걸요."

장사선이,

"저쪽에서 먼저 좋다고 온걸."

하니 젊은이들이 말했다.

"이형에게서 취할 게 뭐가 있다고 그럴까요?"

이 이후로, 그들은 이생이 양파와 사귄다는 것을 비로소 알게 되었다. 젊은이들이 한사코 청하자 이생이 그렇게 하겠다고 하고 다음날 이른 아침에 이곳으로 와서 함께 떠나자고 하였다. 젊은이들은 저녁이 되어서야 흩어졌는데 다음날 꼭 만나자고 다짐하였다.

그 날 저녁 양파가 달금을 불러서 물었다.

"이서방님께서 내일 절에 올라간다고 하시더냐?"

"그렇다는군요."

"속담에 '복 없는 자가 날 버리고 절로 올라간다더니 참으로 이낭군을 두고 하는 말이로구나."

달금이 몰래 이생에게 양파가 이렇게 말했다고 전해주었다.

이때 마침 장사선이 그 집에 머물며 서헌에서 이생과 함께 자는 바람에 양파가 감히 가지 못했다. 새 정을 만족하게 누리지도 못했는데, 또 이런 이별이 있으니 조물주의 장난인가?

다음날 과연 젊은이들이 모여 빨리 채비를 하라고 재촉하여 출발하였다. 양파는 멀리서 바라보고 정이 있는데도 그 말을 하지 못하니 마치 정이 없는 듯 하였다.

> 촉산 푸르고
> 월산도 푸르러
> 양편의 두 청산이 보내고 맞으니
> 누가 알겠는가 이별의 정
> 그대 눈물 그렁그렁
> 내 눈물도 그렁그렁
> 비단 띠 동심결 아직 다 못 만들었는데
> 강 머리 물결은 벌써 잔잔해졌구나74)

두 사람의 정이 하도 진해서 그림으로도 다 그려낼 수가 없었다.

이생이 젊은이들과 죽동(竹洞)을 떠나 홍화문75) 밖에 이르러 보니 엷게 화장한 여자들 한 무리가 궁에서 나왔다. 이생은 이 광경을

---

74) 임포(林逋)의 <장상사(長相思)>를 가져온 것으로 첫 구만 '오산(吳山)'에서 '촉산(蜀山)'으로 바뀌었다.

75) 홍화문(弘化門) : 창경궁의 정문.

보자 더욱 양파가 생각나서 정을 억누를 수가 없었다. 또 경모궁[76] 앞에 이르러 연꽃이 가득 핀 것을 보니 마치 아름다운 사람이 새 단장을 한 것 같아 더욱 슬픔을 이길 수가 없었다. (아름다운 연꽃이 말을 걸어오는 듯하니 이별한 사람은 근심으로 죽을 것만 같구나)[77] 이생이 비록 그들과 마지못해 얼굴을 들고 말을 주고받기는 했지만, 마음속으로는 꽃 같은 여인에 대한 정만 새기고 있을 뿐 산행에는 아무런 뜻이 없었다. 발길 가는 대로 걸어 혜화문 밖에 이르니 철 지난 매미 소리는 잦아들 듯하고 서풍이 선들 불어왔다. 눈을 찌푸려 자세히 보아도 눈에는 아무것도 들어오지 않고 귀에도 아무것도 들리지 않고 오로지 양파 한 사람뿐이었다. 모양이면 모양마다 빛깔이면 빛깔마다 말이면 말마다 일이면 일마다 사방의 모든 것들이 다 양파를 떠올리게 했다. 이미 고질이 되어 의사도 고치지 못할 병이 되고 만 것이다. 십여 리를 가서 도선암(道宣菴)에 이르러 편히 쉬기는 했으나 밥 때가 되어도 젓가락 들기를 잊고 앉을 때에도 깔개를 잊곤 하여 옆 사람들의 웃음거리가 되었다.

이생이 속으로 생각하기를, '내가 시골의 보잘것없는 선비로 서울에 흘러 들어와 있는데, 얼굴도 볼 게 없고, 행실도 훌륭할 게 없으며, 집도 가난하고 나이도 많다. 저 여자는 빼어난 재주와 미모를 지녔

---

76) 경모궁(景慕宮) : 조선 제21대 영조(英祖)의 둘째 왕자인 사도세자(思悼世子)와 그의 비 헌경왕후(獻敬王后)의 사당. 1764년(영조 40) 봄 북부 순화방(順化坊)에 지었는데 그 해 여름에 동부 숭교방(崇敎坊)으로 건물을 옮겨 수은묘(垂恩廟)라 했다. 그러나 1776년 정조가 즉위하면서 비명에 간 부친 사도세자에게 장헌(莊獻)이라는 시호를 올리고, 사당도 다시 지어 경모궁이라 하였다. 지금은 창덕궁 안에 있다.

77) 이백의 시 <녹수곡(淥水曲)>의 일부를 가져온 것으로 '배 안의 사람(蕩舟人)'을 '이별한 사람(別離人)'으로 바꾸었다. 원문에 작은 글씨로 쓰여 있어 괄호 안에 넣었다.

으니 나를 보면 하찮아 보이기만 할 텐데, 무슨 생각으로 이렇게 친밀하게 대해 주고 사랑하고 공경하며 그리워해 주나? 내게는 가히 천재일우의 기회라. 정이 이 이상 두터울 수 없고 정분이 이 이상 더할 수 없구나. 그 정성을 갚고자 한다면 하해(河海)도 오히려 얕을 지경이군.' 하였다.

사오 일이 지나, 친구인 정생(鄭生)이 이생을 데리고 절 뒤에 있는 소나무 밑으로 가서 잠시 쉬며 바람을 쐬고 있노라니 어떤 아이 하나가 작은 짐을 지고 절 문에 이르러 임천 이서방님이 계신 곳을 물었다. 그 가운데 있던 성생(成生)이란 자가 이는 분명히 양파가 보낸 것이라 여겨 곧바로 나가서 물었다.

"어느 동네에 사느냐?"

"상동78)에 삽니다."

"상동 어느 댁에서 왔는가?"

"소인은 상동에 살고 있지만 친척 누이가 죽동 장 진사댁 행랑채에 살고 있습니다. 소인이 그 누이를 찾아갔더니 이 물건과 편지 한 통을 주면서, 이 절로 가서 이서방님을 찾아 드리라고 하기에 온 것입니다. 이서방님이 누구신지요?"

"네 친척 누이가 양씨집 며느리가 아니더냐?"

"맞습니다."

그러자 성생이 아이를 집 근처로 오게 해서 그 짐을 풀어보니, 과일 한 광주리, 유과 한 광주리, 육포 한 합, 소주 한 병이 나왔다. 또 편지 봉투를 열어 보니, 그 묶음에서 꽃 편지지 한 통이 나왔다.

---

78) 상동(桑洞) : 지금의 을지로에 있는 인현동(仁峴洞) 1가.

성생이 편지를 뜯어보니 위에는 헤어진 뒤의 안부를 물었고 아래에는 칠언절구 두 수와 오언절구 두 수를 썼는데, 모두 지극한 그리움을 읊은 것으로 절창이었다. 성생이 그것을 감춰두고 이생을 속여 먹으려했으나 뜻밖에 노승 보항(寶恒)이 가서 이생에게 먼저 말해버렸다. 이생이 급한 마음에 신발을 거꾸로 신고 달려오니, 성생이 숨기지 못하고 곧바로 전해 주었다. 이에 여러 명이 이생과 함께 둘러서서 보니, 칠언절구 두 수가 있었다.

쓸쓸하게도 중문 안에서 늦도록 시름에 갇혀
동방 외로운 잠자리에 달 밝은 가을
한 숟가락의 맛있는 밥도 올리기 어려우나
그대 위한 마음 죽어서도 그지 없으리

시학 전서 책상에 가득해도
보기 싫어라 온갖 말들 지리하기만 하네
그 가운데 이별 별(別)자 가장 보기 싫어
경황없이 떠나던 때를 문득 원망하네

오언절구 두 수는 다음과 같다.

길 떠난 뒤 소식마저 끊기니
근심의 실마리 풀 길이 없네
멀리 청련암(靑蓮庵) 바라보니
빈 산엔 달빛만 감겨[79]

경대의 난새는 늙어가고
꽃밭의 나비는 이미 가을을 맞았구나
저녁내 비단 창 닫았으니
어찌 견디리 옛날 노닐던 추억을[80]

　시를 읽은 뒤 이생은 눈을 휘둥그레 뜨고 입을 다문 채 넋이 나가서 멍하게 있었다. 여러 사람들도 감탄하지 않는 이가 없고, 그 중에는 부러워 침을 흘리는 자들도 있었으며, 투덜대는 사람들도 있었다. 그러자 이생이 다시 술과 안주를 가지고 동료들과 함께 취하도록 마시고 배불리 먹었다. 동료들이 각자 그 시에 차운하여 보내자고 했으나, 그 중에 있던 민 참봉이 그래서는 안 된다고 역설하여 이생만 화답하는 시를 썼다.

한 번 선녀와 헤어져 근심 씻기 어렵더니
하물며 때때로 부슬비 서늘한 가을을 보냄에랴
문득 천금 같은 편지를 받으니
마음을 아프게 하는 아름다운 시구 글자마다 빼어나네

먼지떨이[81]로 거울의 먼지 닦으려 했더니
만난 지 얼마 되지 않아 또 이별이네
한 장 종이에 무한한 한(恨) 다 그려내지 못하고
새벽녘 되니 가을달이 발 위로 사라지네

---

79) 허난설헌의 시 <기하곡(寄荷谷)>의 일부를 차용하였다.
80) 허난설헌의 시 <기여반(寄女伴)>의 일부를 차용하였다.
81) 불진(拂塵) : 먼지떨이.

분수에 넘는 귀한 편지 열어보니

너무도 사랑스러워 손에서 놓을 수 없네

갈림길은 양주82)를 울리고

아름다운 시는 이백83)을 부끄럽게 하네

몰래 한 약속은 거울같이 분명한데

이별의 정은 가을처럼 서늘하네

하늘은 지성에 감동하리니

마땅히 옛 사귐 이어가리라

노승 보항이 이생에게 말했다.

"시에는 이미 화답하셨지만 술과 안주에는 무엇으로 답하시려오?"

"내가 이미 객지에 있고 게다가 절에 와 있으니 어찌 뭐라도 보낼 방도가 있겠소?"

"재주 있는 여자에 대해 일찍이 들어는 봤지만 보지 못한 게 한이 었는데 뜻밖에 오늘 이런 소약란84) 같은 재주를 보았습니다. 소승이

---

82) 원문에는 "歧路泣楊朱"로 되어 있는데, 이는 "양주읍기(楊朱泣歧)"에서 온 말로 보인다. "양주읍가"는『몽구』의 표제로 양주가 길이 여러 갈래로 나뉘어져 있는 것을 보고 곡을 하며 울었는데, 갈림길에서 길을 잘못 택한 사람이 길을 잃을 수도 있기 때문이다. 원래는 사람이 나아가는 길은 다만 하나뿐인데도 여러 가지 설이 있어 사람이 잘못 선택, 자신도 모르는 사이에 악으로 빠지는 것을 경계하는 말이다. 양주는 위아설(爲我說), 이기주의(利己主義) 등 묵자의 겸애설(兼愛說)과 상반되는 주장을 한 전국시대의 사상가 양자이다.

83) 이백(李白) : 701~762. 중국 성당기(盛唐期)의 시인으로 자는 태백(太白), 호는 청련거사(靑蓮居士)이다. 두보와 함께 '이두(李杜)'로 병칭되는 중국 최대의 시인이며, 시선(詩仙)이라 불린다.

84) 소약란(蘇若蘭): 전진(前秦) 때 사람으로 이름은 혜(蕙)이고, 자는 약란이다. 열 여섯에 두도(竇滔)에게 시집을 갔는데, 두도가 조양대(趙陽臺)라는 애첩을 사랑하는 것을 질투하여 서로 사이가 나빴다. 두도가 다른 지방에 부임하러 가면서 양대만을

비록 가난하기는 해도 궁중에서 받은 물건이 농 속에 보관되어 있으니, 그걸 싸서 보내 보답하는 것이 어떻겠습니까?"

이생이 사양하며 말했다.

"나는 가난한 데다가 또 이렇게 객지 생활을 하고 있으니 답례가 없더라도 그 여자는 마음에 두지는 않을 겁니다. 오늘 대사의 도움을 받는다 해도 훗날 갚을 길도 없습니다. 또 이는 내 일이니 대사와 무슨 상관이 있소? 만약 이런 물건을 보내면 그 여자는 반드시 나를 망령되다 할 것이니 절대로 안 됩니다."

항 대사가 한사코 부탁하니, 이에 여러 동료들도 함께 힘써 권하며 말했다.

"항 대사 말이 옳구만."

그리하여 항 대사가 함을 열어 모시 한 필, 옥색 소화주85) 두 필, 중국 부채 한 자루를 내주니, 동료들이 이를 싸서 보냈다. 그러나 이생은 마음속으로 한참이나 불쾌해 했다. 대개 서울 근처 절의 중들에게는 궁중에서 보시한 것과 재상가에서 싸보낸 것이 많아서, 남양(南陽) 사람은 젓갈을 먹고86), 태백산의 중은 물을 마신다고 하는 속담처럼 이런 물건들이 흔했던 것이다.

데리고 가 소식을 끊자 후회하면서, 회문시(廻文詩)를 지어 몸소 비단에 짜 넣어 두도에게 보내니 두도가 이에 감동하여 다시 예전처럼 소혜를 사랑하였다고 한다. 고전소설에 이 이야기가 자주 등장하며, 우리나라 속담에 "소약란의 재주라도 하는 수 없다."는 말이 있다.

85) 소화주(昭華紬): '소화(昭華)'는 옥(玉)의 이름으로 요임금이 순임금에게 주었다는 옥이라고도 하고, 혹은 서왕모가 순임금에게 준 옥이라고도 한다. '주(紬)'는 붉은 비단을 뜻한다. 소화주는 소화와 비슷한 옥빛이 감도는 비단을 뜻하는 것으로 보인다.

86) 남양은 조선시대 충청도 다음가는 소금 생산지로, 서해안의 해산물이 이곳에서 절여져 수로를 통해 서울 및 내륙으로 팔려 나갔다고 한다. '남양 사람 젓갈 먹는다'는 말은 흔하게 많다는 뜻인 것 같다.

민 참봉이 말했다.

"재주가 사람의 마음을 감동시키는 게 이렇듯 대단하구나. 내 비록 양파의 얼굴을 직접 보지는 못 했으나 늘 그 절묘함에 대해 듣기야 많이 들었지. 이제 그 시를 보니 자네가 온통 그 생각뿐인 게 당연하구려."

여러 동료들이 그 시 읊기를 그치지 않으니, '동방 외로운 잠자리에 달 밝은 가을'이라는 구절이 온 절 안에 퍼졌다. 그러나 이생은 '보낸 물건이 분명 오십 냥은 넘을 텐데, 어떻게 갚는다지?' 하는 생각뿐이었다.

5. 초옥의 수난

이렇게 십여 일이 지나고 과거 시험이 다가왔다. 여러 동료들은 각자 절을 떠나 집으로 돌아갔다. 이생이 죽동에 이르니, 영필은 벌써부터 서헌을 깨끗이 치우고 기다리고 있었다. 이생이 서헌으로 들어가 앉자 영필이 낮은 목소리로 말했다.

"서방님께서 절에 올라가신 후에 행랑채가 시끌시끌했는데 지금까지도 가라앉지 않았습니다요."

이생은 속으로 생각했다.

'영필이 필경 나를 놀리고 싶은 게로구나. 그런데 날이 이미 저물었는데도 끝내 양파의 모습은 그림자도 보이지 않네. 마음 착잡한데 어떻게 해야 할지 모르겠구나. 병이 들었나? 아니면 외출했나? 전에는 내가 나가면 반드시 문에서 배웅해 주고 돌아오면 꼭 뜰에서 기다리고 있었는데……. 내가 이제 십여 일 만에 돌아왔으니, 각별히 따듯하게 맞아줄 줄 알았는데 막연하게 아무런 기척도 없으니 이게 도대체 무슨 까닭이란 말이냐? 당할멈도 나를 보고 인사도 않으니 예전과 어쩌면 이렇게도 다르단 말이냐? (붉은 비단 수건 흔들려 때때로 향기 은은하고/ 성안의 버드나무 흔들려 먼지 조용히 이네/ 봉래산 가고파 옛 약속 찾으나/ 마음에 둔 사람은 아침이 다 가도록 보이지 않고)[87]

저녁을 먹은 뒤에도 이생은 마루 위를 서성이며 잠을 이루지 못하였다. 자정쯤 되어서야 잠자리에 들려는데 갑자기 안 중문이 살짝 열리더니, 달금이 곧장 서헌으로 올라와서 이생에게 말했다.

"서방님께서는 여기에 계실 수 없을 것 같아요."

"무슨 소리냐?"

"서방님께서 절에 올라가신 뒤로 양파는 아무것도 먹지 않고 다만 먼 산만 바라보며 수심과 슬픔에 잠겨 있었어요. 그렇게 여러 날이 지났지요. 양파의 시조카로, 나이는 열 넷, 이름은 희(喜)라고 하는 애가 있는데, 그 애가 양파의 남편에게 양파가 몰래 정을 통하고 옥가락지를 받은 일을 일러 바쳤습니다. 양파의 남편이 몹시 화가 나서 드디어 양파를 붙들어 마구 때리면서, 심지어 '왜 이서방님을 따라가지 않았어?'라고 하며, 다시 다듬잇돌을 들어 쳐 죽이려고 했어요. 행랑채의 여자들이 모두 손으로 막자 또 칼을 들고 찔러서 피가 철철 흘렀지요. 시아비 되는 양노인이 아들을 꾸짖어 그 소동을 가라앉혔습니다. 그랬더니 그 남편이 큰소리로 '양반은 법도 없

---

87) 원문에 작은 글씨로 주석처럼 설명을 덧붙이거나 심경을 나타내는 시를 넣은 경우 괄호에 넣고 작은 글씨로 처리하였다.

다더냐? 어찌 유부녀와 간통하고도 무사하겠느냐? 이서방이 오면 내 반드시 사생결단을 내고 말 테다.'라고 했습니다. 그 사람됨이 표독해서 끝내 무사하지 못할 것 같으니, 내당에서 서방님을 무척 걱정하셔서 쇤네를 시켜 아뢰게 한 것입니다."

그제서야 당할멈이 이생에게 와서 말했다.

"세상일이란 게 다 이런 거지요. 낭군께서 가신 뒤로 양파가 헤매며 마음을 못 잡고 또 먹지도 않고 마시지도 않았습니다. 그런데 전부터 행랑에서는 양파가 서헌에서 몰래 정을 통했다는 말을 수군대고들 있었지요. 그 남편이 몹시 의심하던 차에 양파가 오히려 아무 거리낌 없이 말과 표정에 다 드러내고, 벼루를 열어 시를 읊조리고, 시를 쓴 뒤에는 멀리 청산을 바라보며 시름에 잠겨 퉁명스럽게 대했답니다. 그러자 동서의 딸인 희라는 년이 곧장 양파 남편에게 바로 일러바쳤지요. 그 남편이 몹시 화가 나서 상자를 뒤져 글이 쓰여진 종이를 찾아냈으나 그 자는 무식해서 그걸 들고 길에 나가 다른 마을에 사는 한 선비에게 보여주고 언문으로 풀어 달라고 하였지요. 그랬더니 그 선비가 이렇게 써 주었습니다.

> 마음이 급히 날고자 하여 백주시[88]를 읊었으니
> 내 술이 없어 놀지 못함이 아니로다
> 구름아, 청산 얼굴을 가리우지 말아라
> 정든 사람이 첩에게 향하는 눈이 있을까 하노라

---

88) 백주시(栢舟詩) : 『시경』, <용풍(鄘風)>장, '백주'편을 말하는 것으로 보임. '백주사'는 위나라 세자 공백(共伯)의 아내인 공강의 절개를 읊은 시로 남편에게 소박맞은 여인이 자신을 잣나무배에 비유하여 노래하였다.

이 마음은 그대를 위하여 죽어도 썩지 아니 하겠다 하더라

　풀이한 것이 많은데, 제가 욀 수 있는 게 이것뿐입니다. 그 선비가 양파 남편에게 말하기를, '야, 이건 분명히 여인의 시인데, 그렇다고 해서 기생첩이 쓴 시는 아니로구나. 빼어난 재주를 가졌으나 미천한 집에 잘못 태어나서 이를 평생의 한으로 여기고 있다가, 갑자기 한 번 마음이 통하는 선비를 만났는데, 산사(山寺)로 이별하여 보내고 나서, 그 그리움을 참지 못하여 이런 시를 쓴 것이로다. 나에게 이 여자 한 번 만나게 해 주면 어떻겠느냐?' 했다지요. 양파 남편이 '저도 길에서 주웠습니다.'라고 하자 그 선비가 '그러면 어째서 언문 풀이를 했단 말인가?' 했더니, 이에 양파 남편이 '보고 싶은 게 있어서 그럽니다.'라고 대꾸했죠. 선비가 '보고 싶은 게 뭐냐? 나와 함께 그 곳으로 가보자.'고 해서 양파 남편이 '거기는 바깥 사람들이 드나들 수 없는 곳입니다.'라고 했는데도, 그 선비는 그 말을 믿지 않고 양파 남편을 따라왔습니다. 그래서 양파 남편이 다른 길로 돌아서 집으로 뛰어 돌아왔습니다. 이 때문에 막대기를 들고 양파를 데리고 와서는 차고 때리고 했습니다. 시아버지가 끌어내 주자 그 남편은 또 욕을 하면서, '네가 죽어도 그만두지 않는다고 했겠다? 죽는 게 네 소원이로구나.' 하고는 돌을 들어 집어 던졌는데, 잘못 던져 맞추지는 못했습니다. 그랬더니 또 단도로 양쪽 장딴지와 허벅지를 그어 대니, 치마저고리가 찢어지고 피가 솟구쳤지요. 그 시아버지가 아들을 때려 쫓아내고 약을 가지고 와서 상처를 싸매 주었습니다. 그러나 양파는 조금도 후회하거나 탓하는 마음 없이 오히려

이서방님을 잊기 어렵다고 동료들에게 울면서 말했답니다. 그 남편이 또 쉰네가 소개했는가 의심하여 제게 무수한 욕을 해대는데 쉰네가 뭐라 변명할 말이 없었습니다. 그런데 오늘 저녁에 서방님께서 오셨다는 말을 듣고는 그동안 화장을 않던 양파가 갑자기 경대를 열어 분통을 꺼내 놓고 머리를 빗고 화장을 했습니다. 그 남편이 분노하여 분통을 발로 차니 벽에 부딪혀 산산조각이 났지요. 세상에 어쩌면 이렇게 거리낌이 없을 수 있습니까? 이 죄는 양파에게 있지, 서방님께 있는 것도 아니고 또 제게 있는 것도 아닙니다. 남편이라면 누군들 이렇게 하지 않겠습니까?"

"분명히 나 때문에 많이 다친 게로구나."

그러자 당할멈이 말했다.

"양파가 비록 남편에게 상처를 많이 입었어도 오히려 쉰네에게 이렇게 말하더군요. '내 비록 이마부터 발꿈치까지 다 닳아 없어지더라도 이서방님과 헤어질 때 아팠던 마음에는 못 미쳐요.'라고 말이지요. 그리고 또 부탁하기를, '이서방님 오셔도 내가 당한 일을 절대로 누설하지 마세요.'라고 하더군요."

달금이 말하기를,

"쉰네에게도 몇 번이나 신신당부했습니다요."

라고 하니, 이생이 말했다.

"이제는 다 나았는가?"

당할멈이 말했다.

"그저께부터 전처럼 움직이기 시작했습니다."

두 사람이 각기 흩어져 돌아가고, 이생도 잠이 들었다.

이튿날 아침 이생이 일어나 뒷간에 갔다 오는 길에 보니, 중문 밖에 한 사내가 곰방대를 물고 이생을 바라보고 있었다. 이생이 몹시 노하여 행랑에 사는 사람들에게 잡아들이라고 호령하니 그 사내가 달아났다. 행랑 사람들이 좇아갔으나 보이지 않자 돌아와서 아뢰었다.

"그 놈이 벌써 도망가버렸는데, 어디 사는지 몰라서 잡아오지 못했습니다."

"낯선 자가 무례하게 양반 댁에 들어오는데 네놈들이 보고만 있어서야 되겠느냐?"

그리고는 행랑 사람들을 모조리 잡아들여 당 아래 꿇게 하였다. 양파 남편도 그 가운데 있겠거니 생각하는데, 한 단정한 늙은이가 들어와서 아뢰었다.

"낯선 사람이 무례하게 양반 댁에 들어오는 것을 행랑 사람들이 즉시 막지 못한 것은 죄를 받아 마땅합니다. 그런데 소인의 아들놈이 학질에 걸려 몇 달이나 앓고 있으니, 사정을 봐주시면 소인이 대신 그 죄를 받겠습니다."

"네 성이 무엇이냐?"

"양가입니다."

"네 아들놈은 누구냐?"

늙은 양씨가 한 나이 어린 신랑을 가리키며 말했다.

"저 아이가 소인의 아들입니다."

이생이 그에게는 따로 꿇어 엎드리게 하고, 그 나머지 사람들은 한결같이 엄히 다스린 뒤 모두 풀어주었다. 그리고는 늙은 양씨를

훈계하여 말했다.

"행랑에서 살려면 큰 소리로 떠들어서는 안 된다. 앞으로 다시 전과 같이 하면 너 늙은 놈부터 먼저 죄를 받을 것이니, 너는 여러 사람들에게 단단히 일러두는 것이 좋을 게다."

늙은 양씨가 굽실굽실하며 고마워했다. 이생이 양파에게 사랑을 얻게 된 것이 바로 이 호령 때문이었으나, 다만 도량이 이처럼 넉넉하지를 못해서 행랑 사내들은 종종 매를 맞았다. 그 가운데 한 어린 아이가 가장 많이 맞았는데, 이는 그가 중문에 살면서 양파의 왕래를 살폈기 때문이다.

그 날 저녁 양파가 곱게 단장을 하고 서헌으로 왔다. 이생이 바로 손을 잡고 미안해하면서 말했다.

"나 때문에 고생이 많구나."

"무슨 고생이랄 게 있겠어요?"

"전에 달금의 말을 들으니 그렇다던데……."

"그건 저를 놀리려고 농담한 것이에요. 그런 일 전혀 없었어요."

드디어 함께 이별의 회포를 푸는데 마치 새 사랑이 솟아나는 것 같았다.

6. 이생의 오해

과거 시험을 본 뒤 고향 생각이 나자, 의흥 송맹여가 이생을 놀리며 말했다. (봄 지나고 여름 지나고 또 가을이 지나니/ 다만 장안의 쌀값만 올리고 있구나/ 늙어가나 꽃다운 마음은 다하지 않아/ 해질 녘에 소매를

떨치고 청루로 향하네)

"양파 때문에 과거 시험을 불성실하게 봤으니 어찌 합격을 한단 말인가?"

그러자 함께 있던 성생이 말했다.

"지난 번 그 시를 보니, 과연 자나깨나 그리워하는 마음[89]이 있더 군요. 형은 필히 집 하나를 따로 마련해, 데리고 사는 게 좋겠습니다."

"내 가난한 형편에 어떻게 그렇게 할 수 있겠나?"

"형이 만약 그럴 마음만 있다면 우리가 형을 위해 돈을 모아 이백 냥을 마련할 테니, 집을 세내어 살면 되지요."

"내게는 어린 아내가 있고 아들이 없는데, 어떻게 또 저 여자를 둘 수 있겠나?"

"그렇다면 저 여자는 반드시 봉변을 당할 것입니다. 얼굴이 그렇 게 예쁘고 재주가 그렇게 아름다우니 끝내 행랑에서 오래 썩을 여자 는 아니지요. 지난 번 편지를 본 젊은이 중에 군침을 흘리던 자가 많았으니, 어찌 흉계를 꾸며 먼저 차지하려는 자가 없겠습니까?"

이생이 과연 낙방하여 고향으로 돌아갈 준비를 서두르자 곱디고 운 양파는 말과 얼굴빛이 거듭 변하더니 이렇게 말했다.

"이미 7월 16일에 만났으니, 다시 10월 설당[90]에서 만나자는 약속 을 합시다. 그래야 소동파가 우리를 보고 비웃지 못하겠지요."

---

89) 오매사복(寤寐思服) :『시경』, <주남(周南)> '관저(關雎)' 장에 "그리워도 얻지 못해 자나깨나 그리워하노니(求之不得, 寤寐思服)"라는 구절에서 나온 말.

90) 소동파가 황주(黃州)에 귀양가서 7월에 <전적벽부>를 짓고, 10월에 <후적벽부>를 지은 것을 말한다. <후적벽부>는 설당(雪堂)을 배경으로 지었기 때문에 설당이라는 말이 나온다. 설당은 소동파가 황주에 있을 때 지은 집의 이름으로 눈이 많이 올 때 지어 사면에 눈을 그려 넣었다고 한다.

이생은 그러마고 대답만 하고 헤어져 이틀 사흘 길을 가다가 장
진사의 조카인 장중약(張仲約)을 길에서 만났다.

중약이 먼저 물었다.

"양파는 잘 있겠지요?"

"그렇다네."

"이번에 가면 제가 반드시 양파를 차지한 후에 깊이 맹세까지
해 버리겠습니다."

"행랑에 있는 물건이니 뭐가 어려울 게 있겠나?"

이생이 중약과 헤어지고 나서 혼자 생각했다.

'중약은 집도 부자고 나이도 어린 데다가 재주와 얼굴도 그만하
니, 소망을 이루기에 족하지. 필경 중약의 차지가 되고 말겠군.'

이 해 11월 이생이 중학[91]의 하급관리[92]가 되어, 장차 출근하기[93]
위해 다시 서울로 올라와 안국동에 있는 민궁[94]에 머물렀다. 양파를
생각하는 마음이 없지는 않았으나 중약을 의심하여 두 번 다시 찾아
가지 않았다. 근 스무 날이 지나서 하루는 길에서 장 진사를 만나
그에게 이끌려 함께 죽동으로 갔다. 가보니 중문은 이미 비어 있었
고 서헌은 닫혔으며, 당할멈 역시 콩죽 장사가 되어 길가에 옮겨
살고 있었다. 전날의 모습이라고는 찾아볼 수 없었다. 안사랑으로

---

91) 중학(中學) : 서울 중부에 있었던 사학(四學)의 하나. 사학은 나라에서 선비를
양성하기 위해 서울의 중앙과 동·남·서에 세운 네 학교로, 중학 이외에 동학, 남학,
서학이 있었다. 중학은 지금의 중구 중학동에 있었다.

92) 하색(下色) : 하급 색리를 말하는 것으로 보임. 색리는 감영이나 관아의 아전으로
여기서는 하급 관리를 뜻하는 것으로 보인다.

93) 도기(到記) : 조선시대 성균이나 사학의 유생들의 출결을 점검하기 위해 식당에
출입한 회수를 표시한 기록. 요즘의 출석부 같은 것이다.

94) 안국동에 있는 민궁(閔宮) : 민비가 살던 집. 원문에는 안동(安洞) 민궁으로 되어있음.

들어가니 한 노인이 있었다. 그는 호남의 변씨로, 장 진사 맏아들의 장인이었는데, 아이들을 가르치며 앉아 있었다. 행랑 사내들이 대문 곁에 있는 한 집에 모여서 이야기를 하다가 이렇게들 수군거렸다.

"또 올라오셨군."

"이서방님인가?"

"그렇다네."

"우리는 또 맞느라 겨를이 없겠군."

"죄 없이 그리할까?"

"누가 그걸 모르나?"

"양파 때문에 그렇지."

이때에 중약이 장사선과 함께 외출하고 돌아오다가 이들이 하는 말을 들었다. 장사선이 웃으면서 말했다.

"몽운(夢雲:이생의 호)이 올라온 게 분명하군."

중약도 웃으며 안사랑으로 들어가니 과연 이생이 앉아 있었다. 중약이 웃으며 행랑 사내들이 하던 이야기를 하자, 달금이 또 술을 내고 웃으며 말했다.

"양파가 몹시 애타게 기다렸습니다."

그러자 장사선이 말했다.

"양파는 이미 중약에게 붙었는데, 네 어찌 애타게 기다렸다고 속이는 게냐?"

달금은 또 웃고는 아무 말도 하지 않았다. 같은 고향에 사는 자미 선생(紫微先生) 김계첨(金啓僉)도 그 자리에 있다가 이생에게 말했다.

"얼굴이 정말 예쁘더군요."

이생은 장사선의 말이 빈말이 아닐 것이라고 여기고 의심하여 다시 묻지 않았다.

얼마 뒤 옥 같은 고운 음성이 안에서 들려왔다. 중약이 그 소리를 듣고 안으로 들어가니 장사선이 말했다.

"단단히 빠졌군."

달금이 말했다.

"양파는 한 번도 안사랑으로 들어온 적이 없는데, 지금 들어온 것은 분명 이서방님 때문일 겁니다."

장사선이 이생에게 말했다.

"양파의 마음은 이미 형을 떠났는데, 형 생각은 어떻소?"

"길가의 우물을 어찌 혼자 마실 수 있겠소? 하물며 본디 내 물건이 아니었는데, 뭘."

그러고 나서 하루 이틀 머무르며 곰곰 생각해 보았다. '양파가 비록 중약과 관계를 맺었다 할지라도 나를 영영 끊어버릴 리는 없을 텐데……. 게다가 정이 거듭되는 것도 비일비재하니 어찌 머뭇거리며 떨어져 있을 것인가? 허나 이미 당할멈도 없으니 어찌 이 뜻을 전할꼬?'

마침 외출을 하려 할 때 양파가 문을 열었는데, 둘은 서로 바라보기만 하였다. 이생이 은장이를 시켜 은반지 한 쌍을 만들어 중국 종이에 싸고 그 위에 뭔가를 썼는데, '오랜 이별에 너무도 쓸쓸한데, 잘 있었는지? 하는 일곱 글자뿐이었다. 돌아오는 길에 양파가 뜰에 있기에 그것을 던지고 들어가니, 양파가 주워서 품에 넣었다. 그 이튿날 또 외출을 하고 돌아오니 양파가 꽃 편지지를 던졌다. 이생이 그것을 주워 주머니 속에 넣고 으슥한 데서 읽어보려 하였다. 그때 중약이 멀리서 엿보고 알아채고는 몸을 숨겨 몰래 이생의 뒤를 밟을 줄은 상상도 하지 못했다. 이생이 안사랑에 들어와서 옷을 미처 벗기도 전에 중약이 뛰쳐 들어오더니 양파가 준 편지를 보여달라고 했다.

이생이 뜻밖에 그 말을 듣고 말했다.

"이게 무슨 소리인가?"

"귀신은 속여도 저는 못 속입니다."

이때 장사선이 자리에 앉아 있었는데 변노인에게 여러 번 눈짓을 하고는 함께 이생을 붙들고 그 주머니를 꺼냈다. 주머니를 여니 편지지가 보였다. 펼쳐 보니 시 한 수가 적혀 있었다.

멀리서 온 손님
제게 한 쌍의 잉어를 보냈어요
배 가르니 무엇이 보였을까요
그 가운데 한 장의 흰 편지지
위에는 긴 그리움의 말
아래는 오랜 이별 다했다는 말
편지 읽고 그대 뜻 알고 나니
두 줄기 눈물 옷깃을 적십니다[95]

변노인이 시를 보고는 크게 놀라며 말했다.

---

95) 허난설헌의 시 <견흥(遣興)> 중에서 몇 글자만 바꾼 것이다. 이와 유사한 시로 중국의 악부 <음마장성굴행(飮馬長城窟行)>이 있다.

"저 여자가 이렇게 시를 잘 쓴단 말이오?"

이생이,

"어찌 시를 잘 쓸 수 있겠습니까? 다른 시에서 끌어 모은 거지요."

하니 중약이,

"잘 쓰지요. 하지만 이 년을 내 반드시 찢어놓고 말 테야.……"

하면서 이를 갈며 분해 마지않았다.

7. 포의지교를 꿈꾼 초옥의 착각

이때에 이생은 볼 일이 있어, 안국동에 가서 사오 일 정도 머물러 있었다. 원래부터 중약은 양파에게 마음이 있어 온갖 수단을 썼으나, 끝끝내 양파는 그를 좇으려 하지 않았다. 또 행랑채에서 하는 말들을 들으니, 양파와 이생이 몰래 정을 통한 일을 마치 노래하듯 떠들어대고 있는데 자기는 끝내 마음을 얻지 못했으니 미워 죽을 지경이었다. 게다가 남녀가 유별하여 감히 가까이 할 수도 없는 터에, 이생에게 준 시를 보니 시기심을 걷잡을 수 없었다. 중약은 기어코 한바탕 소란을 피우기로 작정하고 장사선과 모의를 하였다. 장사선이 중약을 내당으로 오라고 청하고, 안에서 양파를 불러다가 자리에 앉히고 바느질을 하게 했다. 그리고 장사선이 중약과 함께 들어가니, 양파가 일어나서 피하려고 하였다. 장사선이 말했다.

"편히 앉아라. 내 이미 오래 전부터 네게 할 말이 있었다."

양파가 이 말을 듣고 자리에 앉자, 중약 또한 가까이 앉아 있었는데 심사가 □ 96) 들끓었다.

장사선이 양파에게 말했다.

"안채나 행랑이나 다 한 집이다. 비록 남녀의 구분이 있다고는 하나, 어찌 이렇게까지 주저하느냐? 내 늘 너를 박정한 사람이라 생각했다."

양파가 벌써부터 싫어하는 기색이 있었는데 다시 이 말을 듣자 마음이 몹시 불편해져 낯빛을 붉히면서 대답했다.

"익히 잘 아는 사이가 아니라 자연스레 그렇게 됐습니다. 또 다만 서로 알고 지내는 정도일 뿐인데, 두텁거나 박하거나 간에 정(情)이라고 할 게 뭐 있습니까? 남편이 가난해서 비록 남의 행랑에 부쳐 살고 있지만, 보통 사람들과는 비할 데가 아니니 어찌 어려움이 없을 수 있겠습니까?"

장사선은 본래 남을 꼬이기를 좋아하는 사람이었다.

"하늘이 만물을 내매, 풀·나무·짐승들까지도 모두 유정하게 만들었는데, 하물며 사람의 일에 어찌 정이 없겠느냐? 너는 그 예쁜 얼굴에, 재주 또한 아름답더구나. 지난번에 이생에게 보낸 시를 보니, 정말 감탄할 만하더군."

"어떻게 그 시를 보셨습니까?"

장사선이 먼저 이생을 들먹거려야만 양파의 마음을 움직일 수 있으리라 생각하고는 다시 이렇게 말했다.

"이생이 네 시를 사방에 자랑하고 다니는 바람에 너를 기특하게 여겨 침을 흘리지 않는 이가 없느니라."

양파가 정색을 하고 말했다.

---

96) 원문에 글자가 보이지 않아 미상으로 처리함.

"이서방님이 그렇게 경솔하신가요?"

"그러면 너는 이생을 점잖은 어른으로 여겼느냐? 경박해서 어디로 튈지 모르고 백에 하나도 볼 게 없는데, 너는 왜 그리 친하게 지내느냐? 우리가 네게 한 마디 해주고 싶은 건 진정 이 때문이야. 가까이 하지 마라, 가까이 하지 마. 게다가 집도 가난하고 나이도 많지, 생김새도 추한데다 재주도 보잘것없는데 너는 뭐가 좋다고 그와 사귀느냐? 저 장서방님으로 말할 것 같으면 진사님의 장조카로, 나이도 젊고 재주도 많으시니 진짜 네가 따를 만한 분이 아니겠느냐? 매양 너의 재주와 자태를 사랑하셔서 너를 위해서라면 무슨 일이든 마다하지 않으실테니,97) 너도 쌀쌀맞게 대하지 않는 게 좋을 게야."

"생원님께서는 쇤네의 행동이 정숙하지 못하다고 여기셔서 이런 말씀을 하시는 겁니까? 아니면 기생첩으로 보셔서 그러시는 겁니까? 쇤네가 이서방님과 사귀는 것은 과연 그 분이 못 생기고 늙어서입니다. 옛말에 이르기를 '귀한 사람을 벗으로 사귀는 것은 자신이 천하기 때문이고, 부자를 사귀는 것은 자신이 가난하기 때문'이고, 또 '머리가 새도록 오랫동안 사귀었어도 상대방을 알아주지 못하면 새로 사귄 벗과 마찬가지고, 한 번 보고도 마음이 맞으면 오래 사귄 벗처럼 친밀하게 느끼게 되는 것'98)이라 했으니 이는 각자가 서로

---

97) 집편(執鞭) : 채찍을 잡고 말을 부리는 사람. 집편지사(執鞭之士)라고도 함. 남을 위해 천한 일도 마다하지 않는 것을 말한다.

98) 백두여신 경개여고(白頭如新, 傾蓋如故) : 백두여신은 머리가 세도록 사귀어도 서로의 마음을 잘 알지 못하고 처음 아는 것 같은 사이를 말하고, 경개여고는 우연히 길에서 만나 수레 지붕을 가까이하고 말을 나눈다는 뜻으로 한 번 보고 마음이 통하는 것을 말한다. 공자가 정자를 만난 고사에서 나온 말로, 『사기』, <추양전(鄒陽傳)>에

마음을 알아줘서 그런 것입니다. 쇤네는 비록 부귀한 형편은 아니지만, 이미 풍부하고 아름다운 귀한 자태와 높고 뛰어난 재주가 있어서 항상 가난하고 천한 처지의 벗을 사귀어 죽을 때까지 잊지 않기를 원해 왔습니다. 목을 빼고 기다렸더니 황천이 쇤네의 정성을 버리지 않으셔서 다행히도 서헌에서 이낭군을 만나 죽을 때까지 잊지 않을 지기(知己)라 여겼던 것입니다. 쇤네가 즐겨 따랐던 것이지 이낭군께서 바라셨던 게 아닙니다. 제 마음은 금석보다 굳어서 물에 들어가도 젖지 않을 것이요, 불에 던져도 타지 않을 것입니다. 다시는 더 말씀하지 마세요. 만약 이낭군이 장낭군처럼 부유하고 젊었다면 전 돌아보지도 않았을 겁니다. 지금 이 세상의 번화한 도시에는 벼슬아치와 귀공자, 부유한 상인과 호걸들이 얼마나 많겠습니까? 하지만 저는 이 모두 원치 않고 오로지 이낭군만을 택했으니, 쇤네의 마음을 아시겠지요? 옛날에 빨래하던 아낙네가 한신을 불쌍히 여겨 호의를 베풀었던 것99)과 같은 마음일 뿐입니다. 제가 어찌 보답을 바라고 그렇게 했겠으며, 또 어찌 음란해서 그런 것이겠어요?"

장사선이 화가 나서 꾸짖었다.

"한 집안에서 누구에겐 후하게 대하고 누구는 박하게 대한단 말이냐? 대체 너 까짓 게 뭐라고?"

"諺曰: 白頭如新, 傾蓋如故'라는 구절이 나온다.

99) 표모가 왕손을 애처로와 하다(漂母哀王孫之意) : 한나라 고조 유방을 도와 천하통일에 공을 세운 한신(韓信)이 불우하던 젊은 시절 낚시를 하다 빨래하는 아낙네에게 밥을 얻어먹은 고사. 밥을 얻어먹은 한신이 반드시 보답하겠다고 하자 빨래하는 아낙네는 '대장부가 제 밥벌이도 못하고 있기에 애처로와 보여 밥을 준 것이지 어찌 보답을 바라서였겠느냐고 대답했다. 한신은 뒤에 초왕이 되어서 돌아와 그 노파에게 천금을 주었다. 『사기』에 <회음후열전>이 있다.

양파는 피가 얼굴로 솟구쳐 하던 바느질감을 다 집어던지고 곧바로 문밖으로 나가버렸다. 장사선이 화가 치밀어 여종을 불러 양파를 잡아들이게 하고, 대청 아래 무릎을 꿇리고 매를 치려 하니 진사가 이 변고를 듣고 즉시 들어와서 말했다.

"남의 아내를 탐하는 것이 무슨 좋은 일이라고 이러느냐? 이런 행실은 아이들도 못하게 하는데 도리어 조장해서 더 학대[100]를 한단 말이냐?"

그리고는 양파를 풀어서 내보냈다. 장사선은 그래도 분을 참을 수 없어서 양파로 하여금 솥을 지고 나가 다른 동네로 가서 살게 했다. 양파는 나와서 남편과 시아버지와 함께 집안 살림을 챙겨서 그 집 문을 나섰다. 그러나 그 추운 겨울에 누가 기꺼이 집을 내어 살게 해주겠는가? 사방을 생각해 봐도 당장 갈 곳이 없었다. 별 수 없이 길가에 있는 빈 농막에 들어가 이불을 둘러치고 돌을 가져다가 솥을 걸었다.

양파는 절로 탄식하며 말했다.

"미인은 화를 부르고, 재주 있는 사람은 시기하는 자가 많다더니……. 노루는 사향 때문에 배꼽을 물리고, 표범은 무늬 때문에 가죽이 벗겨지는 법이니, 만약에 내게 미모가 없었다면 어찌 이런 변이 있겠는가!"

하룻밤이 지나자 장 진사가 다시 예전에 있던 곳으로 돌아와 편히 지내라고 하였다. 장 진사는 또 아랫사람들에게 이 일을 말하지 못

---

100) 조걸위학(助桀爲虐) : 폭군인 걸왕을 도와서 백성을 학대하는 것. 악인을 도와서 더욱 악하게 하는 것.

하게 금하여, 이생에게 알려지지 않게 하려 했다. 양파 또한 달금에게 주의를 주어 이생이 모르도록 했기 때문에 이생은 이 일을 까마득히 모르고 있었다. 이생은 오히려 양파가 중약과 사통한 것이 아닌가 의심하여 양파를 생각하는 마음이 십중팔구는 줄어들었다.

8. 초옥의 자살 기도

하루는 이생이 안국동에서 초동으로 가는 길에 뜻밖에 당할멈을 만났다. 당할멈은 옛날 일을 쏟아놓듯 이야기하며 자기 집에 가서 잠깐 쉬다 가라고 했다. 이생도 응락하고 당할멈을 따라서 그 집으로 들어갔다. 그 곳은 죽동에서 멀지 않은 곳이었다. 당할멈은 방으로 들어가 잠시 기다리라고 하더니, 문밖으로 나갔다가 금방 돌아와서 이생에게 말했다.

"서방님, 양파가 보고 싶지 않으신가요?"

"어떻게 하면 이리 오게 할 수 있을까?"

"지금 오고 있습니다."

조금 있으니 문밖에서 초록 장옷이 언뜻 펄럭였다. 장옷 속의 사람은 누구인가? 바로 양파였다. (누각 앞에서 서로 바라보다 곧 알아보았네/ 꿈인가 생시인가 마음은 미친 듯하고 / 온갖 슬픔과 기쁨에 한층 새로우니 / 낭군을 부르기도 전에 눈물 먼저 흐르네.) 얼떨떨해 하는 사이에 양파가 산뜻하고 아름다운 모습으로 들어왔다. 양파는 낭군의 손이라도 잡고 말을 하고 싶었지만 눈물이 솟구치고 목이 메어 흐느끼기만 했다. 이생 또한 슬픔에 가슴이 복받쳐 눈물을 적시지 않을 수 없었다. 시간이 조금 지나 양파가 마음을 진정하고 말했다.

"낭군을 뵌 지 이미 한 달이 다 되어 가는데도 끝내 찾아주지 않으시니, 제 마음과는 다르다는 걸 알았습니다. 오늘은 오래 앉아서 이별의 회포를 펼쳐 놓을 시간이 없으니 파루 친 뒤에 행랑에 있는 제 방으로 찾아오세요. 성문이 열리고 난 뒤에는 닭이 울지 않아도 늘 제 남편과 행랑 사내들은 모두 강에 나가서 땔나무 장사를 한답니다. 그래서 저 혼자 빈방을 지키고 있지요. 꼭 자리를 깨끗이 해 놓고 기다릴 터이니 저의 애타는 바람을 저버리지 마세요."

이렇게 거듭 당부하며 종종걸음으로 돌아가니, 이생은 즉시 고개를 끄덕여 그러마고 했다. 그 날 저녁 이생은 죽동으로 가서 자기는 했으나 새벽에 양파를 찾아갈 틈을 내지는 못했다. 이는 중약에게 의심을 받을까 해서였지만, 지난 7월처럼 미칠 것 같은 마음이었다면 어찌 양파가 바랄 때까지 기다렸겠는가? 엿새가 지나니 객지에 있는 것이 무료해졌다. 닭이 울자 이생은 신발을 끌고 긴 행랑채에 이르렀다. 마침 주위에는 사람의 자취라고는 없었다. 양파가 발자국 소리를 듣고는 즉시 나와 맞이하여 들어갔다. 드디어 이별의 회포를 푸니, 이는 소상강에서 옛사람을 만나고 남교에서 배항이 운영을 만난 것[101]과 같았다. 한편으로는 기쁘고 또 한편으로는 슬프기도 했으며, 술에 취한 것 같기도 하고 술에서 깬 것 같기도 했다. 이 날 이후로 밤이면 밤마다 만났는데, 꼬리가 길면 반드시 밟힌다는 것을 미처 생각하지 못했다. 어느 날 새벽 이생이 양파를 찾아가니, 양파가 나와서 이생을 맞이하였다. 그런데 방으로 들어가 문을 닫자

---

101) 당나라 배항(裵航)이 남교에서 운영을 만난 것을 말함.

마자, 갑자기 양노인이 밖에서 문을 잡아 당겼다.

양파는 아무 생각 없이 대답했다.

"여기 이서방님이 와 계십니다."

양노인이 이에 문을 열어 잠깐 보고는 도로 문을 닫고 나가며,

"나는 다른 사람인 줄 알았다."

하고는 자기 방으로 돌아갔다. 이생이 양파에게 말했다.

"이제 반드시 변고가 나겠는걸."

양파가 웃으며 말했다.

"상관없어요. 제가 낭군과 이러한 일을 벌인 것은 온 동네가 다 알고 있는 일이랍니다. 그러니 무슨 변고가 생기겠어요?"

그리고는 조금도 난처해하는 기색이 없이 이생과 함께 예전처럼 행동하였다. 그러나 이생은 마음이 매우 불안했다. 양파의 방을 나와 안사랑으로 들어가서는 날이 밝으면 무슨 변고가 날 거라고 생각했으나, 저녁이 다 가도록 아무런 소리도 들려오지 않았다. 이 날 밤 초동에 사는 여러 친구들이 찾아와서 이생은 그들과 함께 초동으로 갔다. 이생은 그 다음 날 안국동에 도착해서 사나흘을 머물렀는데, 갑자기 씨동(氏同)이라는 자가 와서 장 진사의 편지를 전했다. 편지 내용 중에는 '형편이 매우 급하게 되었으니 얼른 와서 한 번 사정해 보라102)고 하는 것 같았다. 이생이 일이 난 줄을 알고 씨동을 불러 함께 외진 곳으로 가서 일이 어떻게 된 건지를 물었더니 씨동이 말했다.

"서방님께서 떠나신 다음날, 양파의 조카딸인 희라는 아이가 이

---

102) 왕복(枉伏) : 자신을 낮추어 굴복하는 것.

일을 양파의 남편에게 바로 일러 바쳤습니다. 그 남편이 몹시 화가 나서 마침내 문에다 자물쇠를 단단히 채우고는 양파의 머리채를 움켜쥐고 이리저리 패대기를 치더니 끝내는 배 위에 걸터앉아서 커다란 식칼을 가지고 찔러 죽이려 했지요. 그런데도 양파는 조금도 두려워하지 않고 낮은 소리로 그 남편에게 말했습죠.

'내가 중죄를 범한 것이 한두 번이 아니니 죽어도 무슨 원망이 있겠어요? 단지 그 칼을 내게 주어 조용히 자결할 수 있게 해 주세요. 서방님께 아내를 죽인 사람이라는 말은 안 듣게 하고 싶습니다. 힘들게 그리 말고 내가 손수 목숨을 끊게 해 주는 게 좋겠어요.'

이렇게 실랑이를 하고 있을 때 시아버지인 양노인이 자물쇠를 부수고 들어가서 그 아들을 꾸짖고 칼을 빼앗아 땅에 집어 던졌죠. 이때 양파가 천천히 일어나 칼을 들어 목을 찔러 죽으려 했는데 헛손질만 하고 말았습니다. 그리고 다시 찌르려 할 때 양노인이 놀라 칼을 빼앗았답니다. 양파가 또 옆에 있던 작은 칼을 집어들자, 양노인이 또 빼앗았지요. 오후 2시쯤이나 됐을까? 양파가 방안에 아무도 없는 것을 보고는 시렁에 목을 매어 죽으려 하다가, 동서인 희의 어미에게 구출되어 희의 어미가 방에서 양파를 지켰습니다. 그날 초저녁에 양파가 밖으로 나가 우물에 몸을 던졌지요. 우물이 깊었지만 다행히도 표주박 두 개가 물에 떠 있어서 몸이 미처 빠지기 전에 여러 사람들에 의해서 구출되었답니다. 헌데 때마침 얼음이 얼어있는 데다가 우물 돌에 여러 군데 부딪혀 몸이 많이 상했습니다. 그 날 새벽 또다시 우물에 몸을 던져서 물 긷던 사람들이 온 힘을 다해 구출해 냈더니 코와 입에서 물이 나오고 한참이 지나서야 깨어났어요. 이 날 저녁 또 목을 맸으나 시아버지에 의해서 구출되었고요. 오늘 새벽에 또 목을 매었는데 다른 사람이 구해줘서 살아났어요. 그 뜻을 보니, 반드시 죽기로 작정한 것 같았지요. 그 남편이 애걸해도 듣지 않아서 그 시아버지와 친어머니도 와서 꾸짖어도 보고 달래기도 했지만 어찌할 방법이 없었습니다. 본래 성격이 지독해서 누구도 해결할 사람이 없어서 양노인이 양파에게 타일러 말했지요.

'내가 너를 야박하게 대한 적이 없는데 어찌 이렇게까지 하느냐?'

그랬더니 양파가,

'남편과 아버님께서 저를 야박하게 대하시진 않으셨어요. 제가 죽으려 하는 것은 시댁을 원망해서가 아니에요.'

라고 했지요. 시아버지가

'내가 이제 이서방님을 모셔오면 네가 얼굴을 펴겠지.'

하니, 양파가

'죽을 년이 얼굴은 펴서 뭐하겠어요?'

라고 대답했답니다. 양노인이 막막하여 어쩔 도리가 없어 진사님께 아뢰어 저로 하여금 서방님을 모셔오게 한 것입니다."

이생이 말했다.

"그 뜻이 그렇게 굳다면 내가 간들 무슨 도움이 되겠느냐?"

"비록 그렇긴 해도 사정이 이러하니 가 보시는 게 좋겠습니다."

"그 남편에게 맞았다니 상처가 심하겠구나."

"지난 7월에는 그 남편에게 혹독하게 맞았지만, 이번에는 처음에 칼을 겨누었을 뿐 한 대도 때리지는 않았습니다. 우물에 빠지면서 다친 상처입죠. 다만 제일 절박한 것은 아무것도 먹지 않는 겁니다. 스스로 목을 찌르지 않으면 반드시 목을 맬 것이고, 목을 매지 않는다면 필시 굶어 죽을 겁니다. 며칠 사이에 첫 번째는 제 목을 찔렀고, 두 번째는 우물에 몸을 던졌고, 세 번째는 목을 맸고, 네 번째는 먹지 않고 있습니다.”

이생이 그제서야 신발을 신고 씨동을 따라서 죽동으로 갔다. 씨동이 다시 말했다.

“사오 일 동안 이렇게 하니 거리마다 욕하는 얼굴이고 사람들마다 욕하는 말입니다. 서방님께서 양파와 친하게 지내시면서부터 인심을 잃은 것이니, 누군들 옳다고 하겠습니까?”

“양파를 가까이 한 건 나 혼자만이 아니다. 너희댁 작은 어른도 관계를 가졌느니라.”

“이게 무슨 말씀이신지요? 누구에게서 들으셨습니까?”

“새문 밖 생원님이 그랬다.”

“괜한 말씀이십니다. 지난번에 생원님께서 작은 어른을 위해 양파에게 다리를 놨는데 양파가 말을 듣지 않아서 행랑에서 내쫓은 일까지 있었는데 진사님께서 말리셨지요.”

이생은 그래도 씨동의 말을 믿지 않았다. 그러나 그녀가 목숨을 끊으려 한 것이 가여워 다시 물을 겨를도 없이 곧장 양파의 방으로 들어갔다. 양파를 보니, 풀어헤친 머리카락은 어지럽게 흩어져 있고, 썩은 생선 비린내가 나는데, 몸을 떠는 것이 마치 풍이 들린 듯 이미 귀신의 몰골이었다. 그 옆에는 두 여자가 눈물을 흘리며 부축하고 앉아 있었다. 이생이 측은한 마음을 이기지 못하여 나아가 그 손을 붙잡고 말했다.

"너는 진정해라. 이 무슨 꼴이란 말이냐?"

양파가 처음에는 알아보지 못하다가 나중에야 기억해 내고는 목구멍으로 기어 들어가는 소리로 말했다.

"낭군께서는 천금 같은 몸으로 어찌 범 아가리로 들어오셨소?"

이생은 죽음을 앞둔 사람이 오히려 자기를 안타까이 여기는 마음이 있는 것을 보고는 더욱 슬픔을 이기지 못해 눈물이 절로 뺨을 타고 흘러내렸다. 이생이 말했다.

"네가 죽으려 한다는 것을 듣고는 한 마디 해 주고 싶었다. 죽을 사람의 혼백이 황천에서 사사로운 한을 품게 하지 않으려고 신발도 거꾸로 신고 바삐 왔다."

양파가 비로소 머리를 들고 앉아 말했다.

"이미 죽은 목숨, 무슨 할 말이 있겠습니까?"

그 시아버지가 미음을 차려오니 이생이 억지로 마시게 했다. 양파가 이에 입을 열어 마셨으나 조금 있다가 또 대야에 토해 버렸다. 이생이 다시 마시게 하고는 눕히며 말했다.

"너는 왜 죽으려 하느냐? 네가 유식하니 옛말로 달래 보리라. 사람이란 살기를 탐하고 죽기를 싫어하지. 죽음은 태산보다 무겁거나 혹은 기러기 털보다 가벼운데, 그 상황에 따라 하는 것이라네. 사람은 세상에 태어나 병들어 죽지 않으면 반드시 늙어 죽게 되어 있지. 그러나 스스로 목숨을 끊는 경우에는 반드시 그 명분이 있는 법이라네. 옛날에 백이[103]는 염결함 때문에 죽었고, 비간[104]은 충성 때문에

---

103) 백이(伯夷) : 은나라 고죽군(孤竹君)의 아들. 주 무왕이 은나라를 치자 동생 숙제(叔

죽었으며, 애경105)은 절의를 지키느라 죽었고, 도척106)은 이익을 위해 죽었지. 이제 네가 받들려는 바는 염치나 충성, 절의나 이익과는 아무 상관이 없는 것이니, 네가 죽고 나면 사람들이 분명히 '몰래 간통하다 본남편에게 들켜 부끄러움을 견디지 못하고 목숨을 끊었다'라고 비웃을 게야. 너의 곧은 행실에 이런 헤아릴 수 없는 오명을 쓴 채 세상을 떠나겠느냐? 너의 곧은 행실은 나만 알지, 그것을 알아주는 이 또 누가 있겠느냐? 집집마다 수군거리고 사람들마다 쑥덕거리게 할 수야 없지 않느냐? 어쩌자고 이렇게 생각이 짧으냐? 참고 구차히 살아남으면 오명을 씻을 날이 있을 것이니, 오명을 씻은 후에 대로에서 소리를 지르고 죽으면 되지 않느냐."

양파가 이 말을 듣고 몸을 일으켜 마음을 안정시키고, 눈물을 흘리며 말했다.

"이 세상에 저를 낳아준 부모도 제 마음을 몰라주고, 저를 품는 남편도 제 마음을 몰라주는데 하물며 형제나 동료는 말할 게 있겠습니까? 저를 알아주는 사람은 오로지 낭군 한 분뿐이십니다. 이제 낭군께서 분명히 말씀하시는 걸 보니, 제가 꽉 막혔다는 것을 알

齊)와 함께 신하의 도가 아님을 간하였다. 그러나 무왕이 천하를 손안에 넣자 이를 불의하게 여겨 주나라의 녹 먹기를 부끄럽게 여겨 아우인 숙제(叔齊)와 더불어 수양산에 들어가서 고사리를 캐어먹으며 숨어살다가 굶어죽었다.

104) 비간(比干) : 은나라 사람으로 주왕의 숙부. 악한 정치에 대해 바른 말을 하자 주왕이 죽여 배를 갈라 보임.

105) 애경(愛卿) : 명나라 구우가 쓴 『전등신화(剪燈新話)』의 <애경전>에 나오는 인물을 가리키는 것으로 보임. 기녀 출신으로 조생의 아내가 된 애경은 정절을 지키기 위해 자결한다.

106) 도척(盜跖) : 춘추시대 노나라의 유명한 도적. 현인 유하혜(柳下惠)의 아우이다. 무리 9천인을 이끌고 제후들을 습격하고 부녀자들을 취하였으며 부모를 돌아보지 않고 선조에게 제사를 지내지 않았다고 한다. 『장자』에 <도척>편이 있다.

수 있군요. 저는 기필코 녹주107)와 벽옥108)의 일을 본받아 죽더라도
후회를 남기지 않겠습니다."

"모두 그럴 만한 상황이 있어야 그렇게 행동하는 것이다. 만약
녹주나 벽옥으로 하여금 너와 같은 경우를 당하게 한다면 그들도
반드시 너처럼 하지는 않았을 게다. 그러니 할 만한 일을 할 만할
때에 하면 따라야하나, 할 만하지 않은 일을 할 만하지 않은 때 한다
면 그건 잘못인 게야. 절대로 허튼 생각을 해서는 안 되느니라."

양파가 고개를 끄덕이며 웃으니, 늙은 양씨도 웃고는 다시 죽을
내어 속을 풀도록 했다. 이생이 장 진사를 만나 그 일을 이야기하고
웃었다. 다음날 들으니, 양파가 예전처럼 밥을 먹는다고 하였다.

9. 헤어짐

양파가 기운을 차리자 중약이 사선을 시켜 이생에게 부탁했다.

"양파는 본래 형의 사람이 아닙니다. 한때 그 방을 지나갔을 뿐이
니, 무슨 거리낄 게 있습니까? 중약이 이미 그 아름다움을 사모하여
필경 병이 나게 생겼습니다. 형편을 보니 형이 아니면 양파의 마음
을 움직일 수 없겠습니다. 만약 형이 실로 한 번만 말을 해 주시면

---

107) 녹주(綠珠) : 진(晉)나라의 거부 석숭(石崇)의 애첩으로 피리를 잘 불었다. 손수(孫秀)
가 녹주를 탐하여 석숭에게 달라고 했으나 석숭이 이를 허락하지 않자 손수가 조서를
위조하여 석숭을 잡아들이려 했다. 이에 녹주가 누각에서 떨어져 자살하였다. 송나라의
악사(樂史)가 지은 <녹주전>이 있다.

108) 벽옥(碧玉) : 요낭(窈娘)이라고도 함. 당나라 교지지(喬知之)의 여종으로 아름다운
데다 춤과 노래를 잘했다. 무승사(武承嗣)가 요낭을 빼앗으려 하자 교지지가 녹주의
원한을 써서 풍자하였고, 요낭은 우물에 빠져 죽었다. 이에 무승사가 노하여 교지지를
죽였다. 『당서(唐書)』 206권.

중약으로 하여금 평생의 원(怨)을 풀게 할 수 있을 것을."

이생이 차갑게 웃으며,

"남이 이미 먹은 여자를 또 나더러 어떻게 하라고?"

하니, 사선이

"도무지 꿈쩍도 안 하려고 합니다."

하고는 드디어 이전에 이생을 속인 일과 솥을 떼어 내쫓았던 사건을 낱낱이 다 털어놓았다. 이생이 그래도 믿지 못하자 사선이 말했다.

"만약에 진짜로 그들이 관계를 맺었으면 내 성이 장가(張哥)가 아니오."

이생은 빙긋이 웃을 따름이었다.

그 뒤 중약이 또 직접 부탁을 하자, 이생이 비로소 양파가 중약과 무관함을 알게 되었다. 이에 사람들이 없는 곳으로 달금을 불러 물어보니, 달금의 대답도 장사선의 말과 털끝만큼도 다르지 않았다. 이생이 그제서야 중간에 자기가 생각했던 것을 후회하여 스스로 탄식하고 생각했다.

'나로 하여금 나를 생각해 보게 하는구나. 도무지 양파의 생각은 알 수가 없네.'

해를 넘기고도 이생은 계속 서울에 있었는데, 친구의 부탁으로 북한산의 승가사에서 명신록(名臣錄)을 베끼고 있었다. 이 내용은 <유산기>에 있다. 양파가 보낸 글이 많은데, 다 엮을 수는 없고 다만 늦봄에 부친 시 두 수가 있는데 다음과 같다.

　구름 낀 산 아득히 멀어서 찾아가기 어려워

누대 올라 고개 들어 소식만 기다리네
향기로운 풀 끝없이 근심만 자아내는데
누가 있어 그대 그리는 이 내 마음 끊어줄까

서쪽 봉우리에서 봉화 올라오는 것 보기 싫은데
차가운 나무에 어두움 깃들고 또 종이 울리네
슬프구나, 오늘의 이별은 알지 못한 채
눈물지으며 남에게 첫 만남을 이야기하네

사선과 중약이 하루도 빠지지 않고 간청을 하자, 이생도 어쩔 수 없었다. 그리하여 하루는 양파와 만나 중약의 부탁에 대해 이야기하기에 이르렀다. 양파가 듣고 나더니 이생에게 말했다.

"농담이십니까, 진담이십니까?"

이생이 그 말뜻을 보고, 이미 일이 어그러진 것을 알아차리고 말했다.

"물론 농담이지."

"저는 낭군이야말로 진정한 선비라고 여겼는데, 이제 보니 그게 아니군요."

양파가 한참동안 낯빛이 변한 채로 있더니 잠시 고개를 떨구고 눈물을 흘렸다. 시간이 얼마나 흘렀을까? 그녀가 입을 열었다.

"제가 낭군과 비록 머리를 묶어 혼인한 사이는 아니지만, 정을 나눈 것이 부부보다 더했던 것은 낭군의 마음 때문이었지요. 그런데 이제 와서 어떻게 이런 경솔한 말씀을 하십니까?"

이 일이 있은 뒤로 양파는 이생을 다정하게 대하지 않았다. 산

같던 정은 눈이 녹고 구름이 흩어지듯 사라지고, 금석 같던 약속은
바람에 우박이 날리듯 사라져, 다시는 관계가 회복되지 않았다.

이 무렵 장 진사는 또 장동(죽동에서 십 리 정도 떨어진 곳)으로 집을
옮겼고, 양파도 소죽동으로 이사했으며, 당할멈 또한 육조109) 앞으
로 가게를 옮겨 다시는 얼굴을 볼 수가 없었다. 이때는 경복궁을
중건하는 공사110)가 한참 벌어지던 때라 중들도 어렵지 않게 성안
출입을 했다. 이생이 도선암의 항 대사를 길에서 만나 광주 유수의
호방비장인 민 노첨에게 데리고 가서 소개했다. 민 비장이 그를 보
고는 좋게 여겨 추천해서 남한총재(총재는 승려 군대의 장수)로 삼았다.

음력 7월 그믐에 이생이 육조 앞에서 우연히 당할멈을 만나게
되어, 이청련의 사(詞)111)를 써서 양파의 집으로 보냈다.

그대의 연꽃같이 아리따운 자태를 사랑했었지
미색이야 탐할 수 있다네, 다시 만나기 어려워도
그대의 빙옥 같은 맑고 깨끗한 마음을 아꼈었지
정은 사라지지 않는다네, 사랑하는 마음 이미 깊었으니
아침엔 아름답고 좋은 음식 함께 했고
밤이면 원앙금침 함께 덮었지
애틋하던 사랑이 갑자기 이별 되니
사람으로 하여금 어지러이 수심에 잠기게 하네

---

109) 지금의 광화문 근방.

110) 고종 2년(1865)~고종 9년(1872) 사이에 대원군의 주도로 이루어진 경복궁 중건
공사를 말한다.

111) 이청련(李靑蓮) : 이백. 이백은 호를 청련거사(靑蓮居士)라 했다. 여기에 실린
시는 이백의 <기원(寄遠)> 제 11수이다.

어지러이 수심에 잠기니

눈물만 쏟아질 뿐

차가운 등불 아래 가위 눌려 넋이 멈춘 듯

깨어보니 그리움에 흰머리가 생겼네

넘실대는 한수(漢水)를 건너갈 수 있다면

비단 버선발로 파도 넘어가길 어찌 아끼리오

아름다운 이여! 아름다운 이여! 돌아오라

아침 구름 저녁 비 되어 양대에 날리지 말라

양파가 이 글을 보고 울음을 삼키며 길게 탄식하더니 차마 읽지 못하고 말했다.

"이낭군은 신실하고 다정한 사람이로다. 각자 헤어진 뒤 한 번 집안에 들어가 버리니 마치 깊은 바다 속에 들어간 듯하여 낭군 보기를 길 가는 사람 보듯 했는데, 낭군은 오히려 이 박정한 사람을 잊지 않으셨구나."

드디어 꽃 편지지를 펼쳐 답을 써서 보냈다.

박명한 첩 초옥이 이낭군께 올립니다. 저는 전생에 지은 죄로 이생에 내려와 만 갈래 붉은 근심, 천 갈래 푸른 원한을 백 년 안에 부치니, 아, 백 년은 비록 짧으나 하루는 마치 삼 년 같습니다. 낭군 생각에 마음 상하는 것을 어이하겠습니까? 푸른 풀, 넘실대는 물결은 무심히 나고 무심히 흘러가는데, 다리 위에 넋이 녹아버린 듯한 사람은 눈물을 흘려 손님을 보내고, 정자 옆의 말은 채찍에 달립니다(산은 이별의 한을 끌어 근심으로 끊긴 마음에 화답하고, 물은 이별의 정을 띠고 긴 꿈으로 들어가네).112) 뭉게구름 아득히 먼 곳의 님이여,113) 지는 달은 들보를 가득 비춥니다. 별이 자리를 옮기고 비는 흩뿌리는데, 물은 아스라이 멀고 산은 길게 늘어서 있으니 황량한 가을을 슬퍼하는 이는 송옥114)이요, 처량하게 칼자루를 두드리며 노래를 부른 이는 맹상군의 식객115)입니다. 강물 위의 구름, 위수의 나무 사이에는 물고기와 기러기의 길마저 드물어 꽃 피는 아침, 달 뜨는 밤이면 괜스레 사랑의 꿈만 그리워합니다. 어찌하면 은하수를 잡아당겨 이 만 갈래 근심을 씻을 수 있겠는지요? 만약 인연이 깊다면 반드시 다시 만나게 되겠지요. 낭군께서는 부디 잘 계시기를.

그리고 또 시를 써 부쳤다.

돌아와 차마 자리의 먼지를 쓸어내니
원래는 낭군께서 앉고 눕던 흔적이라
하루는 열두 때로 나누어지나
한시도 님 생각 않는 때 없지요

112) 나은(羅隱)의 시 <면곡회기채씨곤중(綿谷回寄蔡氏昆仲)>의 6~7구를 한 두 글자 바꾸어 가져왔다.

113) 애정운지팔표(藹停雲之八表) : 도잠(陶潛)의 시 <정운(停雲)>에 "藹藹停雲, 濛濛時雨, 八表同昏"이라는 구절이 나옴. 팔표는 팔방(八方)의 끝으로 팔표는 곧 온 세계를 뜻한다.

114) 송옥(宋玉) : 중국 전국시대 말기 초(楚)나라의 궁정시인 굴원(屈原)에게 배워 초나라의 대부(大夫)가 되었으나, 뒤에 실직하였다. 굴원 다음가는 부(賦)의 작가로, 두 시인을 '굴송(屈宋)'이라 일컬었다. 그의 작품은 16편이라고 하나, 지금 남아 있는 것은 『초사(楚辭)』에 수록된 <구변(九辨)>과 <초혼(招魂)>이 있다.

115) 자신에 대한 대우가 좋지 않은 것을 한탄하는 것. 제(齊)나라 맹상군(孟嘗君)의 식객인 풍환(馮驩)이 자신에 대한 대우가 좋지 않은 것을 보고 자신의 칼자루를 두드리며 "긴 칼이여 돌아갈까나, 고기반찬도 먹지 못하는데(長鋏歸來乎, 食無魚)", "긴 칼이여 돌아갈까나, 수레를 주지 않는데(長鋏歸來乎, 出無車)"라고 한탄하는 노래를 불렀다. 맹상군이 이 말을 듣고 고기반찬과 수레를 주었는데, 나중에 맹상군을 도와 큰일을 하였다.

봄비에 배꽃 희게 피고

밤새 잦아든 불꽃은 붉으니

둥지에 있던 까마귀 새벽빛에 놀라고

들보 위의 제비 새벽 달빛에 겁을 내네

비단 휘장 처량히 걷어올리니

은빛 침상에는 쓸쓸한 기운만 돌고

나를 양파라 불러준 님이여,

아름다운 이름 훗날에 높아지겠지[116]

이생도 고향으로 내려가니, 그 뒤로 이 둘은 삼성과 상성처럼 만나지 못하고 멀리 떨어져 있게 되었다.[117]

10. 여령에 뽑혀 온 초옥

그 다음 해인 병인년 봄 왕실의 혼례[118]가 있었다. 이생은 서울로 올라와 민궁(閔宮)에 머물고 있었는데, 이때 민궁의 모든 식구들은 중궁전을 모시느라 흥인군[119]의 사저에 머물러 있었기 때문에 안국

---

116) 허난설헌의 시 <효심아지체(效沈亞之體)>의 몇 구절을 바꾸어 가져왔다.

117) 삼성(參星)과 상성(商星) : 별 이름. 삼성은 서쪽에 상성은 동쪽에 서로 등져 있어 동시에 두 별을 볼 수 없게 되어 있다. 그래서 '삼상지격(參商之隔)'이라 하여 서로 만나지 못하는 것의 비유로 썼다.

118) 가례(嘉禮) : 왕실의 혼인. 이 때의 가례는 1866년 운현궁에서 거행되었던 고종과 민비의 가례(嘉禮)를 말한다.

119) 흥인군(興寅君) : 이최응(李最應). 1815~1882. 흥선대원군 이하응의 형으로 민씨 정권의 중요한 인물이다. 대원군 정권에서는 요직에 등용되지 못했으나 대원군이 실각한 뒤 요직에 등용되기 시작하여 좌의정, 영의정을 역임하였다. 1880년 통리기무아문의 설치로 영의정이 총리대신으로 바뀜에 따라 총리대신이 되었으나 유림들의 반대로 사직하고 한직인 영돈녕부사를 지냈다. 1882년 임오군란 때 군인의 습격으로

동은 텅 비어 있었다. (다만 손님인 허 진사, 윤 사과120), 민 참봉과 이생 네 명만 남아 있었다.) 윤 사과가 이생에게 청하여 말했다.

"지금 예조에서 각 관의 기생을 불러 의례를 가르친다고 하던데, 이름난 기생이나 불러 소일함이 어떠하겠나?

"자네가 부르는 게 좋겠네."

"지금은 형이 제일 낫지요."

그래서 이생이 민궁의 별배121)를 불러 예조에 가서 기생을 불러 오게 했다. 예조에서 보낸 기생이 세 명인데 모두 못 생기고 볼품이 없었다. 그래서 물리치고 다시 불렀으나 역시 마찬가지였다. (예조의 서리들이 민씨 집의 명령이라 별 수 없이 기생을 보내려 했지만 이름 있는 기생들은 오려 하지 않았기 때문이다.)

윤 사과가 말하기를,

"내일 아침 일찍 우리가 직접 예조로 가서 점고할 때 제일 예쁜 애들의 이름을 기억해 와서 그 이름을 써서 부르면 반드시 오지 않을 수 없겠지요."

"그것 참 좋은 생각이네."

그 다음날 일찍 이 네 사람과 청지기 상진(尙眞)이 별배 두 명을 앞세우고 예조에 가서 보니, 기생 수백 명이 뜰 앞에 죽 늘어서 있었다. 향기가 진동하고, 초롱한 눈과 붉은 입술은 모두 일등 미인들이니, 일전에 불려왔던 자들은 그 속에 감히 낄 수도 없었다. 다만 앞으로 불러보니 (기생 중 순홍, 금옥, 계향, 화옥, 채홍 등이 빼어났다.)

살해되었다.

120) 사과(司果) : 정육품의 무관직.

121) 별배(別陪) : 관리들이 집에서 사사로이 부리는 하인

주위를 둘러보니 한 곳에 수많은 미인들이 머리 장식을 화려하게 꾸미고 마당에 빙 둘러 서 있었다. 이생이 "쟤들도 기생인가?" 물으니, 상진이 "여령(女伶)입니다."라고 하였다. (이생이 "여령도 기생이냐?"라고 물으니 상진이 "서울의 오부(五部) 각 구역[122]에 사는 양가 여자 중 시집가서도 아직 아이를 낳지 않은 자를 모두 여기에 데려와 의례를 익히게 해서 대례[123] 때 쓴답니다. 여기에 한 번 뽑혀 들어오면 혹은 기생이 되기를 원하고 혹은 본남편을 배반하고 다른 데 시집가도 무관합니다." 이생이 "어떻게 그러한가?"라고 물으니, 상진이 말하기를, "여기에 뽑혀온 자 중 집안이 넉넉한 자들은 여종과 그 남편이 지키고 따로 숙소를 정해 머무르니 오입쟁이들이 감히 가까이 갈 수 없고, 의복과 머리 장식을 모두 자비로 하는 까닭에 내외를 엄격히 지킵니다. 그런데 만약 집이 가난해서 자비로 마련할 수 없는 자들은 오입쟁이들 중 누군가가 그 비용을 감당하겠다고 나서면 가례 전에 그 사람의 아내가 되는데, 비록 가례 뒤라도 영원히 그 사람의 아내가 되기를 원하면 본 남편도 감히 말을 못합니다." 이생이 말하기를, "자비로 들어가는 돈이 얼마나 되느냐?"라고 물으니 상진이 "사오 백 금은 든다고 합니다."라고 하였다.)[124]

이생이 이에 가서 여령들의 인물을 보니 마당 안쪽에 나와 서

---

122) 오부자내(五部字內) : 오부는 서울에 설치한 행정 구역인 동남서북중부 다섯 부 통칭하는 말이고, 자내는 도성 안팎의 경호나 순찰 등의 임무를 나눠 맡기 위해, 자호(字號)를 매긴 경계 구역으로 각 관아에서 경계를 담당하는 구역 내를 말한다. 오부자내는 요즘 말로 하면 '종로구, 중구 등 서울의 모든 구'를 말한다.

123) 대례(大禮) : 임금의 등극, 혼례, 기우, 제례 등 궁중에서 임금이 직접 주관하는 모든 의식.

124) 괄호 안 부분은 원문에 작은 글씨로 쓰여 있으나 내용상 주석이 아니라 본문으로 간주해야 할 것으로 보인다.

있는 사람들은 이미 인사를 한 자들이고 마당 밖 보교[125] 안에 있으면서 아직 나오지 않은 자들은 새로 잡혀온 자들이었다. 각 보교 앞에는 포교와 압령[126]이 있고, 가마 뒤에는 시집이나 친정 가족들이 따라와 서 있었다. (오입하는 무뢰한들은 연달아 가마 앞으로 와서 가마를 자세히 살펴보고는 혹 주렴을 걷고 그 미추를 논하는 데 거리낌이 없었다.) 그런데 갑자기 베 도포를 입은 늙은이 한 사람이 앞으로 와서 절하며 인사를 했다. 이생이 의아하게 여겨서 보았더니 늙은 양씨였다. 이생이 물었다.

"자네가 웬일인가?"

"제 며느리가 여령으로 잡혀 와서 오게 되었습니다."

그리고 그 앞의 가마를 가리키며,

"이겁니다."

라고 하였다.

양파가 이생의 음성을 듣고 즉시 주렴을 걷고 손을 내밀어 붙잡고는 눈물을 흘리며 말했다.

"세상에 어찌 이런 변이 있습니까? 곧장 죽자니 나라에 불충하게 되는 것이고, 나라의 명을 받들자니 지아비에게 불충하게 되는 것이니 어찌 둘 다 어려운 일이 아니겠습니까? 만약 스스로 비용을 마련하려면 오백 금이 넘게 들어가는데, 가난한 집에서 어떻게 감당할 수 있겠습니까? 이백 금을 써서 빼보려 했으나 포교가 들어주지

---

125) 보교(步轎) : 사람이 메는 가마의 하나. 네 기둥을 세우고 사방으로 장막을 둘렀으며, 뚜껑은 가운데가 솟고 네 귀퉁이가 나와서 정자(亭子)의 지붕 모양을 하고 있다.
126) 압령(押領) : 사람이나 마소, 선박 따위를 인솔하는 것을 말하는데 여기서는 인솔하는 일을 맡은 사람을 말한다.

않아 여기 잡혀 오게 된 거지요. 다행히 낭군을 만났으니 이 황당한 일을 해결해 주지 않으시렵니까?"

이때에 오입쟁이 한량 네댓 명이, 낯선 사람이 여령에게 손을 잡힌 채 이야기를 나누는 것을 보고는 화를 내며 곧장 앞으로 다가와 소리를 질렀다.

"뉘기에 감히 이렇게 당돌히 구느냐?"

삽시간에 무뢰배들이 구름처럼 몰려들어 둘러서니 주먹이 눈앞에 어른대며 한바탕 소동이 일 것 같은 분위기였다. 상진이 멀리서 보고 별배와 함께 큰 소리로 이생을 부르며 다가와 무뢰배들을 물리치며 말했다.

"이 분이 뉘신 줄 알고 감히 이런 짓을 하느냐?"

별배 갑득이가 눈을 부릅뜨고 째려보는 자 하나를 잡아 뺨을 후려치니 대나무 쪼개지는 소리가 났다. 그러자 여러 놈들이 모두 흩어져 달아났다. 이때는 가례의 여파로 민궁의 청지기와 별배가 포교들보다 열 배는 더 큰 소리를 칠 수 있었던 것이다. 민·허·윤 세 친구가 잇달아 와서 이생에게,

"이 여령은 누구인가?"

하니, 이생이,

"일찍이 내가 예뻐했던 여자라네."

라고 했다. 민 참봉이,

"그럼, 양파가 아닌가?"

라고 묻자 이생이,

"그렇다네."

라고 했다. 그러자 민 참봉이 말했다.

"오랫동안 그 재주와 이름만 실컷 들었는데 지금 비로소 얼굴을 대하고 보니 과연 이름을 그냥 얻은 게 아니네 그려."

상진이 말하기를,

"이왕 이렇게 되었으니 이 여령은 빼주지 않을 수 없습니다."

하고 압령포교를 부르니 전립을 쓴 자 두 명이 대답을 하고 나왔다. 상진이 별배로 하여금 전립을 벗기고 꿇어앉힌 뒤 죄를 따져 말했다.

"너희들은 볼기를 쳐야 마땅할 것이나 다만 모르고 한 일일 뿐 아니라 대례를 앞둔 까닭으로 십분 용서해 주겠다. 이 여령은 즉시 빼내겠다고 보고해라."

포교가 명에 따라 가더니, 조금 있다가 서리 한 명과 함께 문서책을 가지고 와서 이름을 묻고는 먹으로 이름을 지웠다. (그 아래 주에 이르기를, '민씨 집안의 명령으로 뺀다'라고 하고 상진으로 하여금 서명하게 했다.)

늙은 양씨가 뛸 듯이 기뻐하며 말했다.

"잡히기 전보다 오히려 잘 됐습니다. 마치 구름과 안개를 헤치고 밝은 해를 보는 것 같군요."

양파가 또 눈물을 흘리며 말했다.

"이것은 황천이 몰래 도우심이요, 신명이 지시하신 것입니다. 어찌 낭군이 기대했던 것이며, 제가 감히 바랄 수 있는 것이겠습니까? 생각지도 않던 데서 근심이 생기더니 또 뜻하지 않던 데서 일이 해결되는군요. 제가 무슨 정성을 드렸기에 이처럼 하늘이 도와주시는지요? 저는 생나물이 끓는 솥에 들어가면 별 수 없이 삶겨 여러 사람들이 좋아하는 음식이 되는 것 같은 신세였는데, 갑자기 거북 등 같이 갈라진 땅이 단비를 만나고 기러기 털이 순풍을 만난 듯하니, 8년 전쟁 뒤에 남궁에서 큰 잔치를 연 것이나 <춘향가>의 어사 출도 대목이 이보다 더한 게 뭐가 있겠어요?"

민 참봉이 이생에게 청하였다.

"양파를 민궁으로 데려가서 얼마간이라도 이야기를 나누고 보내는 것이 어떻겠는가?"

이생이 미처 대답하기 전에 상진이 말했다.

"지금 곧장 그 집으로 보내면 중간에서 무슨 일이라도 생길까 걱정됩니다. 별배로 하여금 안국동으로 데려갔다가 천천히 본가로 보내는 것이 훨씬 안전할 겁니다."

늙은 양씨 또한 그렇다고 하니, 이생이 양파를 가마에 오르게 하고, 늙은 양씨는 그 뒤를 따랐다. 민 참봉이 별배를 시켜 행랑에 양파를 위해 따로 아침밥을 차리게 하고 아울러 늙은 양씨와 가마꾼들도 아침밥을 대접하게 하니, 별배가 대답하고 갔다.

11. 기생들과의 대화

양파가 돌아가는 것을 알고 여령과 기생들이 다투어 와서 보니, 마치 벌떼가 모여들고 개미떼가 몰려드는 것 같아서 가마꾼들이 한 걸음도 앞으로 나갈 수가 없었다. 이때 창을 배우는 기생들 중 해주[127] 기생인 화옥과 평양 기생인 순홍은 얼굴과 노래와 춤이

---

127) 벽성(碧城) : 황해도 해주.

뛰어날 뿐만 아니라 문장도 잘 쓴다고 소문이 나서 재상가에서 가까이 하지 않음이 없었다. 이들도 평소 양파의 이름을 들었던 터라 곧바로 와서는 가마를 멈춰 달라고 부탁하고 양파와 함께 말을 나누었다.

화옥이 말했다.

"제가 양낭자의 소문을 들은 지 오래 되어 늘 한 번 만나기를 원했는데, 오늘 갑자기 만나보니 참으로 이름은 그냥 나는 게 아니군요. 하늘로부터 타고난 아름다운 자질에 빼어난 재주를 지니고서 알아주는 이 없는 집에 앉아 그냥 세월을 보내다니, 진흙 속에 옥을 묻는 것 같아 참으로 애석합니다. 하지만 시골의 보잘것없는 선비와 몰래 사귀면서 스스로 정절 있는 행동이라고 여기는 것이 옳은가요? 만약에 명분에 어긋나는 행동을 하고 싶다면 우리를 따라 지금의 처지를 벗어나서, 초나라 동정호 물가에서 대나무를 구하고 남전에서 옥을 구하는 것이 낫습니다.[128] 그러면 늘 영웅호걸과 자리를 함께 하고, 기이한 물건, 귀한 보석이 손에서 떠나지 않지요. 집을 나서면 은안장을 한 백마가 있고, 집으로 들어가면 비단 장막에 수 놓인 창문이 있고, 옷은 제나라 땅에서 나는 명주와 촉나라 땅의 비단을 두르고, 먹는 건 정갈한 반찬에 쌀밥이지요. 한 세상 노닐고 또 백 년 동안 즐거움을 누리면서 악기 연주로 세상을 희롱하고 춤과 노래로 뜻을 펴면, 죽어도 한이 없고 살아서는 빛이 날 겁니다. 어찌 구구하게 얽매여서 곧고 깨끗함을 구하고자 하다가 도리어

---

128) 중국 동정호 물가[楚岸]는 좋은 대나무가 많이 나고, 중국 섬서성 남전현의 동남쪽에 있는 남전(藍田)은 옛날부터 좋은 옥이 많이 나기로 유명하다. 여기서는 좋은 사람을 만난다는 뜻을 비유적으로 표현한 것으로 보인다.

다른 사람의 웃음거리가 됩니까?"

양파가 말했다.

"해와 달이 비록 이지러진다 해도 밝음에 무슨 손상이 되며, 강과 바다가 비록 탁해진다 해도 크기에 무슨 해가 됩니까? 저의 언행이 비록 칭찬받기에는 부족하지만 또한 정절에 무슨 해가 되겠습니까? 뜻을 변치 않는 까닭에 그 행동이 비록 동떨어진다 해도 본래의 뜻을 이을 수 있고, 말이 이치에 어긋나지 않는 까닭에 섬기는 바가 비록 그르다 해도 또한 하늘의 도를 어기지는 않았습니다. 이제 그 대들이 이 세상에서 호화롭게 사는 것은 옛날 포사129)나 양귀비130) 가 누리던 바입니다. 이로움을 보고 은혜를 배반하고 재물을 추구하다가 덕을 잃는 것은, 크게는 나라를 망하게 하고 작게는 집안을 망하게 하는 것이니, 자연히 누를 끼치는 것이 적지 않게 되지요. 내가 어찌 그런 것을 선택하겠습니까?"

화옥이 웃으며 말했다.

"장씨는 책을 읽다가 양을 잃었고 곡씨는 도박을 하다가 양을 잃었지요.131) 비록 책을 읽는 것과 도박을 하는 것은 다른 일이지만

---

129) 포사(褒姒) : 주나라 유왕(幽王)이 사랑하던 첩. 포는 나라 이름, 사는 성(姓). 유왕이 잘 웃지 않는 포사를 웃게 하려고 봉화를 올려 제후들을 모이게 해서 그가 웃자 즐거워할 정도로 포사에게 빠졌다. 포사로 인해 왕후의 자리에서 쫓겨나게 된 신후(申后)의 아버지인 신후(申侯)가 난을 일으켜 유왕을 죽이고 포사를 포로로 잡았다.

130) 양귀비(楊貴妃) : 당나라 현종(玄宗)의 비(妃). 17세 때 현종의 제18왕자 수왕(壽王) 의 비(妃)가 되었다가 현종의 총애를 받게 되면서 귀비(貴妃)로 책립되었다. 황제의 마음을 사로잡아 온갖 권세를 누렸으며 그의 친족들도 고관으로 발탁되어 나라를 어지럽게 하는 결과를 낳았다. 안녹산(安祿山)의 난이 일어나 황제와 함께 도주하던 중 마외역(馬嵬驛)에서 성난 군사들의 강요에 의해 길가의 불당에서 목을 매어 죽었다.

131) 장씨와 곡씨는 모두 양을 쳤는데 둘 다 양을 잃어버렸다. 양을 잃은 이유를 묻자 장씨는 책을 읽다가 양을 잃어버렸다고 하고, 곡씨는 도박을 하다가 양을 잃어버렸다고 했다. 한 사람은 책을 읽고 한 사람은 도박을 했지만 실패했다는 점에서는 마찬가지

양을 잃기는 매한가지입니다. 지금 낭자께서 하시는 말씀은 어찌 오십보백보가 아니겠습니까?"

양파가 말했다.

"국화의 빼어남은 서리가 내린 후에야 알고, 매화 향기는 눈이 내린 뒤에야 알 수 있지요. 이는 비록 그 열매가 없다 해도 또한 그 절개를 잃지 않기 때문에 그런 것이지요. 그래서 온 세상이 모두 흐리다고 하여 진흙에 걸터앉아서 물결을 일으키고, 뭇사람들이 모두 취했다고 술지게미를 먹고 남은 술을 마신다면 어찌 홀로 깨끗하고 홀로 깨어있을 수 있겠어요?132) 사람이 요순이 아닌데 어찌 아름다움을 다할 수 있겠어요? 그러나 나물밥 먹고 물 마시고 팔베개 베고 잘지라도 즐거움이 그 가운데 있으니, 어찌 재물과 색에 빠진 자가 그 즐거움을 함께 할 수 있겠습니까? 양주가 갈림길에서 운 것은 동쪽으로도 갈 수 있고 서쪽으로도 갈 수 있어서였고, 묵자가 염색할 실을 보고 슬퍼한 것은 노란 색으로도 물들일 수 있고, 붉은 색으로도 물들일 수 있어서였지요. 그러므로 공자께서『춘추』를 지어 말씀하시기를, '나를 죄주는 것도『춘추』요, 나를 알아주는 것도 오직『춘추』로다133)라고 하셨던 것이구요. 지금 내 행동을 죄주는 자가 없을 수 없고, 나를 알아주는 자도 없을 수 없겠지요."

순홍이 양파의 뜻을 상하게 할까 걱정되어 화옥의 말을 막으며

라는 뜻으로, 한 일은 다르지만 실패했다는 점에서는 같음을 비유한 것이다.『장자』 <병무(騈拇)>에 나온다.

132) 굴원의『초사』중 <어부사>에 나오는 구절이다.

133)『맹자』, <등문공(滕文公)>下에 "知我者其惟春秋乎, 罪我者其惟春秋乎"라는 말이 나온다.

말했다.

  "원래의 나무를 해치지 않고 누가 무늬가 정교한 제사용 술잔을 만들 수 있으며, 백옥을 깎아내지 않고 누가 장식용 옥을 만들 수 있겠어요? 단청을 사용하지 않고 누가 색을 칠할 수 있겠으며, 음을 조율하지 않고 누가 음악을 연주할 수 있겠어요? 화장을 하지 않고 누가 얼굴을 꾸밀 수 있으며, 인의(仁義)를 닦지 않고 누가 군자가 되겠어요? 만약 이낭군과 사귀지 않았다면 양낭자의 이름이 어찌 널리 아름답게 알려질 수 있었을까요? 그러니 두 낭자의 말은 모두 일컬을 만하지 않군요. 잠시 멈추고 제 말을 들어주세요. '우리 백성들이 편안하게 사는 것은 모두 그분의 덕이 아님이 없네'[134]라고 한 것은 제 알 바가 아니고, '우물 파서 물 마시고, 밭 갈아서 밥을 먹네'[135]라고 한 것도 제가 알 바 아닙니다. 제가 관심이 있는 것은 오로지 배꽃, 복사꽃, 살구꽃과 시 짓고, 술 마시고, 기생이 있는 곳에서 인간 세상의 고락을 동쪽으로 흐르는 물에 부쳐 보내고, 늦은 봄이면 동자 예닐곱 명과 어른 대여섯 명과 더불어 증자가 바람을 쐬던 그런 것이랍니다.[136] 그렇지 않으면 이 세상에 몸을 깃들일 날이 또 얼마나 된다고 어찌 마음가는 대로 오고 가지 않겠어요?

---

134) 입아증민 막비이극(立我蒸民, 莫非爾極) : 『시경』, <송(頌)>의 '사문(思文)'장에 나오는 구절.

135) 착정이음 경전이식(鑿井而飮 耕田而食) : 요임금 때 한 노인이 지팡이로 땅을 두드리며 천하가 태평하고 백성들이 편안함을 노래한 <격양가(擊壤歌)>의 한 구절.

136) 『논어』, <선진(先進)>편에 나오는 말이다. 공자가 하루는 가까운 제자들을 앉혀 놓고 평소의 포부를 물었더니, 자로를 비롯한 좌중의 제자들은 모두 정치적 야심을 토로하였는데 오직 증점만이 '늦은 봄 좋은 시절에 봄옷을 갈아입고, 젊은 사람 대여섯 동자 녀석 예닐곱 데리고 교외로 나가, 기(沂)의 온천에서 목욕하고, 기우제 터인 무우에 올라 바람을 쐬고 노래를 읊으면서 돌아오겠습니다'라고 대답하였다. 이 말을 들은 공자가 '나도 점과 함께 가고 싶다'고 했다 한다.

부귀도 내 원하는 바가 아니요, 신선이 되는 것도 바랄 수 없으니[137]
도연명이 벼슬을 버리고 고향으로 돌아간 것을 본받겠어요."

> 사람이 만약 백 년을 산다 해도
> 걱정하고 즐거워하는 가운데 백 년이 안 되네
> 하물며 백 년을 다 살기 어려우니
> 백 년이 되기 전에 길이길이 취함이 나으리라

또 이렇게 읊었다.

> 귀 있어도 영천의 물로 씻지 않고[138]
> 입 있어도 수양산 미나리 먹지 않네[139]
> 혼탁한 세상에서 늙어가며 이름 없음을 귀히 여기니
> 고고하다고 구름과 달에 비겨 무엇하리?

"오늘 같은 만남은 참으로 평생 다시 얻기 어려운 것입니다. 술은
비록 없지만 시를 읊었으니 어찌 노래가 없을 수 있겠어요?"
   그리고 노래를 불렀다.

---

137) '이 세상에 몸을 깃들일 날(寓形宇內)'부터 '신선이 되는 것도 바랄 수 없으니(帝鄕不
可期)'까지는 도연명의 <귀거래사>에 나오는 구절. 그러나 중간에 '胡爲乎遑遑欲何之'
가 빠졌다.
138) 허유(許由)가 중악(中岳) 영수(潁水) 북쪽 기산(箕山) 아래에서 밭을 갈며 살
때, 요임금이 천하를 물려주려 하자 자신의 귀가 더럽혀졌다면서 영수에 가서 귀를
씻고 기산에 들어간 것을 말한다.
139) 백이와 숙제가 주 무왕이 천하를 손안에 넣자 이를 불의하게 여겨 주나라의
녹 먹기를 부끄럽게 여겨 아우인 숙제(叔齊)와 더불어 수양산에 들어가서 고사리를
캐어먹으며 숨어살다가 굶어 죽은 것을 말한다.

창랑의 물이 흐리면 내 발을 씻고

창랑의 물이 맑으면 내 갓끈을 씻으리140)

맑고 흐린 것은 자기가 선택하는 것이니

창랑의 물더러 항상 홀로 맑으라 할 수야 없지

두 번째 노래는 이러하다.

구슬 신 신은 귀하신 손님 즐비하고141)

금비녀 꽂은 미녀 늘어서 있네142)

동산에서 은거한 사안143)도 풍류를 즐기고

북해의 재상이었던 공융144)도 술을 마신다네

울 밖 향기 머금은 바람에 꽃 그림자 흔들리고

미인은 얇은 비단옷을 처음 입어보네

살구꽃 성긴 그늘 안에

피리 소리는 날이 밝도록 이어지고

---

140) 굴원의 『초사』 중 <어부사>에 나오는 구절이다.

141) 삼천주리(三千珠履) : 전국시대 때 조나라의 평원군이 힘을 과시하기 위해 사신에게 머리에는 대모잠을 꽂고, 칼집은 구슬과 옥으로 장식하고 가서 초나라 춘신군의 손님들을 보기를 청했다. 그러자 춘신군(春申君)은 식객 삼천 명에게 모두 구슬 신발을 신기고 조나라 사신을 보게 하여 기를 죽였다고 한다. 『사기』, <춘신군전>.

142) 십이금차(十二金叉) : <홍루몽>의 금릉 십이차(金陵十二叉)를 말하는 것으로 열두 명의 재원이라는 뜻으로 쓰였다.

143) 사안(謝安) : 동진(東晉) 중기의 명신 자는 안석(安石). 시호는 문정(文靖). 벼슬하지 않고 동산에 들어가 은거하고 있다가 40세에 이르러 처음으로 관계에 나가서 환온(桓溫)의 사마(司馬)가 되고, 태보(太保)에까지 이르렀다.

144) 공융(孔融) : 후한(後漢)의 학자로 공자의 후예이다. 자는 문거(文擧)로 건안칠자(建安七子)의 한 사람이다. 헌제(獻帝) 때 북해(北海)의 재상이 되어 학교를 세우고 유생을 중히 여겼다. 뒤에 조조(曹操)에게 미움을 사서 피살되었다. 『후한서』 103권, 『삼국지』 12권.

예나 지금이나 크고 작은 한 있어
노랫소리 온 하늘[145]에 들려오네
옛날에 노닐던 일 꿈에 보이니
푸른 하늘 구름에 정을 부치네

세 번째 노래는 이러하다.

옥쟁반에 구슬 굴러가듯
내 마음 정처 없어[146]
배움의 바다에 빈 배 띄운다 해도
낭군의 뜻 따를 수 없네

그대도 즐기며 젊음[147] 머물기 바라니
한 잔 한 잔 또 한 잔 드시길

노래가 끝나자 양파가 처연하게 말했다.

"내가 궁벽한 시골에서 나서 자라 일찍이 번화한 곳을 본 적이
없습니다. 오늘 낭자들이 나를 위해 노래를 해주니 잠깐 사이에 나
눈 덕을 어떻게 갚아야 할지요?"

그리고는 상자 안에서 향기 나는 비단 손수건 두 개를 꺼내 두
기생에게 나눠주며 말했다.

---

145) 삼청(三淸) : 도교에서 말하는 옥청(玉淸), 상청(上淸), 태청(太淸)의 세 하늘.
146) 장조(張潮)의 시 <양양행(襄陽行)>의 구절을 가져오면서 '그대 마음(君心)'을
'내 마음(我心)'으로 바꾸었다.
147) 화년(華年) : 소년의 꽃다운 나이.

"지금 이렇게 편안하게 만난 자리는 참으로 두고두고 잊지 못할 것입니다. 그래서 이 변변찮은 물건으로 제 마음을 표하는 것이지 낭자들 상자 속에 이런 물건이 없다고 생각해서 드리는 것이 아닙니다. 또한 낭자들의 안목에 찰 것은 바라지도 않습니다. 다만 잊지 말라는 뜻일 뿐이니 변변찮다고 물리치지 않으심이 어떠하실지?"

두 기생이 손수건을 받고 웃으며 말하기를,

"마음에 있지 물건에 있는 게 아니지요. 만약 거절하고 사양한다면 우리가 만나서 대접한 모양새가 아니니 받겠습니다."

라고 하고, 각각 인사를 한 후 헤어졌다.

12. 서양바람에 날려간 초옥의 소식

양파의 가마가 예조의 문을 나서자 구경하던 사람들이 찬탄을 하며 정신을 빼앗기지 않는 이가 없었다. 오입쟁이들이 서로 감탄을 하며 말했다.

"양파를 이미 삼켰는데 도로 토해놓아야 하다니 어찌 절통하지 않으리요."

한 사람이 말했다.

"이런 인물을 어찌 여령과 나란히 놓을 수 있겠는가?"

윤 사과가 이 말을 듣고,

"오늘 이형을 위해 괜히 침 뱉고 명령만 했구만."

하니 상진이 말했다.

"아까 소인이 아니었다면 이서방님께서는 반드시 봉변을 당하셨을 겁니다. 그 중 한 사람이 소인에게 '저 양반이 누구냐?'고 해서 소인이 '지금 부원군댁의 이러이러한 분'이라고 말해주었더니 그 말을 들은 사람들이 바람에 쏠리듯 껌뻑 넘어가지 않은 사람이 없었습니다."

안국동에 도착하니 아침밥이 이미 차려져 있었다. 양파의 상이 과연 따로 차려져 있으니 양파가 감격을 이기지 못했다. 밥을 먹은 뒤 각각 담뱃대를 들고 양파와 함께 안으로 들어가 내당에서 외당까지 다 둘러보고 돌아서 '감구당148)'에 이르렀다. 이생이 금박 글씨로 된 현판을 가리키며,

"이게 임금님의 글씨지. 이곳이 바로 예전에 민 중전께서 거처하셨던 집이다."

라고 하니, 양파가 즉시 계단에 내려서서 네 번 절하였다. 또 산정(山亭)에 이르니 기이한 짐승들과 화초들이 좌우에 그림자를 띠고 아래위로 뛰어 놀고 있었다. 이생이 이에 영산홍 한 가지를 꺾어 양파에게 주며 말했다.

"이 꽃을 전날 봉선화에 비교하면 어떠하냐?"

"실로 갓 피어나려는 꽃봉오리군요."

"너와 내가 이 꽃과 같이 활짝 피어나면 어떻겠느냐?"

"낭군께서는 오래지 않아 반드시 이 꽃과 더불어 활짝 피어나실 겁니다. 그러나 저는 이 생에서는 이미 끝났습니다."

---

148) 감구당(感舊堂) : 감고당(感古堂). 감고당 터는 현 안국동 36번지이다. 감고당은 숙종 비인 인현왕후 민씨가 장희빈의 모함을 받아 궁궐을 쫓겨나 6년 동안 갇혀 살다가 환궁했던 곳이다. 뒤에 명성황후가 이 집에서 자라나 왕후가 된 뒤 그 선대 고모의 일을 생각하여 감고당이라 했다고 한다. 인현왕후와 명성황후는 모두 여흥(驪興) 민씨(閔氏) 가문에 속한 인물들이다.

오후가 되어 양파가 돌아가겠다고 하니 민 참봉이 잠시 기다리라고 했다. 조금 있으니 주방에서 진수성찬이 차려진 큰상이 나왔는데, 민 참봉은 하나도 손을 대지 않고 모두 싸서 양파에게 주며 가져가게 하였다. 양파가 백 배 사례를 하고 갔다. 이생이 민 참봉에게 말했다.

"대단하군요, 형께서 아우를 위하시는 것이. 어쩌면 이렇게까지 주선해 주십니까?"

"비단 형을 위해서만이 아니라 그녀의 몸가짐을 보니 이같이 아니 할 수 없구려."

그 뒤, 이생이 소죽동으로 양파를 찾아가니 늙은 양씨가 양파의 방으로 맞아들였다. 서로 마주하니 그 기쁨은 알 만하다. 양파가 말했다.

"낭군께서 저를 사방에 자랑하신 걸 알 수 있겠더군요."

"어째서?"

"지난 번 민 참봉께서 '이는 양파가 아니냐'라고 한 것도 저를 자랑했기에 그런 것이 아니겠습니까?"

이 말에 이생이 웃었다.

4월에 이생이 고향으로 내려갔다가 6월에 다시 서울로 올라왔다. 이때는 서양 오랑캐의 소문이 매우 급박하던 때라 서울의 여러 집들이 난리를 피해 시골로 내려갔다. 양파의 집도 그 중 하나여서 그 이후로는 영영 소식이 끊겼으니 '서양 바람에 날려갔다'고 할 만하다. 이생도 고향으로 내려갔는데 그 다음에 어떻게 되었는지는 알지 못한다. 그 후 중약과 영필에게서 들으니 양파와 중약은 비록 정을 통하지는 않았지만 그 뒤 서로 만나면 매우 친하게 지냈다고 한다. 또 말하기를, "양파가 본 남편을 버리고 어디 떨어져 사는지는 모르겠다."고 했는데 정말 그러한지?

정공보(鄭公輔)가 말했다.

"예로부터 천자가 필부를 벗 삼은 경우나, 대장군이 손님에게 예를 갖추어 절한 경우는 있었다. 그러나 기생이 벼슬 못한 선비를 사귄다는 말은 들어보지 못했다. 양소부는 과연 기생 중 의로운 기운을 지닌 협기 있는 인물이라 할 만하다. 게다가 한참동안 낯빛이 변한 채로 있더니 잠시 고개를 떨구고 눈물을 흘린 것149)을 보면, 세상의 관례대로 대할 수 없는 사람이었다."

> 너른 바다를 보고 나니 냇물을 물이라 하기 어렵고
> 무산의 구름 아니면 구름이 아니네
> 꽃떨기에게 앞뒤 일을 물어보니
> 반은 봄빛 때문이요 반은 그대 때문이라.

<포의교집> 끝

---

149) 169쪽에 나온 장면을 가리키는 말이다.

19세기
서울의
사랑

• 원문 •

折花奇談

折花奇談

折花奇談 序

酒色財氣, 卽士君子之所難也. 或有盜飮甕間之吏部, 或有醉眠市上之學士. 或有偸香之韓壽, 或有媒葉之于佑, 有一費萬錢之相, 有一擲百金之卿. 有死不悔之荊卿, 有骨猶香之聶政. 此皆因其嗜慾之所萌, 而且是豪尙之所由成也, 自古以來, 英豪貴賤, 莫不由於四垣之中. 有殺其身不悔者, 有亡其家不顧者, 以逞一時之慾, 事反無聞焉, 與古之人, 不可同日語矣.

奇聞异觀, 終古何限, 而若所遇非其人, 則泯滅而無傳焉, 可勝歎哉! 今此折花之說, 卽吾友李某之實錄. 詳考一篇旨意, 則大略與元稹之遇鸎娘恰相彷彿. 其曰一期二約三會四遇, 竟莫能遂. 其曰鸎也之自媒, 與紅娘之解饞, 遙遙相照. 又與金瓶梅之西門遇潘娘太相類似, 其曰三件難事, 難且又難. 曰靑銅銀佩之說, 與王婆之口辯無异. 奇哉! 千載之下, 其下說論事, 若是近之. 其中反有勝焉者, 吾友之痛絶鸎也, 百忙中能扶彛倫之綱紀. 梅且傷夫之拙而未之爲害, 無乃今之人遠過於古之人耶?

吾友信人也. 自齠齔之歲, 想像其所以爲人也, 則雖有泛湖之女, 採桑之姝, 莫之動也. 而今因一閭巷賤婢, 如此委曲勤勤. 古語云, 色

不迷人人自迷, 其果人而自迷耶? 色而迷人耶? 其中間詩律詞閱, 頗
有古體, 其序次來歷, 如在掌中, 亦可謂靜中一唉之資. 而滿篇都是
眼穿腸斷心灰意涸之句, 則是女也, 果是月津楚岫之後身耶? 果是
花狐狸粉髑髏之像, 而吾友之迷且甚耶? 使梅作執佛之妓, 則吾友
果有楊素之風流乎? 使梅作洛水步月之姬, 則吾友亦有子建之羔儀
乎? 春猶不偕, 至于夏, 而能遂其願, 則此梅之飄殘可知. 井邊一面
如隔弱水, 屋裡相見, 如夢初惺. 前而焂忽, 後而冷落. 事始偕於十
逢九遇之後, 今以後, 始信天緣之所在. 惜乎, 莫如痛斷於未遇之前!
然, 猶幸自絕於一見之後也.

南華散人識

情有不可知者, 事有不可測者. 不可知而有不可忘不可終者, 不可
測而有不可究不可盡者. 是故, 情出乎緣, 事山乎機. 無緣情可由生,
無機事何從起乎? 機有微而後事作, 緣有萌而後情動. 其動於機, 作
於緣者, 亦莫非人之所由生也. 是以, 禍福無門, 惟人所召. 然則, 好
惡是非, 莫不不由於人, 利害苦樂, 亦莫不不由於人. 故, 黃金白璧,
適足爲喪命之祟, 富貴功名, 適足爲滅名之窠. 因牛飮之醉而失邦,
因狐媚之色而焚身. 喪其命, 滅其名, 失于邦, 焚乎身者, 不知其漸之
所由, 而浸浸然, 自歸於無何之境也. 自歸於無何之境, 而尤不能發
禁操妄者, 卽尤物也. 及其萬丈慾火, 際乎天地之間, 千層洪濤, 汎濫
方寸之內, 勢如累卵, 而不知其危亡之接踵, 急如燃眉, 而不知其禍
網之壓頭. 仁智勇畧, 迥出一世之上, 而亦莫能返轍復路, 終須入於
向所謂浸浸之境而後已, 可不懼哉!

<折花奇談>, 卽余丁年所由閱歷者也. 敍其事, 記其實, 不過閑中

翫覽之資, 而文不聯脉, 事多間空. 質諸吾友南華子, 南華子改銊篇
次, 又從以潤色之. 雖吾親履之事, 而其腐心相思斷腸難忘之情, 句
句活動, 字字耿結. 或有掩卷太息之處, 或有心痒眼酸之句. 一期二
違, 二約三失, 如鬼弄揄, 如天指導. 今以後, 方知色之所媚人之易惑
也. 且序文之勗予心者, 多矣, 自今以往, 改圖革舊, 反非入是者. 莫
非吾友賜也.

石泉主人自序

第一回　李家嫗媒結朱陳綠, 方氏鸞打破陽臺夢

南華子曰: 上下六篇三題, 見面者爲九, 有約不偕者爲六, 假夢者
爲一, 眞夢者爲一. 眞心相思, 假夢相接, 假心自絶, 眞夢忽圓. 先有
意而自媒於嫗, 後有意而自絶於嫗, 以一李生而有自媒自絶之文. 先
有心而納媒於生, 後無情而峻斥於生, 以一老嫗而有納媒峻斥之文.
李生之無心酬酢, 鸞婢之有意含嬌, 有一眞一假一進一退之文. 而老
嫗則認假爲眞, 以虛爲實, 虛實眞假, 在在伏線, 遙遙補綴. 不自絶而
使之自絶者, 鸞也, 痛自絶而亦能自絶者, 生也.

南華子曰: 梅之一見, 以生自媒, 梅之再見, 又以生自媒, 自媒兩
遭, 遙遙相對. 嫗之一期爲眞期, 生之一失爲眞失. 一夢而似眞非眞,
眞見而似夢非夢. 夢果眞而覺來, 有長相思長歎息之文, 眞見, 而有
酥胸蕩樣玉膚潤滑之句, 前後中終, 間間相對, 遙遙相連.

銀珮同是佩也, 同是銀也, 有自小奴自負之心, 又有自小奴還推之
事, 又有老嫗袖來之喜, 又爲李生贄見之幣. 先有得失, 後有授受. 一

佩之爲一緣, 一奴之爲再媒, 一嫗之爲三媒. 一生之爲一得一失, 二得三傳而後, 始爲會合場, 信物者, 豈偶然也哉! 物有有意之信物, 期有有信之佳期. 曰:一難二難三難, 曰:一見二見三見, 嫗之難乎云難者, 非眞難而乃假難, 難爲言也. 生之見乎見云者, 乃眞見. 而眞見之中, 亦多難見難忘之情也哉!

壬子年間, 有李生者, 僑居于帽洞. 生得俊雅, 風彩卓异, 頗解詩文, 亦一代之才子也. 不事家産. 旅食于隣居李, 李亦閥閱人也. 那家有一坐石井, 朝暮井前, 一洞又鬟, 無不聚會, 汲水一庭, 物色頗有可觀焉. 有一箇佳人, 名曰:舜梅. 年方十七, 顔不藻餙, 而千態無欠, 身不粧束, 而百媚俱生. 其若柳腰桃頰, 櫻唇鴉鬢, 眞絶世之秀色. 見爲方氏又鬟, 適人加髢者, 已有年矣. 李生一見其容, 魂飛意蕩, 不能定情. 然, 蓬山如隔萬重, 謾吟高唐之賦, 難媒陽坮之夢. 悟焉思服, 悄然銷懷.

一日, 蒼頭以一隻畵竹銀佩, 來告曰:

"此卽方婢衿纓中物也. 小僕權典此物, 伏願相公替藏篋笥."

李生暗自歡喜曰:

'佳人佳物, 不期入手. 或者邂逅之約, 從此有可階之望矣.'

一日, 那梅身穿着淡裳輕裙, 頭戴小盆, 手提轆轤, 遙遙飄飄, 來到井邊. 于斯時也, 情愈難禁. 李生以言微挑, 次出銀佩示之曰:

"是誰之玩耶?"

舜梅驚且問曰:

"此卽小婢愛玩之物也. 曾已質典小奴, 胡爲乎落在相公之手乎?"

李生笑曰:

"苟若汝物, 則吾當還爾否?"

舜梅正色對曰:

"旣乎質焉, 則豈有無文還原之理乎?"

李生情不自禁, 仍言曰:

"不期一佩已結芳緣. 人生譬如水中漚草上露! 靑春難再, 樂事無常. 幸無慳一夜之期, 得遂三生之願, 如何?"

那女含笑不答, 汲水飄然而去. 生惘然無聊.

一日, 李生與隣友, 睹飮于李家. 原來, 李家有一老嫗, 好事而利口, 賣人場中, 自來老熟手段. 酒至數巡, 李生從容謂曰:

"方氏又鬟. 嫗其知之. 爲我紹介, 各得一宵之緣, 則必重報母矣."

老嫗對曰:

"難哉. 是女有自貞之節, 非老身之鈍辭强辯所可誘也. 漢江之水, 何日得堅? 願無以無益之說, 徒費心懷也,"

李生勸解甚勤, 而老嫗之心, 去益難回. 生悵然歸來, 獨倚欄頭, 忽聞跫音, 自遠而近. 嬋娟形態, 果是意中之人也! 燕懶鴬慵, 直向井邊, 生歡天喜地, 動問殷勤. 舜梅一笑不答, 飄然汲水而去.

此時, 正當春夏之月也, 井梧陰濃, 盆榴花爛. 燕語鴬聲, 如助愁人一層之思, 遂吟一絶, 以暢心懷, 詩曰:

一樹梅花春欲闌

有情人倚玉欄干

尋香戱蝶還飛去

夢斷羅浮月影團

把筆題罷, 咏過一篇, 瑞墨斑斑, 寫盡滿腔情思, 只切有意莫遂之歎. 終宵耿耿, 昧爽, 攬衣而坐, 忽聞囱外, 有琅然跫音. 驚起視之,

卽李家酒嫗. 生曰:

"早來訪問, 慰感良深. 昨日之言, 果能記諸心頭乎?"

嫗曰:

"老身何惜一言報答相公殷勤之情, 而此事有三難. 梅女之賦性愷潔, 身賤心貴, 不可奪志者, 一難也. 有母弟曰:干鸞, 嗜酒貪色, 善小惡多. 梅女之進退儔張, 專在於此女. 梅可說, 鸞不可說, 此二難也. 有同舍禆福連, 淫佚善辯, 善伺人之動靜, 言未孚. 而事反覺, 則爲害於老身者, 多矣. 此三難矣. 然, 三難之中, 有一不難之事. 語曰: 六字孔方多焉多, 則美酒焉, 鉗制鸞口, 物色焉, 啗利蓮心. 從中用事, 庶乎其十止一二可得也. 以東谷方進賜之豪富, 以廟洞李相公之風流, 願媒梅婢者, 屢矣, 老身隨口隨應, 未曾獻一策謀一計. 然, 知相公爲眞實君子人也. 今使若干靑銅, 以付老身, 則請爲相公試之."

生曰:

"此誠不難. 嫗其力圖."

卽探授楡葉, 密密付囑而去.

過數日, 老嫗復來, 動問曰:

"梅婢之銀佩, 質在相公云, 然乎?"

生曰:

"然. 老嫗何由聞之?"

嫗曰:

"梅女有得銅還原之意, 故知之矣."

李生曰:

"我欲一佩要媒一見, 嫗其爲我去試一試."

嫗因頷可而辭去. 生心切自負, 自以爲佳期之必偕. 後數日, 蒼頭忽來, 覓銀佩. 生心猶赵趄, 不能措一語, 悵然出付, 只恨老嫗之無

信. 是夜, 点燭獨坐, 思想益切. 遙望倒索, 靑鳥不來, 回首藍田, 玉
杵無跡. 欠伸嗟歎, 徙倚繩床, 忽有嬋娟佳人, 琅琇進來. 啓丹唇吐
香語曰:

“妾乃卑賤之女. 卽君何奈自惱之甚耶?”

生歡甚喜極, 執手相款, 仍說破相思情事. 隨卽解去榴裙, 斜偎鴛
枕, 脉脉相看, 有情難盡. 生卽之戲焉, 一叩不應, 再喚不來. 忽欠身
驚覺, 則乃南柯一夢也. 曉鷄催唱, 孤燈明滅. 窈窕儀形, 宛在目前,
欲忘難忘, 不思自思. 仍展雪牋, 握霜毫, 題一捻紅一関. 詞曰:

長相思長歎息
恨鎖寂寞春
洛水巫山何處
燈前斷腸人
相思摠成虛夢裡
相思摠成虛夢覺
淚如兩淚盡愁
對星月間間疎

生自是之後, 一身萬念, 都係着那女. 度一日如三秋, 嗟歎佳期之
婉晚. 過旬有餘日, 老嫗來訪. 生喜甚, 與之茶罷, 生曰:

“嫗其不辭爲柯人之勞, 而一去無聞. 若過數日, 則其將訪我于枯
魚之肆. 嫗之此來, 果有眞傳消息耶?”

嫗曰:

“老身敢不力焉, 而自有掣碍, 尙爾遷就. 使郞君貴體, 致有虧損,
歉悚無已. 曩日銀佩之還推, 不由於老身, 嫌其有違蹊徑. 使之結者
解之, 欲其遠嫌於他, 而無得探幾故也. 今者, 梅女有緊需所費, 更以

銀佩爲質請債. 故, 老身今玆袖來, 伏願相公從願特許, 無失一見之媒也."

生翫弄銀佩, 猶自愛惜不已, 卽以靑蚨若干, 付諸老嫗曰:

"不敢典物爲債而留佩. 其意有在畢竟, 事不落空, 則幸矣."

嫗應諾而去. 生收拾佩物, 藏諸篋笥, 以待老嫗之回. 後數日, 老嫗更來, 笑且言曰:

"事將偕矣. 人之所願, 天必從之. 老身勤勤唇舌, 利害多說, 則那女得聞相公前後殷勤之情, 欣然許之. 可知天緣之在此. 當以某日乘昏, 老身當奉邀相公, 相公惟當屈指以待也."

生喜不自勝, 卽以一大卮奉酒爲賀, 老嫗辭去. 生自是渴望老嫗之請邀矣.

一日, 生有事鄙外, 朝出信宿而還, 老嫗路迎相謂曰:

"可惜可歎! 昨夕, 梅女乘間來訪, 故, 隨卽來邀相公, 則相公業已出他. 一誤良緣, 可惜可惜! 梅婢與老身, 睹飮數觥, 剪燭款情, 空費一夜. 使雲雨深盟元央好夢, 竟歸於虛套, 豈不可惜哉?"

生聞言心神怳惚, 若墜淵崖. 近前謝嫗曰:

"閱日勤意, 竟至於摸聲捉影. 今焉追思, 徒傷情懷. 自今之計, 惟在再晑之期, 嫗其力焉, 無使心焦意燥也."

嫗領諾而去.

光陰如流, 九秋已盡, 仲冬又屆. 朔風瑟瑟, 凍雪霏霏, 正値月晦之夕也. 生倚欄遠望, 悄然鎖懷. 忽老嫗近前附耳曰:

"梅婢已在老身之所, 竚待相公者, 久矣."

生喜極如狂, 出門尾嫗而去. 時當初更之候也, 囪櫳寂寞, 孤灯耿滅. 生五步作三步, 忙忙進前, 啓戶相見, 歡喜可掬, 抱住雙手, 摟定裙裳曰:

"梅兮梅兮, 何其無情之至斯乎? 吾之愁腸寸斷, 思心屢灰. 幸不致妖廟之火, 只爲今日之一見, 而天借便隙, 人得遂願. 雖死今時, 猶不爲恨. 老嫗之一端喜說, 頓開我霧心雲懷, 若瓊漿之沃肺, 金篦之刮膜. 許多日許多之情, 不可以言語說盡也."

舜梅歛袿對曰:

"郎君之眷戀不忘, 妾亦知之. 雖鐵腸木心, 豈無感動乎心哉? 然, 郎君自有婦, 賤妾亦有夫. 羅敷自靖之節, 恨不相守, 文君自媒之行, 固所甘心. 以思切, 未及見之, 郎君猶且唾罵而遠之. 妾顧何敢擧顔納媚於相公? 而妾以菲薄之資, 猥蒙相公之眷愛, 萬端勤意, 一向難孤, 黽勉從順. 有此靜女之俟, 實多涉溱之嫌也."

遂與之盡情相款. 老嫗備進酒饌. 生飮了數觥, 紅潮微上, 春風滿面. 生戲謂梅曰:

"一佩銀玩, 先自蒼頭, 後從老嫗, 或不期而自至, 或營求而更來. 先後遲速, 都做出一宵芳緣. 想是此物, 故爲爾贄見之禮. 今吾相見, 當作吾送幣之物, 則豈不好哉!"

生卽於囊中, 探出銀佩, 佩諸衿前, 一玩再翫, 喜笑琅琅. 梅曰:

"郎君之勤意, 不可孤焉, 故, 敢此乘間, 來踐是期, 然如臨深淵, 如坐針氈, 心如中鉤之魚, 身若驚彈之鳥, 小須更, 不敢弛情放心. 猙夫姑未出家, 見今充爲丞相府差. 其行止能泛鍾無拘. 若踵尋到此, 禍將不測. 莫如趁早歸家, 以謀再期, 恐涉無妨也. 生曰:

"汝旣到此, 如此良夜, 不可虛度. 雖有許多難事, 自有老嫗方便, 汝勿憂疑. 更進數盃, 以暢樂事."

因解去裙帶, 弄手探戲, 酥胸蕩漾不定, 玉膚潤滑難試. 一進一退搏弄, 得千般萬回, 烏雲乍歪, 粉臉暫燸. 陽臺片夢. 正在頃刻須臾之間, 忽有一人, 剝啄叩門, 大聲呼曰:

"梅乎安在?"

定不知佳期如何. 且看下文分解.

第二回　雙鴛打破兩遭夢　一鸞媒得三盃酒

南華子曰: 以梅而有自踐之約, 以媼而有自生之招, 以生而有待梅, 梅且至矣, 以梅而有待生, 生且至矣. 上下相照, 前後相對. 以梅而有典佩之緣, 以生而有贈佩之約, 有靑天白天, 難難又難難之說, 又有灞橋庾嶺梅, 梅又梅梅之說. 上元佳節之約, 自梅而說, 且丁丁寧寧, 冷節淸明之期, 自媼而說, 是明明白白. 媼之病, 梅之病, 或先或後, 老媼之忽焉中道而拒絕, 李生之猶且見訪於旣絕, 曰三難之計, 反成遠交近攻之策, 曰一梅之緣, 忽提意表言外之人, 生之信也, 固信士也, 媼之試生, 固智囊也. 以生而無心乎鸞, 以鸞而有意於生, 以媼則有意無意, 有心無心, 正所謂落花有意隨流水, 流水無情戀落花者也.

那時, 呼門之人, 非是別人, 乃梅之母弟干鸞也. 舜梅驚起, 推門而出, 干鸞面前責曰:

"爾夫今纔還家. 爾且不在, 問諸前隣後屋, 杳無踪響, 今吾推尋到此. 汝須火速歸去也."

舜梅低聲對曰:

"老媼爲我, 蒸糕留連, 其勤權此小遲. 望叔母無訝也."

相與聯袂而飛也. 似進去, 老媼倉黃喘急, 自內跳出曰:

"郞君! 郞君! 事已至此, 亦將奈何? 鸞婢慧黠者也. 疑房中有人, 而未之究焉, 或慮見事之遲也. 今若慫慂厥夫, 唐突來索, 則禍事出矣, 相公急速隱避, 以防不虞也."

生正値佳期之中散, 方痴呆半晌, 坐如木偶泥塑. 及聞老嫗之言, 又加一層禍色. 步出庭前, 街鼓三傳, 星斗交輝. 冒犯金吾, 尾嫗出門. 緣屋循墻, 輕步至家, 兩門猶不關矣. 進至中堂, 明燭危坐, 念及俄間事端, 怳如一場夢寐. 未及見而思益切, 已之見, 喜極忽焉散, 而憂愁之外, 又有危怖之情. 身蹈虎穴, 自犯夜禁, 思之及此, 還不覺凜然. 從此好約, 便成浮雲, 强自寬懷, 置諸忘域, 而亦不可得也. 仍出文房四友, 拈出四韻一首, 以寓相思之情. 其詩曰:

相逢密密訝眞仚
一別快快似斷弦
有意欲成連理樹
多情難作並頭蓮
休言容易桑中約
虛負殷勤月下緣
怊悵可憐相思處
愁人依舊夢嬋娟

生題畢, 偃臥床褥之上. 掩睫則梅婢輒在眼前. 山情海意, 未酬萬一, 猶自口頭, 咄咄作歎. 如是, 挨過數日, 一日, 往問老嫗, 老嫗迎謂曰:

"曩日之事, 危機甚多, 幸而不露. 俄見梅婢, 則願邀相公一面. 故, 老身正要往拜相公矣. 相公不請自至, 可謂見機而作也. 今小留坐, 老身當走, 囑梅婢矣."

仍卽趁往. 生獨倚囱櫳, 延望久之. 俄而, 有曳履之聲, 自遠而漸近, 臨戶啓笑, 軒然進來. 身着半新不舊之緣紬小衫, 腰繫軟藍裙子. 天然資質, 一層更媚. 生耽耽不能相捨. 仍備述日前危境, 梅曰:

"同舍諸人, 無不見疑. 以月晦故, 食糕爲托, 善辭彌縫矣, 今日相見, 恐不無耳目之煩. 暫相會面, 欲敍曩日驚散之由, 而一致委曲之情也. 今月念之一日, 卽主家忌辰. 那夕當圖隙出來, 卽君愼勿相負, 先來待妾于此也."

生亦再三丁寧, 戀戀相別. 生辭嫗到家, 屈指待期. 及期而往見酒嫗, 則酒嫗笑曰:

"甚矣, 梅女之難也. 蜀道之難, 難於上靑天, 今者, 梅女之難, 難於上白天也."

生驚曰:

"何謂也?"

嫗曰:

"老身今自梅所而來矣, 那夫乘醉到家, 使氣狂揚. 梅女以目送之, 今夕之約, 又不偕矣. 亦將奈何?"

生歎息欷歔而返.

一日, 生坐倚欄頭, 與客對話, 老嫗戛過欄前, 目視而去. 生會其意, 隨卽正衣冠, 直抵嫗家, 梅女已在房中, 待之久矣. 進前執手, 歎息謂曰:

"爾是何樣物也, 能割盡丈夫之肝腸乎? 有約不來, 不如不相見. 不相約之爲愈也. 爾是何樣物, 何等人也, 其將使我去作北邙之魂耶? 其將使我去作黃壤飮恨之人乎? 萬斛塵渴, 已生胸中, 千層火焰, 已燒心肺. 除非爾起死回生之術, 無有更起爲人之日. 爾其憐之悲之."

舜梅動容對曰:

"以妾思郎君之心, 亦知郎君戀妾之心也. 妾雖賤流, 亦有人性, 非不知郎君眷戀之情. 而一身之不得自由, 勢所然也. 蒲柳之質, 配玆但噲, 雖暫爲歡, 每切賦命之歎, 一自見愛郎君之後, 惟有事齊之誠, 頓無事楚之心. 遇事無心, 見食忘飯. 一身一念, 都注於郎君身上. 每當皓月透戶, 凉風動簾之時, 銀河耿耿, 玉宇迢迢. 醮樓禁鼓, 一更纔盡二更鼓, 別院寒砧, 千搗將歇萬搗起. 于斯時也, 斷鴻叫盡, 思婦情懷, 孤燈偏照, 佳人長歎. 斷腸相思, 流泪相望, 歎今生輕薄之娛, 期後天巾櫛之奉. 心焉如燬, 夢且難忘, 身焉憔悴, 衣帶日緩. 以郎君一日之愛, 成賤妾終身之憂, 恩與怨仇, 情反爲讐. 此生此世, 此恨難洩, 但願一死, 而爲犬爲馬, 以報郎君委曲之情也."

言畢, 仍掩袂泣下, 但見柳葉眉間, 含着兩恨雲愁, 桃花臉上, 完帶風情月意. 眞所謂嬋娟皓月無定態, 浪藉弱雲不禁風. 其萬種妖嬈, 千般旖旎, 不可盡記.

生悲喜交極, 近前慰撫. 忽, 一人自外傳呼曰:

"梅兄安在?"

舜梅驚起, 拂手而去. 原來, 那人卽梅之弟舜德也. 舜德問曰:

"兄且胡爲乎? 白地裏, 做得何件事耶?"

梅曰:

"因閑無事, 偶來講話耳."

卽與之聯袂而去. 生屛息房中, 俟去遠起來, 悵然出門, 如有所失.

歲色荏苒, 又當除夕. 往見酒嫗, 而告之曰:

"此歲將盡, 佳期屢違, 萬端懷思, 無以寬抑. 今有一物相贈者, 嫗其爲我, 暫使通知也."

老嫗卽領命而去, 那梅卽與老嫗, 先後踵到. 生一見, 歡喜過望. 生卽以細紅銀粧玉佩與之曰:

"此乃北胡之弟一肆中物也. 銀取其潔, 玉取其潤. 日夕衿前, 玩去玩來, 無忘此心, 是企企."

舜梅接手玩覽, 極盡侈巧, 以綠藍繭絲, 緊結同心兩條. 梅女藏諸
胸前, 感謝不已. 仍起而辭曰:

"舊歲舊約, 已成弄影, 新歲新情, 當有定期. 郎君幸勿傷懷."

遂称百福, 飄然辭去. 生長歎一聲, 茹恨歸來. 是日卽除之夕也. 萬
戶之桃符換新, 千家之爆竹除舊, 泥牛擊破, 彩燕呈祥. 乃甲寅新正
也, 生往問老嫗曰:

"除日相見, 以上元夜爲期者, 丁且寧矣, 嫗其爲我, 更探以來也."

老嫗去卽還曰:

"望日則當如約云矣."

生且信且喜, 屈指以待矣. 是時, 御駕南巡華城回鑾, 適在上元之
日. 金吾多嚴, 士女早定, 生或慮事不如意, 及期而往叩老嫗, 則老嫗
曰: (未見蹇馹, 青衫依依, 初逢驛使, 故園迢迢)[1]

"梅乎! 梅乎! 灞橋上臘梅乎, 庾嶺之春梅乎, 五月江城落梅乎, 其
案七兮摽梅乎. 今夕之約, 又爲舛差. 非老身之不力焉也, 亦將奈
何?"

生曰:

"中道改約, 胡爲而然也?"

老嫗曰:

"士女不得擅出擅入, 且猂夫守傍不離, 勢也, 奈何?"

生曰:

"天上月圓, 人間無事, 如此良宵, 不可虛度. 佳人佳約, 又不如意,
其將使我甘作西山之餓鬼乎?"

老嫗慰曰:

"郎君愼勿惱焉. 開月初六日, 卽禁烟冷節. 那時鸞蓮兩女, 前期上

---

1) 원문에는 미주(眉註)로 되어 있으나 괄호에 넣었음.

墓, 獨留梅婢看家. 那時當圖好便, 伏願相公努力相待也."

生悵然歸來, 只待冷節之回. 於焉之間, 節日已屆, 正所謂淸明時節雨紛紛, 路上行人欲斷魂之時也. 生往叩老嫗, 老嫗臥病有日. 生動問輕重, 老嫗呻吟對曰:

"老身偶感風寒, 委席屢日間, 不得往詢消息. 相公稍待老身之差病, 更圖後期也."

生急急慰問, 恨歎歸來. 挨過旬有餘日, 又往見嫗, 嫗曰:

"昔疾今愈, 其間欲一往問梅婢. 而梅亦病且臥者有日云. 相公許以病資相需, 則老身當往探以來也."

生卽以如干靑銅付之. 自是之後, 生屢往老嫗, 往輒多違. 過月餘復往, 則老嫗十分怒氣, 咆哮作色曰:

"到今以後, 相公更勿以梅婢之說, 說到老身也."

生曰:

"今因何故, 而嫗之薄情, 一至於此乎?"

(不覺口角生涎,)[2] 嫗曰:

"姑捨大梅小梅, 以相公之故, 老身空然見疑於盜娼鸞蓮之輩. 以相公頻來老身之家, 故傳說浪藉, 五口作說, 十口喧嘩, 老身以垂死之年, 有何大事小事, 而若是見疑於人乎? 老身專爲相公勤勤之情, 而出半臂之力, 以圖三數之會, 而亦莫能遂其志, 則天緣之定不在此, 亦可知也. 此後, 更勿以梅婢等說, 說到老身也."

說罷, 辭色甚厲. 生再三勸解, 萬無回心之望, 怊悵徘徊, 無聊還來. 是時正三月暮春之望日也. 綠柳枝頭, 黃鸎喚友, 紅杏花上, 白蝶紛飛. 處處脩蘭亭故事, 人人追咏歸遺風. 於是, 上命閣臣諸臣, 賞花翫柳於禁苑, 玉漏初下, 夜巡無禁, 滿城士女, 無不聳喜觀瞻. 生與二

---

2) 원문에는 미주(眉註)로 되어 있으나 괄호에 넣었음.

三諸盆, 乘輿帶月, 睹飮酒樓, 第五橋頭, 月色如畫, 上林苑上, 仙樂
迭奏. 生對景關情, 一心難忘. 卽告別諸友, 徑到家巷, 轉至老嫗. 時
夜將半, 四無人跡. 排門直入, 老嫗驚問曰:

"相公唐突犯夜, 深更到此, 有何緊事耶?"

生曰:

"久不見老嫗, 思心益切, 今來, 特一相逢, 暢飮盃酒, 一以慰嫗,
一以慰懷. 老嫗何乃薄情之甚耶?"

老嫗謝曰:

"相公之今來, 爲楚非爲趙也. 何必老身爲哉? 然, 深夜到此, 敢不
鳴謝乎?"

卽以盃酒, 與之相勸, 生停盃笑曰:

"老嫗之前後勤意, 銘心感骨. 而忽焉中途, 而磊磊落落, 此絶旣調
之絃, 而沈未濟之舟也, 驥尾之蠅, 半途失附, 尺地之虫, 竟日無功,
豈不可惜乎? 惟望老嫗更發善心, 以濟濱死之命也." (口不啞則幸也)[3]

老嫗沈吟對曰:

"老身近得耳聾之症, 大語細語, 都不聞得. 相公再次說去也."

生更得高聲道盡, 老嫗始得五分省悟曰:

"老身之勤托, 在於不提道梅之一字. 而今者, 郞君果聽老身之戒,
不曾說去一梅字, 郞君亦可謂信士也. 然, 不提梅字, 而句句言言, 無
非盡出梅也, 字字說說, 都是不忘梅也. 郞君可謂滑諧雄辯之士也.
郞君之誠意, 實是可矜. 今有一件可試之計, 未知相公其肯許否?"

生曰:

"計將安出?"

老嫗曰:

---

3) 원문에는 미주(眉註)로 되어 있으나 괄호에 넣었음.

"今有一計, 范雎所謂遠交近攻之策也, 百里所謂假途取虢之計
也. 干鸞之爲人, 有酒輒醉, 有言必從. 老身當致之室, 而請邀相公,
相公先辦美酒佳肴, 與之暢飮相款. 見之以些少人情, 彼必阿附於相
公. 相公外若柔軟善接, 內實借廳入室, 則彼必感恩. 然後, 行吾所
願, 而事或泄漏, 不至大段深責. 未知此計如何?"

生喜曰:

"老嫗可謂智囊意帒也. 三寸肚裡, 能藏這般變約機關! 若使老嫗
生乎三國之時, 足可爲女謀士."

卽以孔方多少, 付諸老嫗, 以爲辦備之需, 生辭嫗到家. 翌日, 生拂
衣彈冠, 濟濟楚楚, 而至老嫗, 老嫗方與干鸞對坐, 言笑琅琅. 生進前
相見, 鸞曰:

"相公曾不會飮, 胡爲乎酒肆來乎?"

生曰:

"余固不善飮酒, 而與爾睹飮, 則雖十大碗, 吾不辭矣."

老嫗卽以肴盤酒壺, 奉置堂中. 生呷了一盃, 以餘瀝, 傳給鸞婢, 鸞
婢一口飮盡, 隨卽滿斟一盃, 奉獻于生. 眞所謂三盃花作合, 兩盞色
媒人. 生洗盞更酌, 以授鸞曰:

"語曰:一盃人事, 二盃合歡, 爾其飮此, 爲我出一臂之力."

鸞停盃笑曰:

"妾有全身之奉, 一臂之說, 是何言耶?"

老嫗在傍目視, 生笑曰:

"吾醉甚失言. 幸勿見訝."

干鸞只自增嬌含媚. 生佯醉告辭, 干鸞亦隨以退去. 翌日, 生往見
老嫗, 老嫗曰:

"昨日鸞婢一心, 只在相公, 相公其先圖之."

生怒曰:

"謀其姪, 又媒其姨, 禽獸之所不爲也."

嫗笑曰:

"前言戲耳. 昨日, 果以誕辭誘說干鸞曰: '後宅相公, 一要娘子'云云. 則初相故意牢拒, 後乃快許曰: '吾非閨裏寡婦, 何害爲東墻之女乎'云. 相公此後, 若逢鸞婢, 則必外面粧撰. 無使鸞知機於中. 自有將計就計之道, 愼勿違誤也."

生假意承順, 自是之後, 鸞女無日不會于嫗家. 或奉邀殷勤, 或路迎諂笑, 好事場中, 成一魔障. 生厭悶不已, 嫗曰:

"此計反有相妨外掩之計, 莫良於此也. 晝無其便, 夜實多暇, 老身當圖之矣. 相公少勿憂疑."

一日, 嫗告生曰:

"明日鍾曉, 梅婢必來踐約, 相公以待鐘鳴而來也."

生再三當付而還. 是夜, 生攬衣挑燈, 只恨五更之太遲, 無半点睡. 思亂抽詩秩, 朗唫數篇, 仍題桂枝香一関. 詞曰:

月貌花容可憐也

應靑春不上二旬

黑闔闔兩朶烏雲

紅馥馥一点朱唇

可惜出世做下品

但使改嫁從良

何似棄舊從新

蛩聲露色驚曉枕

淚濕雙元央雨澁

燈花不成眠

殘更與恨長

不見凌波步

空想如簧語

門闌重重疊疊山

遮不斷愁來路

俄而, 晨鷄催呼, 街鼓遠撤. 生攝衣而輕到老嫗, 老嫗猶自明燭以待. 生進入問曰:

"梅婢尙爾不來乎?"

老嫗曰:

"丁寧爲期. 而街鍾纔撤, 相公少焉留待."

生倚門延佇, 査無影響, 望眼欲穿, 愁膓欲枯. 語曰: 待人難待人難, 今夜之待人, 別樣難矣. 更進一盃, 聊以寬懷, 忽聞窓外, 有叩門之聲. 暗地裏, 猶卞嬌聲好音. 生忙步啓戶, 抱持同入, 未及坐定, 一塊倔强, 且笑且言曰:

"梅乎! 梅乎! 何其無信之至斯乎? 若遲數刻不來, 吾將發病死矣. 天上人間, 何往何去, 而今始來到乎?"

梅曰:

"往事言之無益. 今曉之來, 只爲踐約而來, 無使郞君懸望也. 同舍諸伴, 幾乎知機. 且東方已明, 屬耳可懼. 明日必於鷄初鳴, 當潛身到此, 郞君亦必先到等待也."

梅卽忙忙辭去. 生勢無奈何, 歎息相送曰:

"愼勿如今曉爲也."

梅亦頷可而去. 是夜, 生又展轉不寐. 至夜久, 方睡了一回, 驚起視之, 則東方已白. 生滿心忿恨, 啓戶觀看, 正所謂非東方, 卽明明月之光也. 生出步庭前, 怡然徘徊, 不覺幽興之自發. 卽散步直抵嫗家, 月籠花腮, 風動柳眉. 隣狵閑吠, 街鼓尙傳. 生暫憩廡下, 而已, 鷄鳴漏盡. 生前呼老嫗曰:

"睡否?"

老嫗出迎曰:

"相公, 相公! 昨夜, 火事出矣."

生驚曰:

"是何言耶?"

老嫗笑曰:

"相公小坐. 老身當詳告矣."

不知火事有甚緣故, 且看下文分解.

第三回 老李能接早梅 媒鸎還作魔鬼

南華子曰:

"月老赤繩之說, 載在方冊. 有曰: '三生有緣, 則雖萬里隔絶, 貴賤懸殊, 必與之相合,' 其說信耶? 否耶? 如蕭史之玉簫, 裵航之雲英, 相如之文君, 韓壽之賈女, 足爲風流場題目. 而其他天緣人緣之奇逢异遇, 不可殫記, 則夙約定緣, 亦有所由從而然耶? 然則桑中之期, 城隅之竢, 亦云乎, 天緣人緣乎? 否乎?"

曰:

"是亦緣也. 是故, 有一時之緣, 有百年之緣, 聚散離合, 專在於有緣無緣. 是故, 有先遲而後速者, 有後期而先偕者, 此亦緣也. 是亦緣也, 故曰: 人之所願, 天必從之. 定於天而後發於事, 發於事而後成於人, 定於天成於人者, 亦莫非天緣之所由定也, 豈人力之所可强哉?"

南華子曰:

"媼之言曰:‘天緣之定, 不在此, 可知,’又曰:‘天緣之定, 在此, 可知,’以一老媼說, 是反反非非. 聞房中之嬌音嫩聲, 方知梅之已在, 而及其相見, 非梅伊鸞. 是何作者之約耶? 生旣自絶, 自絶之後, 猶且眷戀, 痛斷之後, 猶且不忘于懷. 梅旣爽約, 爽約之後, 猶且自媒, 過時之後, 猶且踐言. 生之不信, 固其宜也, 梅之必來, 固未眞也. 媼之所傳, 未可爲信, 則生之不信, 亦云宜矣. 倚欄相望, 有先假後眞. 以生而待梅, 梅至而生則知之. 以梅而訪生, 梅則不知生之已在房中. 以媼而邀生呼梅, 不知生之已知而不見, 不知梅之已來而不知. 有知知不知知, 來來不來來之意. 意趣無窮, 情緒備悉, 覽之者, 徒知事之巧, 生之豪, 梅之美, 而不知文之巧, 意之詳, 言之細, 情之篤也. 以媼則有媒鸞之計, 以鸞則有陷媼之責, 媼之媒固虛也, 鸞之責亦虛也. 則前之虛, 後之實, 遙遙相綴. 鸞之眞心相待, 生之假心相待. 以眞待假, 以假言眞, 有眞眞假假, 相錯之理. 甚矣, 作者之巧也!

且說, 老媼且笑且言曰:

"昨日之火, 非別火也, 乃回祿之災也. 昨夜, 廚中失火, 延燒渾室. 幸以一洞相救, 才已捐滅. 梅亦來救進去多時矣, 去必困且宿焉, 必不更來. 相公盍往歸焉?"

生歎曰:

"一會之緣, 何其崎嶇之若此耶?"

媼曰:

"更爲相公理會矣."

生曰:

"兩曉相訪, 一不逾約, 送盡許多良辰, 更待何時乎?"

老媼曰:

"一宵聚會, 亦有定緣, 非人力之所可爲也. 伏願相公稍待後期也."

生歎息回來.

過數日, 又訪至老嫗, 房中暗聞嬌聲嫩語. 生暗暗稱喜, 梅必先我到此, 忙步進裡. 嬋娟佳人, 含笑相迎, 非梅女而乃是干鸞也. 鸞起迎曰:

"役事多繁, 一未拜邀相公. 恕諒焉."

生亦笑且殷勤以數盃相酬, 其醜態令人可發一笑. 生假意說去, 仍卽辭還, 鸞亦怏怏而退矣.

三春已盡, 長夏初屆, 乃是四月之初也. 海棠枝上, 鸎梭飛急, 綠竹陰中, 燕語頻繁, 正所謂柳色乍翻新樣綠, 花容不減舊時紅者也. 生身飄白葛輕衫, 腰繫玉絲條帶, 手執南平連矢之筆, 足穿彩雲八角之履, 搖搖擺擺進訪老嫗. 相與寒喧罷, 生曰:

"近日思想, 去益難强. 嫗之無信, 一何至斯?"

老嫗曰:

"梅女今當至矣. 相公造次坐待也."

生依言暫待, 俄而, 那梅忙步入來. 相與欣然握臂, 生曰:

"前日爽約何也? 面約心會, 丁丁寧寧, 而及其中道, 二三其德, 是可忍爲, 而獨不念我之情境乎?"

梅女笑曰:

"非妾之故, 實回祿之所致. 妾安敢食言失期乎?"

生曰:

"然則, 好期定在何日耶?"

梅曰:

"明曉當踐前約. 郎君愼勿違誤也."

生曰:

"今則信知汝無信人也. 今旣相逢, 無意捨過. 雖有目下之禍色, 不猶愈於死乎? 寧且死於裙裳之下, 實無相捨之心, 爾勿過推也."

梅曰:

"郎君之思妾雖切, 反不如妾之眷戀. 當食而忘飯, 臨睡而不寐, 一身心頭, 只想着相公面上. 妾非木石, 安敢孤負相公之勤意乎? 今日上直于媽媽, 每於鷄曉出來. 當乘便直到, 則庶不爲他人覺得. 曉必偸來, 相公少勿憂疑, 來此企待也."

生聞言, 將信將疑, 夕飯罷, 直抵嫗家, 依囱端坐. 老嫗以盃酒, 頻頻勸慰, 以爲排悶消愁之資. 洞房寂寂, 殘灯耿耿, 隣鷄三報, 街鼓五傳. 杳無音響. 生命老嫗, 去他門外, 偵之半晌, 報曰:

"門內頻聞警咳之聲, 必知鶯蓮之輩. 恐其倉卒出門, 故顚倒回來. 門庭若是喧鬧, 則梅之未得便可知矣."

生猶且倚門企待. 俄而, 曙星催上, 東方漸白. 生長歎一聲, 憤然拂起曰:

"大丈夫寧以一女子, 眷眷爲哉? 今以後, 吾誓不言梅之一字. 而可歎可恨者, 老嫗之晝宵勤意, 竟歸虛也."

老嫗亦慚無一言. 生怒氣難禁, 仍大步歸來, 猶自忿憤不已. 過數日之後, 老嫗來訪. 生怒目瞪視曰:

"嫗之來此, 果緣何事耶?"

老嫗對曰:

"相公之厭待老身, 可謂怒甲移乙, 鬪室色市. 老身之前後勤勤, 爲楚之誠, 實不淺淺, 相公反不致敬起謝老身. 特來相訪, 懊悔頗深也."

生曰:

"吾之移怒於老嫗, 一邊思之, 則老嫗亦且矜憐. 然, 今來亦有再會之期, 而有何好消息耶? 嫗其爲我細傳."

老嫗曰:

"俄逢梅女, 則十分怒色, 怨望相公者, 多矣, 想必相公潛與梅女相期, 而不使老身知之者, 不過外待老身. 老身不勝忿寃, 今欲面訴裏情而來矣."

生驚問曰:

"梅女之怨謗晚生, 實是意慮之外. 一自嫗家相別之後, 面也聲也都不一接, 今者外待之說, 寔是情外之談也. 頂天足地, 晚生豈可隱諱老嫗乎?"

老嫗回怒含笑曰:

"前言戲耳. 試看相公之如何耳. 俄逢梅女謂, 以向夕之違期, 勢緣不得已之故, 而蓬山咫尺, 如隔萬重. 孤負郎君之苦心勤意者, 猶屬餘件事也. 渠欲一訴裏情, 以洩此生之恨, 當以今日之夕, 逕到貴府云云. 伏望相公臨軒待之, 無負兒女之至情也."

生乃聞此語, 不覺回嗔作喜, 拜且謝曰:

"是果眞耶? 嫗其弄我試可之說也. 一期二期三呼四喚, 竟莫能遂其意, 則今之直走魏都, 是果眞耶? 夢耶? 嫗其明言, 以解此泄泄之心也."

老嫗戲曰:

"宜乎相公之不信也. 語曰其則不遠, 相公第焉待之."

生卽以一盃, 慰賀老嫗曰:

"待此踐約之後, 當含珠仰報矣."

老嫗仍辭去. 生回來書室, 有郭老在焉. 郭老原來同舍止宿者也. 生欲虛榻待之, 而郭老無計移處. 尋思未得便之際, 郭老忽謂曰:

"今日卽吾亡叔母忌日也, 吾今參祀而去. 子能無寂廖之嫌乎?"

生笑曰:

"幸以餕餘相飼也."

郭老唯唯卽發. 生暗暗稱奇, 幸其天借其便, 於是, 洒掃書室, 潔淨簟席, 明燭坐待. 時將初更, 纖月方吐. 生竚立門闌, 延頸遠望, 月下花邊, 依依一美人, 輕輕作步來. 生暗暗心喜曰:

'此必是梅女也.'

乃倉黃近前, 欣然動問, 卽隣家女之過閭者也. 生悵然無聊, 趂趄退步. 回倚門屛, 半信將疑, 忽有曳履之聲, 自遠漸近. 月下睇視, 果是意中之人也. 生滿心歡喜, 執手相迎曰:

"爾且至矣, 予今生矣. 雙眼欲穿, 寸心已灰. 爾之爲物能化何樣物, 而能使丈夫寸斷肝腸乎?"

卽携手, 轉入書室, 瑤簟銀燭, 極盡洞房之美. 以幾日相思, 儼然團聚, 情不可終, 喜不可極. 仍展衾鋪枕, 解衣同抱, 正如鴛鴦戲水, 鸞鳳穿花. 連理枝頭, 別樣春色, 同心帶上, 一般幽興. 枕邊堆一朵息, 雲衾中露兩尖金蓮. 誓海盟山, 鸞聲依依, 羞雲慟雨, 鶯語頻頻. 楊柳腰脉脉春濃, 櫻桃口微微氣喘. 星眼朦朧, 酥胸蕩漾, 萬種妖嬈, 千般嬌旎, 不可盡述. 正所謂宋玉偸神女, 君瑞遇鶯娘也. 生卽於枕上, 題滿庭芳一闋, 以記之. 詞曰:

鴉翎鬢新月眉

杏子眼櫻桃口

銀盆臉花朶身

白纖纖蔥枝手

動人春色堪人愛

翠紗袖泥金帶

喜孜孜寶髻乍歪

月裡嫦娥下世來

千金也難買

是夜相得之樂, 不可盡記.

那梅於枕上, 唏噓歎曰:

"妾賦命奇險, 所天無良. 名雖夫婦, 情宲吳越. 言必矛盾, 動輒訾
驚. 非不知恩義之爲重, 情愛之必篤. 而適於此時, 郎君又從以圖之,
使一端在世之心, 全然消磨. 雖欲奮飛而不可得也. 妾之二三其行,
郎君亦必唾罵之不暇. 然旣往難追, 覆水難再. 寔是郎君之故, 郎君
亦豈無俯憐之情乎? 今欲斷恩割情, 棄舊從新. 而廉防有守, 垣墻有
耳, 眞所謂寸心之難馭者也."

生曰:

"爾之情曲亦甚可矜. 自古, 才子佳人之改適其行者, 不可殫記. 金
屋之貯, 不敢望也, 吾當貯汝以茅屋. 未知汝意如何?"

梅曰:

"情實不忘, 義固難負, 此生薄命, 亦云已矣. 重泉之下, 得遂餘願,
則是妾之望也."

生曰:

"語云駿馬却馱痴漢去, 美人常伴拙夫眠. 是故, 蛾眉自古招殃, 紅
顏原來薄命. 今雖恨歎, 已無可及. 吾與汝, 乘閒偸樂, 亦不美哉!"

仍以溫言柔語, 度了深更, 只恨夏宵之若短也. 而已, 隣鷄屢呼, 東
囱微明. 梅女挼挼結帶, 悄然告別. 生執手殷勤更問後期, 梅曰:

"不可豫定. 當來夜圖之."

依依兩情, 不忍相捨. 生出門相送, 梅亦五步一回, 三步再顧. 生怊
悵無聊, 靜依書几, 題兩律以寓懷. 詩曰:

傾城傾國莫相疑

玉水巫雲夢亦癡
紅粉情多鎖駿骨
金蘭誼切惜蛾眉
溫柔鄉裡芳魂絶
窈窕風前月態奇
相送不知春寂寂
詞人此夕故遲躕

眼意心期未卽休
不堪怊悵正依樓
春回笑臉花含媚
黛魔蛾眉柳帶愁
皓月明星思伉儷
殢雨尤雲憶綢繆
長卿千載情還薄
空使文君咏白頭

是日卽夏四月初八日也. 萬戶燈火, 齊明千村, 水缶爭鳴. 王孫白
馬, 黃昏邊隊隊遊戲, 士女靑衫, 紫陌頭翩翩來會. 正所謂君樂臣樂,
永樂萬年. 月明燈明, 天地同明者也. 生呼朋喚友, 聽鐘觀燈, 徘徊逍
遙. 忽思梅女, 逕尋老嫗而來, 則嫗正在房中見生, 謂曰:

"俄間, 梅婢來到, 老身不能勸留. 意者, 相公遊翫不回. 若知趁今
來訪, 恨不留待也. 梅女亦知相公之不復來, 故, 渠亦告退, 今夜則必
無更來之理也."

生悵甚, 辭嫗而還, 挑燈端坐. 念及那梅, 睡思頓覺, 一心難忘. 仍
展紙把筆, 題一律, 以暢愁懷. 詩曰:

簟展緗紋浪欲生

幽懷自感夢難成

依欄剩覺添風味

開戶羞將待月明

擬倩蜂媒傳密意

難回螢火照離情

遙憐織女佳期在

時看銀河九曲橫

過旬後, 生復往老嫗曰:

“一別仙容, 蓬山隔遠, 萬重懷思, 無由更展. 嫗其爲我再圖一期也.”

老嫗曰:

“老身今當請邀矣. 相公暫此遲待也.”

於是, 老嫗使生入處室中, 鎖下金魚, 飄然出門而去. 俄而, 那梅自外而入, 見其房闥之緊鎖, 不知生之已在房內. 生亦料知梅之入門, 而只冀老嫗之放鑰, 屏伏以埃. 久之, 漠無動靜, 忽見老嫗開戶入來曰:

“梅且至矣, 今安在哉?”

生曰:

“吾審其入門, 而更不知何往. 意謂老嫗同也, 不知其誰先誰後也.”

嫗復出門, 周訪數遍, 杳無踪響. 老嫗還曰:

“相公何不先使通知, 有此空失好機耶?”

生亦咄歎不已. 原來, 晝語鳥聽, 夜語鼠聞. 干鸞適到是家, 潛身中門, 細悉動靜. 梅女之走避, 亦且見機而去也. 那干鸞十分怒色, 近前責嫗曰:

"是嫗, 是嫗. 白頭寡婦, 何敢賣口弄手, 誘我女侄? 吾之見幾者屢矣. 吾當陷嫗於法矣."

因厲聲向生言曰:

"相公乃明德君子, 胡爲乎作此不義之事乎?"

生曰:

"是何言? 是何言耶? 爾且不知其一二也. 吾之親乎梅者, 歲已屢矣. 向日之同盃相酬, 適欲使汝爲滅口掩目之計. 而汝反不知是東是西是眞是假, 今乃責之. 而不當責之地, 誠甚可笑. 劃是計者, 卽老嫗也, 瞞過爾者, 亦老嫗也. 一則老嫗之罪, 二則老嫗之罪也, 於汝亦有何與哉? 自今之後, 吾當不讓爲爾之姪婿. 到處周章, 爲我乘便, 則何幸幸?"

仍將一大碗, 奉酒壓驚. 干鸞聞言, 滿心漸惡, 有口無言. 如何肯飮? 固辭不飮, 快快告退. 那鸞婢, 自是之後, 嚴防梅女, 不得頃刻出門.

一日, 老嫗來見曰:

"俄逢梅女, 鸞婢之窺伺, 日以益甚, 雖有三目四口, 兩身八翼, 無一刻離舍之暇. 從今以往, 百年佳約, 已成浮雲流水. 萬望相公珎重云矣."

生亦無計可施. 乃題一篇, 以■■[4)]遣之情, 而且寓永絶之意. 畧曰:

歎賦命之崎嶇

配佀噲之下材

金井之逢

---

4) 원문의 글자가 흐려 보이지 않음. 이하 글자가 흐려 보이지 않는 부분은 이 표시를 넣었다.

一面如舊

銀佩之緣

兩遭多情

其若身材不肥不瘦

月畫而烟描

態度難減難增

粉粧而玉琢

兩眉如初春柳葉

常含雨恨雲愁

雙瞼如三月桃花

每帶風情月意

行行過處

花香細生

坐坐起時

百媚俱生

儀容若是嬌美

体態況復輕盈

語若轉日流鶯

腰似弄風楊柳

不是綺羅隊裏生來

却厭豪華氣像

除非珠翠叢中長大

那堪雅淡梳粧

輕移蓮步

有蕊珠仙子之風流

款癧緗裙

似水月觀音之態度

落花流水

幾切有情無情之歎

微月殘燈

不盡相逢

卽別之恨

蓬山遙隔

尺地如遠

弱水相望

寸腸屢灰

西廂之花影暗動

一犬吲吲

陽臺之春夢初回

片月團團

恨春宵之若短

山盟海誓

感此生之不久

柳信花約

月無情而下西

雞無端而催曉

儘相思之難忘

恨後會之無緣

夫何蹉跎之一期

乃成焂然之長辭

鏡何時而再合

絃何日而復續

嗚呼好事多魔

明月已缺

如見崔嵬鏡裡之容

難回殷勤夢中之魂

酌彼酒而聊以寬懷

咏此詩而適足寓心

兒則羞花

雖一日而未忘

才乏咏絮則

万言而難違

嗟呼後期難再

撫孤枕而依依

先天已隔

望片雲之悠悠

痛自絶而永訣

歎相思之無極

天荒地老

此恨難消

日居月諸

此情未泯

畧伸素衷

聊表丹心

言有窮矣

情不可終也

云云

追序

　稗說盖尙華, 非華勝東. 人情固然. 輒以未聞睹爲快, 好古非今, 樂
遠厭近. 非東之病, 乃天下同病. 東人著說, 必用夏, 必曰: "東無觀
焉." 盖今說東且今, 則東無觀, 今尤何論? 然, 事甚切至, 與西廂說
相表裏. 雖美且賤, 不過衣縷而頭蓬, 不施膏不染粉, 玩好無見稱, 巾
裳絶煊然. 所謂工雖巧, 朽不雕, 瓦不琢也. 然, 意極而情篤, 若是可
觀焉. 若身錦頭翠, 金鏤玉成, 則豈特西子無光, 玉妃失顔? 然則, 富
辭皕文, 必倍筬於此矣. 是故, 鹽梅方調五味, 梗楠必遇良匠, 馬奔長
楸, 車順通衢. 以膚見序俚語, 雖班馬亦不過平平. 其若空中氣勢, 紙
上波瀾, 得以也? 俗且俚, 旣詳且盡, 　吾子文章, 大且至矣夫!

南華散人 追序于帶存堂 書室

嘉慶 十四年 己巳 端陽後一日

石泉主人 追書于薰陶坊精舍

折花奇談 終

19세기
서울의
사랑

• 원문 •

布衣交集

布衣交集

布衣交集卷之單

詞
一片夢朝雲暮雨
長相思碧水青山
從古紅顏多薄命
英風無限起人間

國而臣爲君忠, 家而妻爲夫貞, 外而交爲友信, 古今之盛福也. 此
皆非骨肉. 而情踰兄弟, 恩踰親戚者, 以其所遇待之殊禮也. 故, 豫讓
本非智伯之臣, 而效忠於趙, 刑卿本非燕丹之友, 而慕義於秦. 皆喪
身殞命而無悔者, 豈非奮發忠義而成名耶! 然而, 其所使者, 亦許其
氣義, 而有殊遇能致人之死節, 奚特骨肉云哉!

諺曰: '誰爲爲之, 孰令聽之?' 盖鐘子期死, 伯牙終身絶絃, 不復鼓
琴, 獶人之亡, 匠石永世輟斤, 不復妄斲. 何則? 士爲知己用, 女爲說
己容. 故老子曰: '貴知我者希', 楊子曰: '聲之妙者, 不可同於衆人之
耳, 形之美者, 不可混於世俗之目'. 夫以聲形之極, 猶尙如此, 況其
心志之所相合耶? 志意一合, 則雖蘇張更生, 不能間其間, 羽布更起,
不能奪其節, 豈可以利祿動哉?

紅顏之美, 人所易合, 而布衣之交, 從古難得. 故, 述此篇, 以助一
場之笑. 而及其至也, 天地神明, 亦常許其誠而感應, 則造物亦能猜

忌乎? 讀此者, 庶可能憶師曠之調鐘, 竢知音者之在後歟.

　湖西有李生者, 簪纓族也. 才疎而難容, 志廣而未充. 年過不惑, 家
業樗散, 爲鄕里賤棄. 每有山水之勝, 雖身上緊急, 必棄而往觀焉.
　同治甲子, 以結姻於世道, 意欲自赴於雲路, 遊洛數月, 與諸僚, 時
翫江山述作, 殆將盈篋焉. 同郡有張進士者, 亦有志於要津, 逗留京
師. 時, 南村張承旨家, 有無后之族, 取以爲養子, 而李生頗有力勸
焉. 張進士旣爲繼后於仕宦家, 則自念在鄕則難於進效, 遂移其家京
城南村之竹洞. 而邀李生同爲宿食, 消遣寄寓之愁懷矣. 此家亦一區
之大宅, 行廊十餘戶, 大門中門巍〃然, 若宰相家焉. 曾是李判書宅,
而中間浮爲中人所居, 中人不能容, 爲張進士所賣也. 有內外私廊,
張進士處內私廊, 而外私廊則自前主人已許僦於一老婆, 號堂婆. 時
値六月, 李生方抄<搢紳錄>, 不堪盛炎, 乃掃外私廊之西軒而處. 卽
與堂婆之居, 隔數壁, 時〃與堂婆, 問其風俗及廊底生涯焉.
　張進士必晝則相會談笑. 而每朝日晏, 勳氣蒸人, 行廊之諸女, 無
論老少, 盡會於中門內虛廳, 或針線, 或彈綿, 或搗砧. 而那虛廳壓近
西軒. 李生每有慊然, 而其女輩小無嫌焉, 故, 日復日, 無難相對矣.
大抵, 京師與鄕谷有異, 事〃疎脫故也. 中有一美少新婦娘, 年可十
六七, 容色嬌艶, 態度嬋娟. 却嫌脂粉, 澹掃蛾眉, 上穿粉紅薄羅衫,
下垂淡碧輕紗裙. 綠雲鬢揷金鳳釵, 白綾襪着繡唐鞋. 輕盈越國翡翠
扇, 窈窕藍田明月璫. 行止逍遙玉音琅玕, 一步可以傾人城, 一笑可
以傾人國. 鋪上黃茵席, 彈下白雲綿, 望之, 若玉京仙娥, 遨遊於雲端
矣, 若非盧家金堂之少婦, 必是宋氏東墻之窺女. 芙蓉卓姬之顔, 楊
柳小蠻之腰, 濃粹粧靜, 高妙秀朗. 慷慨若花裡送郞惹悔之態, 娉婷
若柳梢待月鎖恨之貌. 巧笑倩兮, 能令人蕩, 美目盼兮, 能令人傷. 李
生雖過貪色之齡, 一見驚奇, 十分恍惚, 不勝春情, 豪興自動. 如是數

日, 意惹心牽, 忍耐不得. 乃招堂婆近前, 指其少艾而問曰:

"彼何女子?"

堂婆笑而對曰:

"書房主緣何而問之耶? 有所欲而然耶? 此乃廊底居人楊家之婦也. 稱楊少婦, 而其性驕昂, 不與傍人接語也. 書房主不可妄意也. 年今十七, 其夫年十九. 本是南寧尉宮侍婢, 其媤父老楊, 捐帛續米, 作爲子娘. 而未嫁之前, 宮外一美童, 慕其姿[1]色, 欲爲偸窺, 彼娘不聽. 厥童因此成病將死, 童之父母, 呼而亟請, 彼娘終不聽從, 以致厥童之死. 其魂付于一宮姥, 〃〃成狂, 晝夜毆打. 彼娘避之于江, 爲彼老楊之續來此者, 纔一年也. 又其媤父性苛多察, 豈敢外行也?"

時, 張進士及進士養家庶五寸字士先者, 俱在座嗟歎. 且有相從客子, 爲尋訪李生與主人而來者, 必躡中門然後, 到西軒. 客之接見其容貌者, 莫不奪氣焉. 李生向慕不已, 乃作號楊少婦爲楊婆, 由是, 擧皆號爲楊婆焉. (婆, 女之老稱也. 若直以少婦稱之, 則恐掛於他人聽聞故也.)[2]

廳直永必亦曰:

"小人自居此以來, 已數朔, 彼女一不顧瞻, 言語何敢及哉?"

李生亦看氣色, 冷若秋霜. 而非但年紀少, 且家有少妻, 雖在旅館之寒燈, 何可念及花奸哉? 然, 其色則歆羨也. 自中門, 至內門, 中有遮面一牆, 而爲風而所壞, 無形止. 外有大井, 〃幹相望於西軒, 汲水之漢, 日以十數. 而曾是中人之居, 汲漢無難往來, 且吸烟竹, 誼謹無嚴. 李生大憎之, 卽呼廊漢, 捉致汲漢數名, 或瓦而跪之, 或伏而杖之. 如是數次, 其儀嚴肅, 自此, 無敢亂言失禮者. 且廊中諸男漢, 亦

---

1) 원문에는 '恣'로 되어 있으나 '姿'가 맞는 것 같다.

2) 원문에 작은 글씨로 쓰인 부분은 괄호 안에 넣어 본문과 구분하였다.

不敢近中門現影焉.

其翌日, 主人與永必出他, 而士先適來在座矣. 士先居于慕華館近處, 日見閑良輩誤入之事, 凡於男女酬酢, 善充機數者也. 當下小婢達今, 自內持酒饌, 獻于李生, 別告李生曰:

"昨夕, 楊婆私謂小的曰: '彼西軒坐定之書房主, 於進士主爲誰耶?' 小的答曰: '同鄉之親友李書房主也'. 楊婆曰: '眞兩班也. 今觀號令於汲漢, 若非士夫氣像, 豈可如是耶? 年歲幾何?' 小的答曰: '殊不知, 然而, 意四十也.' 楊婆曰: '必文章也.' 小的答曰: '然矣.' 云〃. 彼女之向慕不小於西房主也."

盖達今年到十四, 自外鄉, 亦慣於男女之奇微者也. 士先聞之, 笑而觸生曰:

"可以一次引之也."

生曰:

"有主之物, 何可任意動之耶?"

如是數日, 爲楊婆所迷, 若飮醇醪, 不覺沈醉, 自然雙眼低向, 不能定情. 適楊婆臨井邊戽水. 生內癢不住, 卽呼而請一瓢水. 楊婆小無難色, 卽浮淸滿瓢而到, 獻于軒下. 生出給床頭硯滴, 使之入水. 楊婆受而納水, 見硯滴, 水曾滿矣, 而言曰:

"硯滴之內, 水不曾縮, 而又何呼水耶?"

生曰:

"藥房非不有蓰, 而故又儲之者, 待後日之用也. 婦非我, 安知我之心哉?"

楊婆笑而去. 時, 廊底諸女見此狀, 而無怪焉, 以其生之號令, 方肅故也. 自此, 女亦知生不能無情, 每怡其顔色, 瞻仰巧笑. 時, 生方抄冊書廊中, 語曰:

"彈綿楊少婦, 二日不成一掌絮, 膽冊李郎君, 終朝難卒單張書. 兩〃相看, 念不及於所工也."

一日, 忽楊婆手摘一枝鳳仙花, 投于生前而過. 與堂婆相語良久, 回至西軒, 謂生曰:

"俄間之花, 何如耶?"

生已將其花, 揷于硯滴之口矣. 生曰:

"此花美則美矣, 不及娘之美也."

楊婆曰:

"此花雖美, 抑有可惜. 故難於獨賞, 折而投于案下. 郎君能知妾惜花之意耶?"

生曰:

"吾豈不知乎? 此花稟得精秀之妙, 近於閨閤, 爲佳人之所愛賞, 然, 不久, 爲秋風所零, 豈非可憐哉? 故, 古詩有東園桃李片時春之句, 以對娼家少婦不須嚬之詞也. 今我雖乏銀鞍繡轂繁華之物, 願娘不可爲嚬也."

楊婆嘆曰:

"郎非妾, 安知妾惜花之意也? 夫, 桃李爭妍, 楊柳誇綠, 秋來蕭索, 乃天地之常數也, 但何惜之有乎? 此花嫩紅芳姿, 令人可愛. 而生乎宮苑, 則必爲公子王孫之賞, 生乎戚里, 則必爲名公巨卿之娛, 生乎閭巷, 則必爲村童牧竪之折也. 同是芳香, 而或爲貴人之愛, 或爲村牧之愛, 豈非所生之地異耶? 是以可惜也. 人之生亦類是也. 近於王都者, 必登科成貴, 豈才德之有勝哉? 生乎遐鄉者, 必貧賤迂闊, 豈精誠之不逮哉? 女子亦然, 生乎士夫宅者, 必爲閑雅之淑人, 生乎匹夫家者, 必爲糟糠之庸婦. 豈貌德之不相及哉? 使處地而然也. 是以, 妾看此花之美, 而惜郎君之誠, 惜郎君之誠, 而歎女子之賤也. 故, 花可惜, 而郎亦可惜, 妾亦可惜也. 妾不暇自惜, 而欲使郎君亦可自惜.
而郎君亦不可自惜, 秉惜妾之不得可也. 故, 折而獻之, 又訴妾之心
曲也. 若夫春明之花, 乘秋零落, 從古而然也, 何恨之有? 世間豈有
長生之人乎?"

言罷, 生旣美其色, 又美其言, 不覺欣然敬服曰:

"娘果非閭巷間匹婦也. 願娘從此始令此花作一媒婆何如?"

時, 堂婆顚倒而至曰:

"何酬酌之支離乎?"

楊婆見之, 旋然起身而去. 生謂堂婆曰:

"何作魔之甚乎?"

堂婆曰:

"老身非魔嬉也, 卽成事之客也. 郎君有所意耶?"

生曰:

"古語云, 色近難避, 今有門前之色, 而豈可捨之?"

堂婆曰:

"俄看楊婆之氣色, 果不冷落, 必然而意也. 然, 以楊婆之絶美, 方物
商婦, 連續不絶, 甘言利說, 誘之者甚衆. 大家豪少, 金帛如山, 一不聽
許矣. 今, 書房主有何貴人之相, 而彼女如是自媒乎? 是誠可怪矣."

主人忽携諸客而到, 堂婆乃去. 生自此心尤不已, 將楊婆之言,
一〃刻記于懷, 不思而自憶, 欲忘而難忘. 過一二日, 早飯後, 楊婆忽
近西軒, 投一花箋而過, 復與堂婆相言. 生卽收其花箋披看, 則筆才
無可称, 而寫詩二首, 效古体也.

少年重然諾
結交遊俠人
腰間玉轆轤

錦袍雙麒麟

朝辭明光宮

走馬長樂阪

沽得渭城酒

花間日將晚

金鞭宿娼家

行樂長留連

誰憐楊子雲

閉戶草太玄

其下首曰:

石上梧桐樹

寄根歲月深

玉斧時成斫

鏤作七絃琴

琴成彈一曲

擧世無知音

所以廣陵散

千古聲湮沈

年月日, 薄命妾楚玉上云.

李生覽畢, 驚奇叵測. '眞是所作耶? 抑亦他人之作耶? 歷思古詩,
而此等體格, 今時初見也. 但知其色態之美, 言語之慧而已, 又安知
抱負能如是絶世耶? 古之蔡琰文君, 以大家而成文章, 薛濤紅線, 以

娼妓而能工夫, 豈期一廓人之婦, 而有如是者歟? 令人可敬而不可
壓, 可交而不可褻也. 上言生之不向豪俠繁華, 而取高明尙玄之意,
下言渠之不得於人世, 雖有抱負, 莫有和音之賢士也. 暗觀其妙旨,
則昔之富家翁, 歎東里少年安所如, '出無車馬, 食無魚之事也.' 詞音
絶非今世人之所可能也. 意者, 抄古詩中句, 而以比吾兩人之不得也.
然, 雖非渠所作, 其抄出之妙, 如是之明且盡者, 無異自製也. 豈不可
以師表待之乎? 於是, 心獨喜自負曰: '若非愛我之至深, 那能及此周
繆哉?' 讀誦不已. 深藏于篋, 而恐使人知之也. 切欲和之, 而詩才莫
能副萬一, 故未遂, 而乃使人貿玉指環一雙, 淸心丸五介, 蘇合元十
枚, 賚于唐紙, 令堂婆往傳於楊婆而言. '詩則才不敢唱和, 只以薄略
數種表情, 而庶幾作一時淸暑之資.' 堂婆因無人之時, 如其言, 往傳
於楊婆, 〃受而服佩云矣. 過三兩日, 楊婆又近西軒, 投一花箋. 生欲
呼與言, 而已, 走不顧矣. 乃披其箋, 又有二首詩云.

君知妾有夫

遺妾雙玉環

感君勤用意

着在纖指端

妾家高樓連市起

阿郞販豆小肆裡

知君用誠如日月

事夫誓擬同生死

擎君玉環雙淚垂

何不相逢未嫁時

其下首曰:

欲還君所賜
恐謂妾情薄
妾情雖不薄
將起是非惡
莫以物不還
妄意有佳約
佳約非所難
恐誤郎君學
賤妾休掛懷
務作功名客
爲君祝願長
可意伊時樂
功成名立場
勿負蘇妻託

生卽聳肩而讀罷. 自解上篇, 乃自以出嫁之身, 不敢妄意他郎, 然而, 其所天卽商賈無識之徒, 不合於心, 故, 落句有何不二字, 其下篇嘆李生之致意有誠, 而不知娘之心事, 必勉進學業, 以成他日之約. 然, 蘇妻之託未詳. 欲相近而叩之, 奈地邇人遐, 安得有接言之道乎? 躊躇良久, 乃招堂婆謂曰:

"楊婆有所寄詩, 才不下於古人, 吾願從學, 而未由相接, 願堂婆爲我致此意道, 我無他意, 欲相逢也"

堂婆如其言, 往傳於楊婆, 則以今夜罷漏後, 相期於堂婆之家. 生喜不自勝, 但嫌簹日之長 〃, 箭漏之遲 〃. 今夕何夕, 卽流火之望前二日也. 是時, 張進士已下鄕, 而李生付家書. 自念曰: '吾家有少妻, 而又復用花奸, 則神明似憎. 此將奈何? 今夜逢迎之際, 切不可言內,先言外事, 以觀楊娘之俯仰.' 是夜, 月白風清, 涼露橡降, 虫語苦吟, 鄉思冉冉, 不堪怊悵. 直至四更點頭, 曉鐘隆〃, 山月欲暮. 於是, 廊底諸漢, 罷睡而起, 各負支機, 出江貿物而去. 楊婆之夫, 亦在其中矣. 而已暫寂, 遠村鷄聲喔〃. 忽聞曳履之聲, 自長廊而過西軒, 俄而, 堂婆來侵生. 〃方展轉不寐, 然而, 故作沈睡之狀, 待堂婆强起再三, 然後, 始起身. 從往見, 楊婆在座. 直入執手逼坐曰:

"幾日經營, 始得一面耶?"

楊婆曰:

"如此身世, 有何相逢之早晚乎?"

生乃携到, 至西軒謂曰:

"七夕已過, 吾輩猶如此相逢, 當笑牛女矣."

楊婆曰:

"牛女歷千秋萬劫, 猶留餘約, 吾輩一散之後, 安能復接影響耶?"

生曰:

"牛女之逢, 雖然如此, 吾輩今日明日, 當盡牛女後日之約, 不亦可乎? 然而, 娘以何時得成文章耶?"

楊婆曰:

"妾幼時, 侍於南寧尉宅別駕, 〃〃以女中詩人, 謂妾有才, 敎之不怠. 妾是以通史及詩傳孝經古文等書, 無不誦傳, 古詩亦往往持論, 而我國蘭雪軒集, 至于今口習耳. 妾情願得一文章之士, 晝夕談論, 以送一生矣. 事乃有大謬不然者, 擇錦而逢布, 如是流落. 幸逢郎君, 欲罄所蘊, 故, 略示微章. 郎君不以妾卑鄙, 遂許胸襟, 妾不勝感激, 如是相會耳."

生曰:

"吾學雖不薄, 莫能曉蘇妻托也."

楊婆曰:

"不讀蘇秦傳耶?"

生曰:

"吾誦之久, 而未之見也."

楊婆曰:

"豈不云乎? '妻不下機者,' 是也. 其妻非不知事夫之誠, 然而, 別來數歲, 始得相逢, 有不下機之慢, 則蘇秦豈無自傷之戚乎? 是以, 發憤讀書, 幷相六國, 此非其妻使之耶? 妾亦以此寄于郎君, 使郎君知妾向郎君之誠也. 郎君功成之後, 幸無忘今日也."

時, 曙色啓東, 楊婆遂起身而去. 生遂就席, 念'今夜相對應有修好, 而卽虛送. 乃吾之拙, 而娘能無懷慍之色耶?'日晏方起梳洗矣, 忽堂婆來傳一書. 卽楊婆之筆也. 拆封視之, 書曰:

詩云: '採萱採菲, 無以下體', 眞郎君之謂也. 妾有菲薄之質, 輕千金之軀, 遂許郎君之請, 暮夜無知, 執手相對, 將謂玉瑕而珠玷矣. 豈期瓦全而花貞也? 昔, 楚伯王五年, 不顧於呂后之帳, 關雲長明燭, 達曉於二嫂之庭, 凜凜大節, 亘古未有. 豈意今日又見郎君哉? 色界上元無英雄烈士之說, 信知虛言也. 夫, 籧伯玉不以冥冥閉節, 卜子夏能以賢賢易色. 今郎君不愛妾之色, 而能愛妾之賢, 推此可知. 妾何福, 能見伯玉子夏似之君子, 於今世之上乎? 眞妾之所願從游也. 然后, 能無愧乎天地, 無愧乎神明, 亦無愧乎古今. 夫, 鳳飛千仞, 飢不啄粟. 丈夫之氣槩. 郎君豈不誠大丈夫哉?

覽畢, 李生自縮於心曰:

'昨宵之過, 果是庸拙也. 而其辭緣如是峻〃, 必日後難副此意也.'

其夜, 楊婆又到西軒, 相與談笑, 良久而去. 第三夜四更分, 楊婆又來, 與之憑欄, 其色其言, 尤不能堪. 美之於色, 花下不如月下, 月下不如燈下. 今相對於燭前, 那無傷心斷腸之習耶? 生乃曰:

"吾兩人逐夜邂逅, 猶天台之遊, 圮橋之誠, 罕于今古. 然, 琴臺一曲, 寂寞於長卿之手, 賈闔異香, 虛誕於韓掾之袖, 理雖當然, 情實難抑. 初, 以狂蝶之志, 只探名花之香, 幸雖相接, 以其詞意之峻嚴, 不敢開口, 猶雙鸞相交. 人非木石, 此情奈何? 詩不云乎? 我心非石, 不可轉也. 我心非席, 不可卷也. 願娘明言之. 將此我心轉耶, 卷耶?"

楊婆曰:

"信然也. 貴相知遇, 而不可相欺心也. 此則天理之所固當有, 而人情之所不能無者也. 男女之間, 人所難忍. 且飲冷水者, 雖爽無味, 喫夢飯者, 雖多不飽, 有何相貴之理乎? 今郎君旣無杜牧之〃風彩, 孫伯符之年記, 又乏王謝之貴, 范石之富, 而妾之有此行, 非貪淫樂貨之類也. 郎君亦非酒色放浪之徒也, 有何嫌乎? 願郎君惟心所欲, 無使壅深於胸臆也. 有情而難吐, 則必然生病, 病一生, 則不如初不知也. 不可作影裡思情, 畵中愛寵也. 妾爲郎君, 死且不避, 巵酒安足辭? 卓文君之走北堂也, 豈有欲潔其身之意耶? 但關雎樂而不淫, 哀而不傷, 必以此爲勉, 可也."

於是, 遂相就寢, 極盡繾綣之意, 正是月落星微五鼓聲, 春風搖蕩窓前柳. 聚精會神, 相得益彰, 可謂錦上添花, 漆中投膠, 綠水元央, 赤霄孔翠. 雖逢門子挽烏號弓, 壽亭候騎赤兔馬, 猶未足以喻其意也. 金屋曾藏阿嬌女, 羅帷還致李夫人. 若非長生殿風前飄渺之張麗娟, 疑是昭陽宮掌上輕盈之趙飛燕. 如花如月, 疑眞疑夢. 度春宵之若短, 憎村鷄之頻唱. 噫, 樂不可極, 樂極生哀, 慾不可縱, 縱慾成灾. 盥水而盆水生香, 點頰而玉痕增寵. 楊婆攝衣而坐曰:

"向夕之逢, 郎先於妾, 今夜之寢, 妾先於郎, 豈非天緣之自成耶?"

生曰:

"此日卽七月之旣望, 吾勝蘇東坡矣."

楊婆曰:

"何謂也?"

生曰:

"東坡旣望夜遊赤壁之賦曰, 望美人兮, 何許? 今吾與娘子, 共逍遙於東方之旣白, 豈不勝哉?"

楊婆笑而起, 向廊底寢所矣. 至午牌, 士先來在座矣, 楊婆爲李生, 製一件美襪, 近西軒投之. 士先笑曰:

"事已諧矣."

楊婆對曰:

"木之十伐, 豈有不催折者哉?"

如是, 夜復夜, 相從不怠. 數日後, 時, 科期不遠, 李江東 · 閔參奉 · 宋參判 · 南瑞山 · 金黃州家諸少年, 爲訪李生而來, 請李生曰:

"今鄕谷文章四五人來, 留於諸家, 願兄與俺輩, 偕往山寺, 看其制述如何?"

生曰:

"如是好也, 吾從往何爲哉?"

諸生曰:

"吾輩無熟工於科文, 故欲枉兄, 以觀其巧拙. 且兄在此旅遊, 有沒滋味焉, 故, 弟輩必欲伴行而消暢也, 眞爲楚非爲趙也. 兄有何着味而不肯耶?"

士先指楊婆曰:

"爲彼着味."

諸生望見嘉之曰:

“可宜一接其香. 然, 於李兄則過望也.”

士善曰:

“彼先樂從也.”

諸生曰:

“有何所取而然耶?”

自此, 始知生之相交於楊也. 諸生固請之, 李生卽許之, 期以明日早朝, 來此幷行也. 至晚, 諸生皆散, 以明日緊緊相約矣. 其夕, 楊婆招達今謂曰:

“李書房主以明日上寺云耶?”

達今曰:

“然.”

楊婆曰:

“諺所謂無福者棄我上寺者, 眞李郞之謂也.”

達今暗謂李生曰:

“楊婆之言如此〃〃.”

時, 士先不出渠家, 而同宿於西軒, 故, 楊婆不敢來. 而新情未洽, 又有此別, 抑是造物之戱耶?

其翌日, 諸生果會, 促裝而發. 楊婆遙遙相望, 有情無語, 似無情.

蜀山靑

越山靑

兩岸靑山相送迎

誰知別離情

君淚盈

妾淚盈

羅帶同心結未成

江頭潮已平

兩情之濃, 畵不能形矣.

生與諸益, 離竹洞, 至弘化門外, 見一隊淡粧美人, 自宮而出. 生對此, 愈念楊婆, 而情不能抑. 又到景慕宮前, 看連花盛開, 若佳人之新粧, 尤不勝悽然矣(荷花嬌欲語, 愁殺別離人). 生雖與諸僚, 强擧顔面而酬答, 內心則刻戀於花情, 無意戀征. 任步至惠和門外, 殘蟬欲歇, 西風乍動. 眉捷低仰, 目無所見, 耳無所聞. 只一楊婆, 形〃色〃, 言〃事〃, 東西南北, 百千萬億, 無非觸想. 已成痼疾, 醫莫能解. 行十餘里, 至道宣菴安歇, 食而忘箸, 坐而忘席, 爲傍人之譏笑矣.

生念〃於心曰:

"吾以遐鄕賤儒, 流落於京師, 貌無所取, 行無所美, 家之貧而年之晚矣. 彼娘以出凡之才色, 視吾不啻若草芥, 而以何有見, 親之密之, 愛而敬之, 思而慕之乎? 於我可謂千一之遇. 情莫厚焉, 誼莫加焉. 欲報其誠, 河海已淺矣."

過四五日, 鄭友携生, 至上刹後盤松下, 少憩灑風, 而有一兒, 負小擔而至寺門, 問林川李書房主所住處. 其中成生意必是楊婆之所送, 直出問曰:

"汝住何洞?"

對曰:

"在桑洞耳."

成生曰:

"桑洞何宅而來乎?"

對曰:

"小人雖居桑洞, 而有一族妹, 居於竹洞張進士宅廊下. 故, 小人爲訪而往, 則族妹以此物及一封書, 使領之往此寺, 訪李書房主呈之爲敎, 故來耳. 李書房主誰也?"

成生曰:

"汝族妹爲楊家之婦者耶?"

對曰:

"然."

成生乃使之近堂, 解其擔而看之, 則實果一筐, 油密果一簞, 散脯一盒, 燒酒一壺也. 又討書封, 則自囊中, 出一封花箋. 成生拆而視之, 上言別後安候, 下有七言二絶, 五言二絶, 皆道思之極而絶唱也. 成生欲藏之而欺李生矣, 不想老僧寶恒先告李生. 〃〃倒屣而至, 成生不能隱諱, 直出傳焉. 於是, 諸生與李生, 環而觀之. 其七言二絶曰:

寂寂重門鎖晩愁
洞房孤枕月明秋
一匙精飯難强進
心事爲君死不休(第一首)

詩學全書滿案兀
憎看百語太支離
其中別字爲讐最
却怨蒼皇造出時(第二首)

其五言二絶云:

關河音信斷
端憂不可釋

遙想靑蓮菴
山空蘿月白(第一首)

鏡匣鸞將老
花園蝶已秋
一夕紗窓閉
那堪憶舊遊(第二首)

　覽得, 李生目瞠口噤, 魂不付身, 如在虛暎中. 諸生莫不嗟嘆, 其中
流涎者數人, 語多不平. 於是, 復携其酒物, 與諸生旣醉且飽. 僚友情
願, 各次其韻幷送之. 其中閔參奉, 力言不可, 只以李生詩和答焉.

一別仙娥難滌愁
況時微雨送凉秋
忽逢音信千金直
瓊韻傷心字字休(第一首)

意將鸞鏡拂塵丌
逢未幾時又別離
一紙難窮無限恨
五更秋月上簾時(第二首)

非分開玉緘
愛玩終難釋
歧路泣楊朱
瓊篇羞李白(第一首)

密約明如鏡

離情冷似秋

天必至誠感

也應續舊遊(第二首)

老僧寶恒謂李生曰:

"詩旣和矣, 酒肴何以答之?"

生曰:

"吾旣爲旅, 且在高寺, 安能相需耶?"

恒大使曰:

"女之有才者, 曾所有聞, 恨未之見也, 不意今日見此蘇惹蘭之才
也. 小僧雖貧, 自宮所賂之物, 藏在籠中, 幸望封送以報如何?"

李生辭曰:

"吾旣貧矣, 又是客也, 雖無答禮, 女必不嫌. 雖有今日大師之賴,
後必無相報之路. 且吾所事, 何關於大師耶? 若有此等之需, 女必以
吾爲妄矣, 切不可也."

恒大師固請之, 於是, 諸僚幷爲力勸曰:

"恒大師之言是也."

恒大師開函而出進獻苧一疋・玉色昭華絉二疋・唐彩扇一柄也, 諸
僚賚送之. 而李生內懷不豫者良久矣. 大抵, 京山之僧, 多受諸宮房施
及卿宰家封送故也, 可謂南陽之人飮鹽, 太白山僧飮水者也. 閔參奉
曰:

"以才之動人, 如此之甚耶. 吾雖不見楊婆之貌, 每多聽聞之妙. 今
見其詩, 宜吾兄之思服也."

諸盆誦其詩不已, 洞房孤枕月明秋之句, 浮於寺中矣. 然, 李生念
其所送之物, 則必五十餘金也, 何由以致報乎?

如是十餘日, 科期至隔. 於是, 諸生并各辭寺而歸家矣. 生至竹洞, 永必已灑掃而待. 生入西軒坐定, 永必低聲曰:

"自書房主上寺以後, 行廊搔擾, 至于今未定."

生意謂 '永必必欲弄我也. 然, 日已暮, 終不見楊婆之影. 心下錯莫, 莫知所爲. 有所沈病而然歟? 抑亦出他耶? 前吾之出, 必送于門, 其來也, 必竢于庭矣. 今十餘日始來, 則意有別般相款之理, 而漠然無音, 是何故也? 堂婆亦視我無人事, 何其異昔耶?(嫩香時拂絳羅巾, 國柳因風暗起塵, 欲到蓬萊尋舊約, 終朝不見意中人)'

夕後, 徘徊于廳上, 因不能寐. 到三更時分, 將欲就寢, 忽內中門乍開, 達今直上西軒謂生曰:

"書房主恐不得留此."

生曰:

"何謂也?"

達今曰:

"自書房主上寺以後, 楊婆絶不飮食, 但望遠山, 愁憾悲傷. 如是多日. 其媤姪女, 年十四, 名喜者, 告楊婆之夫, 以潛通玉環之說. 楊夫大怒, 遂操楊婆, 無數亂打, 至曰'何不隨李書房主去耶?' 又擧砧石, 將欲擊殺之. 廊之諸婦女, 并皆遮手, 又持刀刺之, 流血狼藉. 其媤父老楊, 責其子而解紛矣. 其夫又大談曰'兩班獨無法乎? 豈有有夫女通奸而無事也? 李書房主若來, 吾必決一死生矣.' 爲人慓毒, 畢竟不安, 故, 內堂爲書房主大懼, 使小的來告者也."

堂婆始來見生曰:

"世上事皆如是也. 自郎君之出, 楊婆彷徨不定, 又不食飮. 而潛通西軒之說, 自前暗遍於廊中. 其夫疑之太甚, 楊婆猶無忌憚, 辭色現露, 又開硯吟題, 題後, 遙望靑山, 失心不和. 爲其同婿之女喜者所直告其夫. 其夫大怒, 搜篋中, 得一書, 而渠無識, 持紙而出他於路上, 逢一外鄉詞士而見之, 請以諺文翻譯. 其詞客解而書之.

마음이 급피 날고자 ㅎ야 빅쥬시를 을퍼쓰니

닉 슐이 업셔 노지 못ㅎ미 아니로다

구름을 경계ㅎ야 쳥산 얼굴을 가리오지 말나

졍든 사람이 쳡의게 향ㅎ는 눈이 잇슬가 ㅎ노라

　　(心欲奮飛咏栢舟

　　嗽吾無酒以敖遊

　　戒雲休掩青山面

　　恐有情人向妾眸)

심시가 그딕를 위ㅎ야 죽어도 셕지 아니ㅎ겟다 ㅎ더라

翻譯者多, 而老身之所誦者, 只此也. 其詞士謂楊夫曰: '此必女人之詩也, 亦非妓妾也. 以其出俗之才, 誤落於無名之家, 自以爲平生之恨, 忽逢一通情之士, 別送于山間, 不耐其思, 有此詩也. 願使我一逢此女如何?' 楊夫曰: '吾得於街上矣.' 其士曰: '若如此, 則何以諺文翻譯耶?' 楊夫曰: '欲有所看處而然也.' 士曰: '所看處在何耶? 願與我同至其處如何?' 楊夫曰: '是不通外人之家也.' 其士不信, 猶隨楊夫. 楊夫越他道而走還其家. 以是執策, 將其妻蹴打之. 爲其媤父解釋, 其夫又責曰, '汝死不休云? 死是汝願也.' 遂抱石擲之, 誤往不中. 又以單刀, 畫其兩褪上及股衣裳襞裂, 流血狼藉. 其媤父打其子而逐出, 以藥裹其傷處. 然而, 楊婆少無悔恨引咎之心, 猶以難忘李郎之意, 泣說於同僚也. 其夫又疑老身紹介, 無數詬辱, 老身無辭發明. 而今夕, 聞書房主之來, 楊婆連日棄粧, 忽開鏡奩, 出置粉鍾子, 方梳洗理粧矣. 其夫又忿怒, 蹴其粉鍾子, ″″″觸壁而散″. 世豈有如此無忌者乎? 此罪在楊婆, 不在書房主, 又不在老身. 爲其夫者, 孰不如是哉?"

生曰:

"必然由我, 受傷多也."

堂婆曰:

"楊婆雖爲其夫所傷者多, 猶語老身曰, '吾雖磨頂方踵, 猶不及於別李郎時心傷也' 又囑曰, '李郎之來, 愼勿泄吾之所遭也.'"

達今曰: "囑於小的者, 申申再三矣."

生曰:

"今則完蘇否?"

堂婆曰:

"自再昨, 始起動如前矣."

兩人各散去, 生亦就睡.

翌日朝, 生起而厠, 回路見中門外, 有一漢吸竹而望. 生大怒號令廊漢捉入之, 厥漢乃走. 廊漢逐之不見, 還入告曰:

"彼漢已逃去, 而不知其居止, 故, 未捉."

生曰:

"他人之入兩班宅無禮, 而汝等越視之可乎?"

廊居之漢, 一竝捉入, 跪之堂下. 而楊婆之夫, 意在其中, 有一端上老漢入告曰:

"他人之無禮於士夫宅者, 廊居諸漢, 不卽禁斷, 宜乎受罪. 而但小人之子, 以唐瘧數月呻吟, 當有分揀, 小人願代之."

生曰:

"汝姓甚耶?"

對曰:

"楊哥也."

生曰:

"汝子誰耶?"

老楊指一貌少新郎者曰:

"此小人之子也."

生使之別地跪伏, 其餘諸漢, 一並痛治後, 並皆放送. 戒老楊曰:

"居廊之法, 不可大聲喧譁. 此後若復如前, 汝老漢先受其罪矣, 汝申飭諸漢, 可也."

老楊服〃謝之. 盖生之得愛於楊婆者, 以其號令也, 抱負只此不贍, 故, 廊漢種〃受杖. 而其中一孫者最頻, 以其居中門, 察楊婆來往之故也.

其夕, 楊婆艷粧而到西軒. 生卽執手而謝曰:

"由我苦行不小."

楊婆曰:

"有何苦行?"

生曰:

"俄者, 聞達今之言如此."

楊婆曰:

"是乃弄妾而戲言. 元無此事也."

於是, 共敍別懷, 如得新寵.

科後, 有思鄉之心, 而宋義興孟汝戲之曰: (經春經夏又經秋, 但擅長安米價優, 老去芳心猶未已, 黃昏拂袖向靑樓.) 緣一楊婆, 見科不誠, 安能參榜?"

時, 成生在座曰:

"向見其詩, 果宜癙寐思服. 兄必別買一舍, 率居可也."

生曰:

"弟以勢貧, 安能及此?"

成生曰:

"兄若有此意, 吾輩當爲兄收合, 可得二百金也, 傛屋而居之, 可矣."

生曰:

"弟有妻少而無子, 又安用彼女哉?"

成生曰:

"然則, 彼女必逢變也. 其色如此之艶, 而其才如此之美, 終非久屈於廊下之物. 向者, 看書少年流涎者多, 豈無凶計之着鞭者乎?"

李生果不能參榜, 乃促鄕裝, 而姸姸楊婆, 辭色累變, 乃曰:

"旣有七月旣望之逢, 則復有十月雪堂之約. 然後, 庶不使蘇東坡更笑也."

李生唯〃而別, 行二三日程, 逢張進士之姪仲約於路. 仲約先問曰:

"楊婆無恙耶?"

曰:

"然."

仲約曰:

"今番之行, 小生必得楊婆, 然后已深誓矣."

生曰:

"入廊之物, 何可難也?"

旣別, 生自念曰:

"仲約家富而年少, 才貌亦足以副其望也. 必爲彼所據矣."

是歲十一月, 生以中學下色, 將赴到記, 而復上京, 留於安洞閔宮.

而非不無楊婆之思, 以疑仲約, 不復爲訪矣. 以近二旬, 一日, 逢張進士於路, 爲其所扶, 而偕往竹洞. 則中門已虛, 西軒已閉, 堂婆亦以豆粥商, 移居于街邊. 無復舊時容矣. 入內私廊, 而有一老. 卽湖南邊氏, 卽張進士長子之丈人也, 以訓兒輩坐定矣. 廊漢相聚於大門傍一舍, 而一人曰:

"又上來也."

一人曰:

"李書房主耶?"

曰:

"然."

一人曰:

"吾輩受杖不暇."

一人曰:

"無罪而然耶?"

一人曰:

"誰不知之?"

一人曰:

"以楊婆而然也."

時, 仲約與士先, 出他將回, 聞諸漢之語. 士先笑曰:

"必夢雲(李生之號)上來矣."

仲約亦笑, 而入內私廊, 果見李生在座. 仲約笑道廊漢之語, 達今又進酒而笑曰:

"楊婆苦待矣."

士先曰:

"楊婆已付於仲約, 汝何以苦待之說欺之乎?"

達今又笑無言. 同郡紫薇先生金啓僉, 亦在座而謂生曰:

"其色果絶等也."

然, 李生以士先非虛言, 致疑而不復問焉. 已而, 其玉音自內而出. 仲約聽之而入, 士先曰:

"惑之甚矣."

達今曰:

"楊婆一不入內矣, 今忽來到, 必因李書房主而然也."

士先曰:

"楊婆之心, 已分於兄, 〃何以爲意耶?"

生曰:

"路邊井鑿, 豈可獨飮? 況本非我物乎!"

留之一兩日, 暗想'楊婆雖爲仲約所干, 於我無永絶之理. 且有情之重者, 非一非再, 豈可以齟齬相阻哉? 然而, 堂婆已無, 則安能致意?' 適出他之際, 楊婆排門相望而已. 生乃使銀匠打造銀指環一雙, 裹于唐紙, 〃面書'久別悵然好在否?'七字而已. 回路見楊婆在庭, 投之而入, 楊婆拾而懷之. 其翌日, 又出他將還之際, 楊婆投一花箋. 生拾藏于囊, 將以暗處披覽矣. 不想仲約遠窺識之, 隱身潛步, 跟生之後. 纔入內私廊, 未及解衣, 仲約突入, 請見楊婆所投花箋. 生意外聽之曰:

"是何說耶?"

仲約曰:

"神可欺而小生不可欺也."

時, 士先在座, 數目邊老, 共扶李生發其囊. 囊解而箋見. 披有一首詩.

有客自遠方

遺妾雙鯉魚

剖之何所見

中有尺素書

上言長相思

下言久離盡

讀書知君意

雙淚添衣裾

邊老見而大驚曰:

"彼女能詩如此乎?"

生曰:

"何能詩也? 拾於他處也."

仲約曰:

"能詩也. 然, 此女吾必裂之."

切齒不已.

時, 李生有看事, 至安洞, 留四五日矣. 原來, 仲約有意於楊婆, 百端偸計, 終不肯從. 又聞廊中之語, 楊婆與李生潛通之事, 若歌唱之, 而自己終無見許, 憎之太甚. 又內外有別, 不敢相近, 及見投李生之詩, 猜心大起. 必欲起鬧, 乃謀於士先. 〃〃乃請於內堂, 自內召楊婆, 賜坐針線. 而士先乃與仲約偕入, 楊婆起欲避之. 士先曰:

"汝且安坐. 吾欲有言於汝者, 久矣."

楊婆乃坐, 仲約亦近坐, 而心事斗起. 士先謂楊婆曰:

"堂廊亦一家. 雖有男女之分, 何至齟齬之甚耶? 吾每以汝爲薄情人也."

楊婆已有憎色, 又聞此言大不平, 紅潮滿面而對曰:

"未熟之人, 自然如此. 且但相知而已, 厚薄間, 有何情之爲說耶? 家夫以貧所致, 雖寄人之行廊, 非與凡常有比, 豈可無難哉?"

士先本善誘人之徒也. 乃曰:

"天之生物草木禽獸, 皆有其情, 況爲人事, 豈無其情乎? 汝恣色如彼, 才調又美. 向見寄李生之詩, 極可歎賞也."

楊婆曰:

"何以見之?"

士先必先喫李生, 然後, 可以動之, 又曰:

"李生將汝之詩, 誇張四方, 故, 人莫不奇而涎之."

楊婆正色曰:

"李書房主, 如是輕率乎?"

士先曰:

"汝以李生爲正大人耶? 輕薄無方, 百難一觀, 汝何親之甚乎? 吾業欲一言於汝者, 正以此也. 不可近, 〃〃〃也. 且家貧而年衰, 貌醜而才薄, 汝何所取而爲交乎? 彼張書房主卽進士主之宗侄也, 年少而才豊, 眞汝之所相從也. 每愛汝之才色, 願欲執鞭爲御, 汝不可冷落待之也."

楊婆曰:

"生員主以小的謂無行, 而及此言耶? 視之以妓妾而然乎? 小的之交於李書房主者, 果爲醜老而然也. 古說云: '貴而爲友者爲賤也, 富而爲交者爲貧也', 且'白頭如新, 傾蓋如故', 各相知心而然也. 小的雖無富貴之勢, 旣有豊艶之貴色, 高明之富才, 恒願從貧賤之交友, 至死不可忘. 故, 延頸希望, 皇天不棄賤誠, 幸逢李郎於西軒, 自以爲沒世不忘之知己. 乃小的之所肯, 非李郎之所期也. 此心堅於金石, 入水不潤, 投火莫燃矣. 願勿復言. 若李郎如張郎之豊少, 亦不顧也. 今紅塵紫陌之間, 縉紳公子富商豪傑不知其幾個? 妾皆不願, 而獨取於李郎者, 小的之心可知也? 古者漂母哀王孫之意也. 豈望報乎?

豈爲淫哉?"

士先怒叱曰:

"一家之內, 何厚何薄? 汝是何物?"

楊婆血氣衝煩, 盡擲其所針之物, 直出門外. 士先大怒, 呼婢捉入, 跪之堂下, 而欲撻之, 進士聞變, 卽入曰:

"要人之妻, 豈其美事? 且禁兒輩之有此之行也, 反助桀爲虐耶?"

於是, 出送楊婆. 士先猶不忍忿, 使楊婆浮鼎而出居於他洞. 楊婆乃出, 與其夫及媤父, 收家産而出門外. 當此嚴冬, 誰肯以家待之乎? 念四處莫可以急抵者. 乃入街上空幕, 遮衾爲帳, 取石安鼎. 而楊婆自歎曰:

"蛾眉招殃, 英才多猜. 麝香噬臍, 豹文括皮, 若吾無恣色, 豈有如此之變哉!"

過一宵, 張進士令還故處安泊焉. 進士令兒輩, 禁其說, 不欲聞知於李生. 楊婆又戒達今, 勿使李郞知之, 故, 李生漠然無知. 而猶疑以楊婆與仲約有私, 減思楊婆十常八九焉.

一日, 自安洞至草洞, 於路忽逢堂婆. 堂婆注說舊事, 願同向渠家少憩. 李生亦許之, 從而入其家. 卽不遠於竹洞. 堂婆請入房少竢, 而出門而去, 不久還來, 謂李生曰:

"書房主豈願見楊婆耶?"

生曰:

"何以致之?"

堂婆曰:

"今至矣"

已而, 門外草綠藏衣乍翻矣. 藏中之人誰也? 乃楊也. (樓前相望卽相識, 疑夢疑眞心若狂, 千般悲喜一層新, 未呼卿〃先涕滂)

恍惚之間, 嬋娟而入. 雖執郎手欲言, 而淚迸喉, 自然咽矣. 李生亦悽然慷慨, 不得不潸然於面也. 移時鎭情, 乃言曰:

"見郎之來, 已近一朔, 終無向訪, 則不如妾之心可知矣. 今不可久坐而敍別懷也, 願以罷漏後, 訪妾於廊閨也. 每開門後, 則鷄雖未唱, 阿夫與廊漢, 皆出江貿柴而去. 故, 妾獨守空閨也. 斷當掃掃而待, 勿負兒女子之懸望."

再三申托, 冗〃回去, 生卽點頭許諾. 其夕, 雖向竹洞而宿, 未暇曉訪. 盖致疑仲約故也, 若如七月之狂, 則何暇待楊婆之望乎? 三兩日後, 果旅居無聊. 鷄已鳴矣, 乃屨及于長廊. 時, 四無人跡. 楊婆聽得跫音, 卽出迎入. 始敍別懷, 正是瀟湘有故人之逢, 藍橋成裵航之遇. 一喜一悲, 如醉如醒. 自此以後, 夜復夜, 相邀矣, 不想轡長必踐. 一日曉, 生爲訪楊婆, 〃〃出迎. 纔入閉戶, 忽老楊在外開戶. 楊婆無慮而答曰:

"此有李書房主在座矣."

老楊乃開戶乍見, 還閉戶而出曰:

"吾意謂他人而然也."

還歸渠之寢所. 生謂楊婆曰:

"此必有變."

楊婆笑曰:

"無關也. 妾與郎君, 如此之事, 一洞所共知也. 有何變出?"

少無難色, 與之坐臥, 無異前樣. 李生心甚不安矣. 旣出, 向內私廊, 而日明之後, 意謂有變, 終夕無聞. 其夜, 草洞諸友, 相訪而來, 與李生, 共至草洞. 其翌日, 到安洞, 留四五日矣, 忽, 氏同者來, 傳張進士書. 〃中言事, 有萬〃時急之勢, 幸望飛也, 似一枉伏企云矣. 生知事出, 乃引氏同, 至僻處, 問事機, 氏同曰:

"自書房主離之翌日, 楊婆之侄名喜者, 以此事直告于楊婆之夫. 其夫大怒, 遂健鎖門戶, 揪住楊婆之頭髮, 顚之沛之, 畢竟據于腹上, 將廚用大劍, 欲刺而殺之. 楊婆少不恐懼, 低聲謂其夫曰: '吾犯重罪, 不止一再, 死何怨哉? 但願以刀給我, 我願從容自決. 無使夫婿有殺妻之名也. 幸勿施勞, 使我自盡, 可也.' 如是之際, 其媤父老楊斷鎖而入, 責其子而奪劍擲於地. 楊婆緩〃而起, 引釰自刎, 手游虛過. 再刎之際, 老楊驚奪之. 楊婆又引在傍小刀, 老楊又奪之. 其申時量, 楊婆瞰房內無人, 暗自経其頸於架下, 被同婿喜母之救, 自此, 居房守之. 其夕初昏, 楊婆出外投井. 井雖深而幸雙瓢浮水, 身未及沒, 而爲諸人救出. 時值氷塞, 井石多觸, 身多所傷. 其曉又投井, 汲水諸人, 盡力救出, 水從鼻口而出, 半晷不死. 其夕又結項, 爲媤父所救. 今曉又結項, 亦爲人所救. 則其志必死乃已. 其夫懇乞不聽. 其媤父及其親母亦來, 責之誘之, 無可奈何. 本性至毒, 莫有解之者, 老楊喩之曰: '吾待汝不薄, 何至如此?' 答曰: '夫與父待我不薄. 我自就死, 非怨夫家也.' 老媤曰: '吾將奉來李書房主, 汝可斂面也.' 答曰: '死者有何斂面耶?' 老楊杳憫不得, 達于進士主, 使小人請李書房主也."

生曰:

"其意如是之堅, 我往何益哉?"

氏同曰:

"雖然如此, 可以往見也."

生曰:

"爲其夫所打傷過矣."

氏同曰:

"去七月, 爲其夫酷傷, 而今番則初次擬釰而已, 一不毆打. 而投井之時, 有過傷也. 第一切迫者, 不食也. 不自刎, 則必結項, 不結項,

則必餓死也. 數日之間, 自刎者一, 投井者二, 結項者三, 不食者四
也."

李生乃曳履, 隨氏同至竹洞. 氏洞復曰:

"如是四五日, 街〃辱色, 頭〃責聲. 自書房主之親楊婆, 積失人
心, 誰肯是哉?"

生曰:

"奸楊婆者, 非吾獨也. 汝矣宅少郎亦相奸也."

氏同曰:

"是何言耶? 聞諸誰乎?"

生曰:

"新門外生員主言之耳."

氏同曰:

"空然之說也. 向者, 生員主爲少郎媒於楊婆, 楊婆不肯, 至有逐出
廊外之擧, 而爲進士主所挽也."

生猶不信氏同之言. 而燐其捐命, 不復暇問, 直入楊婆之房. 見楊
婆, 髮垂亂蓬, 鯹臭朽魚, 戰身若觸風之狀, 已成鬼形. 傍有二女, 涕
泣扶坐. 生不勝悽惻, 進執其手曰:

"娘且鎭靜, 此何貌樣耶?"

楊婆初不識之, 後乃記之, 以喉內之聲曰:

"郞君以千金之身, 何犯虎口耶?"

生見其臨死之人, 猶有愛惜於自家之心, 尤不勝慷慨, 涕自然迸于
頰. 生曰:

"聞娘之欲殞, 將欲致一言. 使長逝者魂魄不作黃壤之私恨無窮,
故, 倒屣而來."

楊婆始起頭坐曰:

"已死之身, 有何言耶?"

老楊具米飮以進, 生使之强飮. 楊婆乃開喙飮之, 未幾, 又吐于臺
野. 生使之復飮而臥, 謂曰:

"娘之欲死爲何歟? 娘旣有識, 請以古語誘之. 人莫不貪生而惡死.
死有重於泰山, 或輕於鴻毛, 用之所推移也. 人之於世, 不病而死, 則
必老而死. 然, 至於自處, 則必有其名. 昔, 伯夷死以廉, 比干死以忠,
愛卿死以節, 盜跖死以利. 今, 娘之所事, 不關於廉忠節利之名也, 死
去之後, 人必譏之曰: '潛奸而爲本夫所擧, 不勝其羞而致殞.' 以娘之
貞行, 受此不測汚名而沒世乎? 娘之貞行, 吾獨知之, 有誰知之耶?
不可戶語而人說也. 何不料之甚也? 隱忍苟活, 自有洗身之日, 然後,
大聲而致死于街路, 可也."

楊婆乃起身, 定氣垂注曰:

"此世之上, 生妾之父母, 猶不知妾之心事, 懷妾之夫婿, 猶不知妾
之心事, 況同氣與同僚何足道哉? 知妾者, 獨郞君. 今郞明言之, 可
知妾之不通也. 妾必欲效綠珠碧玉之事, 故, 欲死而無悔也."[3]

生曰:

"皆有所當然后行也. 若使綠珠碧玉, 當娘之勢, 必不爲娘之事矣.
故, 爲可爲於可爲之時, 則從爲不可爲於不可爲之時, 則誤矣. 切不
可妄念也."

楊婆點頭而笑, 老楊亦笑, 復進粥而慰腸焉. 生見張進士而稱笑焉.
翌日, 聞楊婆服食如前云.

楊婆旣甦, 仲約使士先請於李生曰:

"楊婆本非兄之名目也. 以一時過房有何嫌耶? 仲約旣慕其色, 必
生疾病也. 觀其氣色, 非兄莫可以動楊婆之意也. 若兄誠一開口, 則

---

3) 원문 이 부분 윗면에 "一死都無事, 平生恨有身"이라는 구절이 있음.

使仲約得敍生平之怨也."

生冷笑曰:

"旣餐之色, 又何使我?"

士先曰:

"果不肯也."

遂前設計之事及浮鼎逐出之端, 一〃盡泄. 生猶不信之, 士先曰:

"若果脩好, 則吾非張哥也."

生微笑矣. 其後, 仲約又面請, 生始知楊婆之無關於仲約. 而招達今於無人處問之, 達今之對, 與士先之語, 毫無所差. 生乃悔中間致意, 自歎於心曰:

'使我思我, 楊婆之見莫知也.'

過歲而猶在京師, 生以友人之托, 抄名臣錄於北漢之僧迦寺. 語在遊山記. 楊婆所寄者多, 而不可盡編, 只以暮春所寄二首詩.

雲山超遞恨難尋

翹首登樓望信音

芳草釀愁愁未了

有刀誰斷憶君心(右一首)

憎看烽火起西峯

寒樹暝生又打鍾

怊悵不知今日別

對人垂淚記初逢(右其二)

士先及仲約無日不懇請, 生不得已. 一日, 與楊婆相遊, 語及仲約之請. 楊婆聽罷, 謂生曰:

"郎君欲戲耶, 實耶?"

生見其語意已舛, 乃曰:

"果戲也."

楊婆曰:

"吾以郎君謂眞士也, 今也則非也."

於是, 變乎色者, 良久, 低頭垂淚者, 移時曰:

"吾於郎君, 雖非結髮, 所以交情, 勝於結髮者, 以其心也. 今何語之妄率耶?"

自此以後, 不與慰勤. 邱山之情, 雪消雲散, 金石之約, 風飛雹零, 難可復合. 時, 張進士又移居于壯洞(去竹洞近十里), 楊婆又移舍于小竹洞, 堂婆亦移肆於六曹前, 無復見面矣. 時, 景福宮役事方張, 僧尼無難出入於城內. 生逢道宣庵之恒大師於路, 引見於廣州留守戶房俾將閔魯瞻. 閔俾將見而美之, 薦爲南漢摠攝(僧將也)焉. 秋七月晦, 生忽逢堂婆於六曹前, 乃書李靑蓮詞, (送于楊婆之家). 曰:

愛君芙蓉嬋娟之艶色

色可餐兮難再得

燐君氷玉淸迥之明心

情不朽兮意已深

朝共琅玕之綺食

夜同元央之錦衾

恩情變戀忽爲別

使人錯莫亂愁心

亂愁心

涕如雪

寒燈壓夢魂欲結

覺來相思生白髮
盈盈漢水若可越
何惜凌波步羅襪
美人兮〃〃歸去來
莫作朝雲暮雨飛陽臺

陽婆見之, 飮泣長歎, 不忍讀曰:
"李郞可謂信而多情者也. 各散以後, 使門一入, 深如海, 從此, 蕭郞視路人, 猶不忘薄情之身也."
逐開華箋, 修答以送曰:
"薄命妾楚玉上李郞君旅案下. 伏以前生罪積, 今世降下, 萬縷紅愁, 千絲碧怨, 付之於百年之內, 嗟呼, 百年雖暫, 一日如秋. 爲君之思, 傷何如之? 靑〃草, 洋〃波, 無情出, 無情逝, 鎖魂橋上人, 垂淚送客, 亭邊馬走鞭(山牽別恨和愁斷, 水帶離情入夢長) 藹停雲之入表, 恍落月之滿梁. 星移雨散, 水遠山長, 廓落悲秋之宋玉, 凄凉彈鋏之齊客. 江雲渭樹亦稀, 魚雁之路, 花朝月夕, 空想雲雨之夢. 安得挽天河之水, 以洗此萬端之愁乎? 若有重緣, 必得再逢. 唯郞君勉之."
又有詩

歸來忍掃席上塵
原有郞君坐臥痕
一日平分時十二
無時無日不思君

春雨梨花白
宵殘小燭紅

棲鴉驚曙色

梁鷰悄晨月

錦幕凄凉捲

銀床寂寞空

呼我楊婆客

芳名他日隆

生亦下鄉里, 自此, 參商之隔矣.

其翌年丙寅春, 國家嘉禮. 李生上京, 留閔宮, 時, 閔宮大小眷, 盡陪中宮殿, 而留興寅君之私第, 而安洞一空矣(只留門客許進士·尹司果·閔參奉及李生四人而已). 尹司果請于生曰:

"今, 禮曹招各官妓生習儀云, 願招名妓, 消日如何?"

生曰:

"自家招之, 可也."

尹曰:

"當今莫如兄也."

生乃招留宮別陪, 往禮曹, 招妓生. 禮曹所送者三名, 皆醜庸不出. 退而復招, 亦然(禮曹書吏輩, 雖以閔府之令, 不得已送妓, 妓中有名者, 不肯來之故也). 尹曰:

"明日早朝, 吾輩齊往禮曹, 點考時, 含其絶美者名而來, 題名而招, 則未必不來矣."

生曰:

"如此甚好."

其翌早, 四人及聽直尙眞別陪二名, 前導而往禮曹, 見妓生數百羅列庭前. 香風震動, 明眸朱唇, 箇〃一等, 日前招到者, 不敢入於其類. 只使喚於前矣(妓生中舜紅·錦玉·桂香·花玉·采紅等出凡

矣) 回看一處, 百隊紅粧, 盛首飾, 而環立於場. 生曰:

"彼亦妓乎?"

尙眞曰:

"女伶也."

(生問:

"女伶亦妓耶?"

尙眞曰:

"五部字內中良家女, 而出家未及生産者, 皆擢入于此, 習儀而用大禮也. 一選于此, 或願爲妓生, 或背本夫而他適, 無關也."

生曰:

"何也?"

眞曰:

"選入此者, 家饒者有侍婢及其夫守之, 別爲下處而留, 則雖外入者, 不敢近之, 衣服首飾皆自備, 故, 內外嚴肅. 若家貧而不能自備者, 則誤入者誰某請自當, 乃嘉禮前爲其人之妻, 雖家[4]禮後, 永願爲其人之妻, 本夫不敢言."

生曰:

"自備所入幾何?"

眞曰:

"四五百金云.")

生乃往觀女伶之人物, 而場內出立, 卽現身之女也, 場外步轎中未出立者, 新捉來者. 每轎之前, 捕校押領, 而轎後姻親間族人隨立焉 (誤入無類之漢, 連翩而到轎, 〃詳考而或捲珠簾, 論其妍嫌無忌焉). 忽一被布袍老者, 拜謁於前. 生訝視之, 乃老楊也. 生曰:

---

4) 원문에는 '家'로 되어 있으나 '嘉'를 잘못 쓴 것으로 보인다.

"汝胡爲來也?"

老楊曰:

"小人之婦, 被捉於女伶而來也."

指其前轎曰:

"此也."

楊婆聞李生之音聲, 卽捲珠簾而出, 執手流涕曰:

"世間豈有如此變乎? 直欲致命, 則不忠於國, 欲承命, 則不忠於夫, 豈非兩難乎? 若自備則所入爲五百餘金, 貧家何以當之? 以二百金納賄請存拔, 而捕校不聽, 被捉到此. 幸逢郎君, 願解此唐荒如何?"

時, 誤入豪漢四五見生踈人, 爲女伶所執而語, 怒而直前, 厲聲曰:

"何許人斯敢唐突乎?"

霎時間, 無賴輩雲聚環立, 拳近之風, 將起於目前. 尙眞望見, 與別陪大呼向生前, 辟諸漢曰:

"你等謂何許, 而安敢乃爾?"

別陪甲得將睜目忙視者, 一人批頰如破竹聲. 諸漢皆星散. 當是時, 以嘉禮之風, 閔宮廳直別陪號令勝捕將十倍故也. 閔·許·尹三友繼至謂生曰:

"此女伶誰也?"

生曰:

"曾吾所眄之娘."

閔參奉曰:

"莫是楊婆耶?"

生曰:

"然."

閔曰:

"久飽才名, 今始面對, 果名不虛得."

尙眞曰:

"旣如此, 〃女伶不可不存拔."

立呼押領捕校, 則着氈笠者二名, 應而出. 尙眞使別陪脫氈而跪伏, 數曰:

"汝等當笞朏矣, 非但不知而致之(■除良). 當大禮故, 十分安恕. 此女伶卽爲存拔以聞."

捕校應命而去, 已而, 與一書吏, 持文書冊而來, 問名墨濁(其下懸註曰: 以'閔府令存拔,'使尙眞着唧焉). 老楊聳喜曰:

"猶勝於未捉之時. 如撥雲霧而睹白日矣."

楊婆又垂淚曰:

"此乃皇天默佑, 神明指示也. 豈郎君之所可期, 賤妾之所可望哉? 患生於無望, 亦和於無望. 妾以何誠有此天佑哉? 若生菜之入沸鼎, 不得不烹, 而將爲衆人之嗜矣, 忽, 龜坼之逢甘雨, 鴻毛之遇順風, 八年兵後, 南宮大宴, 春香歌裡御史出道, 何以加此?"

閔參奉請於李生曰:

"楊婆可以率而閔宮談話, 雖半晌何如?"

生未及對, 尙眞曰:

"自此直送渠家, 則恐有中間生變. 必使別陪領向安洞, 徐〃送于本家甚便."

老楊亦然之, 生使楊婆上轎, 老楊隨其後. 閔參奉敎別陪於行廊, 爲楊婆別設朝飯, 而兼待老楊及轎軍也, 別陪領諾而行.

於是, 見楊婆之還者, 女伶及妓生等, 爭往視之, 若蜂擁蟻屯, 轎軍不能前矣. 時, 習唱者碧城妓花玉, 平壤妓舜紅者, 不但色態歌舞之

出衆, 抑有文有辨而名, 宰相家無不押近也. 素聞楊婆之名, 卽往請
停轎, 而與楊婆相爲酬酌焉. 花玉曰:

"吾聞楊娘子之聲華, 久矣, 恒願一造, 而今忽相對, 眞名下無虛士
也. 旣稟天生之麗質, 又有拔萃之妙才, 坐送無知之家, 猶塵土之埋
玉, 誠爲可惜. 然而, 潛交外鄉之一腐儒, 自以爲貞行, 可乎? 若欲爲
非分之行, 則可以隨俺等, 罷脫身世, 求竹於楚岸, 求玉於藍田. 英雄
豪傑, 無不接席, 奇貨異寶, 無不接手. 出則銀鞍白馬, 入則錦帳繡
戶, 衣則齊紈蜀帛, 食則精飯玉粲. 逍遙於一世之上, 行樂於百年之
間, 絲竹以弄世, 歌舞以暢意, 死可無恨, 生可有光. 豈可區區拘束,
欲求貞靜, 反爲人笑耶?"

楊婆曰:

"日月雖蝕, 何損於明, 河海雖濁, 何害於大? 吾之言行, 雖不足稱
道, 亦何害於貞耶? 志不變常, 故, 其行雖迂, 可以續原也, 言不悖
理, 故, 所事雖非, 亦不違天也. 今, 君輩之繁華於此世, 乃昔日襃姒
楊妃之所爲也. 見利背恩, 向貨失德, 大可亡國, 小可亡家, 自然爲累
之不小也. 吾何取之哉?"

花玉笑曰:

"臧氏讀書而亡羊, 穀氏博塞以亡羊. 雖書博異道, 亡羊均也. 今,
娘子之所言, 豈非以五十步笑百步者乎?"

楊婆曰:

"菊花之英必於霜, 梅花之馨必於雪. 雖無其實, 亦不失於其節也.
是以, 擧世皆濁, 可以据其泥, 而揚其波, 衆人皆醉, 可以餔其糟, 而
啜其醨, 豈可獨淸而獨醒哉? 人非堯舜, 何能盡美? 然而, 飯蔬食飲
水, 曲肱而枕, 樂在其中矣, 豈能以淫於貨色者幷驅耶? 楊朱泣岐路,
謂其可以東可以西, 墨子悲梁絲, 謂其可以黃可以赤. 故, 聖人作春

秋曰, '罪我者其唯春秋, 知我者其唯春秋乎.' 今, 吾之所行罪之者,
不可無也, 知之者不可無也."

舜紅恐傷楊婆之意, 乃拂花玉之語曰:

"純樸不殘, 孰爲犧樽, 白玉不毁, 孰爲珪璋? 丹靑不施, 孰爲采色,
宮商不調, 孰爲音律? 脂紛不餙, 孰爲冶容, 仁義不修, 孰爲君子乎?
若不交於李郎, 則楊娘子之名, 何能遺芳哉? 且兩娘之言, 皆不足稱
也. 願少跼蹐, 而聽吾言也. '立我蒸民, 莫非爾極,' 非吾所關, '鑿井
而飮, 耕田而食,' 非吾所關. 但吾所關者, 李花·桃花·杏花·詩
家·酒家·娼家, 人間苦樂, 付之於東流之水, 而暮春者, 童子六七
人, 冠者五六人, 追曾氏之風浴. 不然則, 寓形宇內復幾時, 曷不委心
任去留? 富貴非吾願, 宰鄕不可期, 效彭澤之歸來. 其詩曰:

百年假使人〃壽
憂樂中分未百年
況是百年難盡數
不如長醉百年前

又曰:
有耳莫洗潁川水
有口莫食首陽薇
舍老混世貴無名
何用孤高比雲月

今日邂逅, 信生平不二得也. 雖無其酒, 旣唱其詩, 則那無其歌乎?"
歌曰:

滄浪之水濁兮

可以濯吾足

滄浪之水清兮

可以濯吾纓

清濁雖自取

莫能使(滄浪之水)常獨淸

再唱曰:

三千珠履

十二金釵

謝東山之風流

孔北海之樽罍

籬外香風花影動

佳人初試薄羅衣

杏花疎影裡

吹笛到天明

古今多少恨

魚唱起三淸

舊遊夢掛

碧雲情

三訣曰:

玉盤轉明珠

我心無定準
學海泛虛舟
郎意不可遵
願君行樂駐華年
一杯一杯又一樽

歌罷, 楊婆淒然曰:

"吾生長僻陋之地, 未嘗得見繁華之場. 今日, 娘等爲我酬唱, 半晌
之德, 何以相報耶?"

乃於篋中, 將香羅巾二段, 分與兩妓曰:

"今此一場之穩, 實千古難忘. 故, 將此微物以表情, 而非謂娘等篋
笥中無此物而然也. 亦非欲爲以充於娘等之眼目也. 只以不忘之意
也, 願勿以薄陋而却之, 如何?"

兩妓受而笑曰:

"在情不在物也. 若推而辭之, 則非邂逅間待接狀, 故, 領之矣."

乃各謝別.

楊婆之轎, 旣出曺門, 如場觀者, 莫不嗟歎而浮魂矣. 誤入者相與
歎曰:

"楊婆旣呑而復吐, 那不切痛?"

一人曰:

"此等人物, 豈可與女伶幷列耶?"

尹司果聞之曰:

"今日, 空爲李兄唾令也."

尙眞曰:

"俄者, 非小人則李書房主必逢敗也. 其中一人謂小人曰: '彼兩班

誰也?' 小人答曰: '當今府院君宅如此如此敎是也.' 聞之者無不從風
而靡矣."

既至安洞, 朝飯已具. 而楊婆之床果別卓也, 楊婆不勝感激焉. 飯
後, 各携烟竹, 與楊婆入內, 自內堂及外堂, 盡玩之, 轉至感舊堂. 生
指金字懸板曰:

"此乃御筆也. 卽昔日閔中殿坐定之堂也."

楊婆卽下階四拜焉. 又至山亭, 見奇禽異獸奇花異草, 暎帶左右,
飛走上下. 李生乃折一枝暎山紅, 以給楊婆曰:

"此花比前鳳仙花, 何如?"

楊婆曰:

"眞生世之英也."

生曰:

"娘與我, 同此花而榮則何若?"

楊婆曰:

"郎君不久必與此花同榮. 妾則此生已矣."

時日欽午, 楊婆請去, 閔參奉令小待. 已而, 自熟設所大卓珍羞來
到, 閔參奉一不下箸, 盡爲封給楊婆, 使之領去. 楊婆百拜致謝而去.
李生謂閔參奉曰:

"甚矣, 兄之爲弟也. 何如是周旋哉?"

閔曰:

"非但爲兄, 接其擧動, 不得不如是也."

後, 始訪楊婆於小竹洞, 老楊迎入楊婆之閨, 與之相對, 其喜可知
矣. 楊婆曰:

"郎之誇妾於四面, 可知矣."

生曰:

“何也?”

對曰:

“向者, 閔參奉云‘莫是楊婆耶?’ 豈非誇張所使歟?”

生笑之.

四月, 生下鄕, 六月, 復上京. 而時洋賊之報甚急, 京師諸家皆避亂
于外鄕. 楊婆之家亦在其中, 從此永斷, 可謂飛去西洋風矣. 李生亦
下鄕, 未知將來之如何耳. 其後, 聞於仲約及永必, 則楊婆與仲約, 雖
未通情, 後相面甚款矣. 又言楊婆背本夫, 而不知下落, 是誠然乎?

鄭公輔曰:

“古有以天子而友匹夫, 以大將軍而有揖客. 未聞以紅顔而交布衣
也. 楊少婦果紅粉中義氣稱俠者也. 且觀變乎色者良久, 低頭垂淚者
移時, 則非可以俗例待之者也.”

　　曾經滄海難爲水
　　除却巫山不是雲
　　爲問花薨前後事
　　半緣春色半緣君

布衣交集卷之終